박선우 장편 소설

FUSION FANTASTIC STORY

PERFECT GAME 퍼펙트 ④ 게임

퍼펙트게임 4

박선우 장편 소설

초판 1쇄 찍은 날 § 2015년 7월 1일
초판 1쇄 펴낸 날 § 2015년 7월 8일

지은이 § 박선우
펴낸이 § 서경석

편집책임 § 이창진

펴낸곳 § 도서출판 청어람
등록번호 § 제387-1999-000006호
등록일자 § 1999. 5. 31
어람번호 § 제1-2164호

주소 § 경기도 부천시 원미구 부일로 483번길 40 서경B/D 3F (우) 420-822
전화 § 032-656-4452 팩스 § 032-656-4453
http://www.chungeoram.com
E-mail § chungeorambook@daum.net

ISBN 979-11-04-90298-7 04810
ISBN 979-11-04-90218-5 (세트)

박선우 장편 소설
FUSION FANTASTIC STORY

PERFECT GAME

퍼펙트 게임

4

청어람

CONTENTS

　강찬은 선수들의 축하를 받은 후 관중석을 향해 정중히 인
사를 했다.

　그토록 그를 경원하던 관중들은 그의 인사에 열렬한 환호
를 보내주며 격려를 아끼지 않았다.

　마치 꿈 같은 일이 벌어지고 말았다.

　이런 순간을 수없이 고대하며 꿈꿔왔는데 막상 현실이 되
자 아무런 생각도 나지 않았다.

　그는 버스를 타고 호텔로 돌아와 샤워를 한 후 편안한 마음
으로 침대에 누워 오늘 벌어진 경기를 회상했다.

일 구 일 구 1회 초부터 9회까지 그가 던진 공들이 생생하게 떠올랐다.

특히 3회까지 난타를 당한 공들이 뇌리에서 반복되며 재생되었는데 마치 슬로우비디오를 보는 것처럼 뚜렷했다.

자신의 공에 대한 단점이 보였고, 안타를 쳐 낸 타자의 스윙 궤도가 선명하게 나타났다.

판단에 대한 후회가 들었고, 경험 부족에 따른 긴장으로 어깨가 굳은 것에 대한 자책도 했다.

이제 앞으로 이런 경기를 수없이 해야 한다.

단점을 정확히 알아내고 커버하지 않는다면 언제든 경기에 지는 경우가 발생할 수 있었다.

임관이 샤워를 끝내고 나타난 것은 강찬이 침대에 누운 지십 분 만이었다.

"나가자."

"어딜?"

"인마, 우리 오늘 이겼잖아. 승리 축하해야지."

"얼씨구."

"호텔 바에 가서 한잔하자."

"미친놈아, 거기엔 아마 선배님들 잔뜩 계실 거다."

"그러니까 건너편 호텔로 가야지."

"넌 어째 그런 데는 머리가 팽팽 잘 돌아가냐."

"야, 우리 정말 열심히 훈련했잖아. 이제 3일 후면 하와이를 떠나는데 술 한잔 못 하고 간다는 게 말이 된다고 생각해?"

"소원이냐?"

"그래."

"딱 한 잔이지?"

"여기 한 잔이 아니라 한 병이야. 우리 한 병씩만 마시면서 오늘 경기를 분석해 보자고."

"흥, 여자들 보면 생각이 달라질 게 뻔한데 나보고 그 말을 믿으라고?"

"귀신같은 놈, 어쨌든 일단 가자."

임관이 유쾌한 웃음을 흘리며 옷을 갈아입기 시작했다.

하긴 놈의 말대로 한 달 반 동안 정말 엄청난 훈련량을 소화해 냈다.

더군다나 오늘 같은 날은 모든 선수가 삼삼오오 모여서 맥주를 마시고 있을 게 뻔했다.

강찬은 천천히 일어나 걸어두었던 옷을 입었다.

어차피 나갈 거, 유쾌한 마음으로 나가는 게 좋을 것 같았다.

냉장고 위에 올려두었던 핸드폰이 비명처럼 울기 시작한 것은 그가 옷을 다 입고 바지의 지퍼를 올릴 때였다.

"여보세요?"

─강찬아, 나야. 황주희.

"어, 그래. 웬일이냐?"

─오늘 차 한잔 마시기로 했잖아. 벌써 잊었어?

어차피 한잔 마시려고 했고 데이트가 목적이 아니었기 때문에 강찬은 임관과 함께 'Yard House'로 나갔다.

선배들과 마주치는 것을 피하기 위해 호텔에서 제법 떨어진 곳으로 약속을 잡았는데 약속 장소는 세계의 유명한 맥주를 파는 곳이었다.

가게에는 꽤 많은 손님이 자리를 차지하고 있었으나 예상 외로 조용했다.

두리번거리며 중앙으로 들어가자 황주희가 구석에서 손을 번쩍 드는 것이 보였다.

강찬의 표정이 슬쩍 굳어졌다.

황주희는 혼자 나온 것이 아니라 카메라맨을 대동하고 있었다.

"내가 그냥 갈까, 아니면 저분보고 먼저 들어가시라고 할래?"

"조금 찍으면 안 돼?"

"감독님 허락 없이 도망쳐 나왔어. 그런 마당에 공영방송과 인터뷰를 해봐라. 내가 어떻게 되겠어."

반은 맞고 반은 거짓말이다.

외출하면서 그냥 나온 적은 지금까지 한 번도 없었다.

더군다나 오늘 같은 날은 일찍 들어오겠다는 약속만 하면 대부분 오케이 사인이 떨어졌기 때문에 강찬은 장 코치에게 허락을 받은 후 나온 길이다.

하지만 정말 카메라에 얼굴이 찍히면 문제가 생길 게 뻔했다.

술집에서, 그것도 늦은 시각에 인터뷰하는 장면이 텔레비전에 나온다면 아마 김 감독과 장혁태 코치는 기절할지도 모른다.

황주희는 강찬이 계속 서서 빤히 쳐다보자 잠시 동안 망설이다가 카메라맨을 보냈다.

카메라맨은 아쉬웠는지 입맛을 다셨지만 어쩔 수 없이 짐을 챙겨서 가게를 나섰다.

"주희야, 나가서도 찍으면 안 된다고 전화해 줘. 너하고의 약속 때문에 만난 건데 설마 날 곤란하게 하지는 않겠지?"

"알았어. 걱정 마. 그 정도로 눈치 없는 사람은 아니야."

황주희는 말을 그렇게 해놓고도 다시 전화를 걸어 다짐을 받은 후에야 주문을 했다.

주문이라 봐야 이름도 생소한 독일 맥주와 간단한 안주가 전부였다.

임관은 만난 사람이 그 유명한 야구여신 황주희란 걸 약속 장소에 도착해서야 알고 나서는 정신을 차리지 못했다.

'오늘의 프로야구'를 진행하는 황주희는 모든 야구팬뿐만 아니라 야구 선수들에게도 선망의 대상이었다.

"황주희 씨 맞죠? 야구여신!"

"네, 안녕하세요. 임관 선수죠?"

"제 이름을 어떻게 기억하세요. 아이고, 황송해라."

"야, 인마. 주접 그만 떨고 앉아."

"강찬아, 너 주희 씨를 어떻게 아는 거야? 아까 온 게 혹시 주희 씨 전화였어?"

"너 바보냐? 그러니까 여기 나와 있지."

"환장하겠네."

당연한 듯 대답하는 강찬을 향해 임관이 두 눈을 크게 부릅떴다.

놈은 아무렇지 않게 태연한 태도를 보이고 있었으나 이런 건 그의 인생에서 로또에 당첨될 확률이나 다름없는 일이었다.

그랬기에 그는 앉으면서도 황주희의 얼굴에서 시선을 떼지 못했다.

"그만 봐요. 얼굴 빨개지잖아요."

"아, 예. 죄송합니다."

"호호, 임관 씨는 무척 순진하시네요."

"제가 여자랑은 거의 대화한 경험이 없거든요. 강찬이 말대로 주접을 좀 떨어도 이해해 주세요."

"그럴게요."

황주희가 밝게 웃으며 임관의 농담을 재치 있게 받아넘겼다.

마침 웨이터가 맥주를 가져왔기 때문에 분위기는 더욱 밝아졌다.

황주희의 입이 다시 열린 것은 승리를 위해 건배를 하고 난 후였다.

"강찬아, 일부터 조금 했으면 좋겠는데 괜찮을까?"

"이거 일하는 자리냐?"

"할 수 없잖아. 월급 주는 회사에서 여기까지 파견 보낸 건 밥값 하라는 거니까 몇 가지만 물어볼게. 내 사정 좀 봐주라."

"좋아, 살살 물어. 아프지 않게."

"먼저, 메츠전에 선발 등판했는데 미리 알고 있었어?"

"아니, 시합 당일 날 통보받았다."

"설마?"

"정말이야. 아마 감독님은 많이 고민하셨던 모양이야."

"황당했겠다. 혹시 떨리지는 않았어?"

"떨리지는 않았는데 긴장은 되더라. 3회까지는 긴장돼서 어깨가 굳었기 때문에 많이 힘들었어."

"아하, 3회까지 안타를 많이 맞은 게 긴장 때문이었구나?"

"그것도 있고 다른 이유도 있어."

"다른 이유? 그게 뭔데?"

"난 어깨가 조금 늦게 풀리는 스타일이야. 그래서 초반에 조금 약해."

"그건 왜 그렇지?"

"다친 어깨가 아직 완전하게 회복되지 않은 것 같아."

"아직도 아픈 거야?"

"아픈 건 아닌데… 하여간 그런 게 있어."

"엄청난 강속구를 던지던데, 지금까지 나온 직구 구속 중에서 가장 빠른 게 얼마였어?"

"오늘 던진 158㎞/h야."

"그렇다면 더 빨라질 수도 있다는 뜻이야?"

"그건 두고 봐야 될 것 같아."

황주희의 질문은 끝이 없었다.

몇 가지만 물어보겠다는 사전 약속은 이미 태평양을 넘어간 지 오래였고, 마치 길고 긴 레퍼토리를 준비해 놓은 사람처럼 잠시도 쉬지 않고 질문을 퍼부었다.

그녀의 질문은 고교 시절서부터 부상당했을 때와 재활 훈련 과정, 그리고 이글스의 2군 생활까지 총망라되어 있었다.

"그럼 말이야……."

"잠깐, 저스트 플리스."

황주희가 연이어 질문을 하려 하자 그동안 맥주만 마시고 있던 임관이 중간에 끼어들었다.

그의 얼굴은 오랫동안 방치되어 있는 자신의 상태로 인해 심술이 가득 나 있었다.

"이봐요, 주희 씨. 이거 너무한 거 아니에요?"

"뭐가요?"

"강찬이가 주인공이란 건 인정하지만 나도 오늘 경기했거든요. 배터리란 말 아실 거 아닙니까. 쟤 공을 받은 게 저라고요. 혹시 나한테는 질문할 거 없어요?"

"없긴 왜 없겠어요. 당연히 있죠."

"헉, 정말요? 그럼 빨리 물어봐요. 지금 안 물어보면 난 갈 겁니다."

"호호, 임관 씨는 참 성격이 급하시군요."

"저놈만큼은 아니에요. 다 저놈하고 같이 다니다 보니까 그렇게 됐어요."

"거짓말!"

"정말이라니까요."

임관이 입을 쭉 내밀고 뻔뻔하게 말하자 황주희의 입에서 커다란 웃음소리가 터져 나왔다.

그녀가 알고 있는 강찬은 절대 급한 성격이 아니었다.

물론 오랜 시간 떨어져 지냈기 때문에 성격이 어떻게 변했는지는 알 수 없지만 사람의 성격은 그렇게 쉽사리 변하지 않는다.

"좋아요. 그렇다 치고요, 그럼 임관 씨한테도 몇 가지 물어볼게요."

"그런데 나도 조건이 있어요."

"뭔데요?"

"나한테는 몇 가지나 물어볼 거죠?"

"음, 한 다섯 가지 정도?"

"그럼 나도 주희 씨한테 다섯 가지 물어볼게요. 그래도 되죠?"

"전 기잔데요."

"전 강찬이 친구이자 마누라이고 이글스의 주전 포수가 될 사람인데요."

"그래서요?"

"강찬이가 뜨면 앞으로 나한테도 엄청난 스포트라이트가 쏟아질 거란 거죠. 그러니까 지금 잘 사귀어놓는 게 좋을 겁니다."

"어머, 협박이군요."

"협박은요, 협상이죠."

"호호, 좋아요."

"자, 이제 물어보세요."

"오늘 강찬 씨 구위가 어땠나요?"

"최고였습니다. 꽤 많은 선수의 공을 받아봤지만 강찬이의 오늘 공은 누구도 쳐 내지 못할 정도로 완벽했어요."

"주로 어떤 공을 요구하셨죠?"

"직구와 변화구를 반반씩 섞었어요. 변화구도 슬라이더와 커브로 반씩 나눴고요."

"메츠 타자들은 어떻던가요?"

"대단했어요. 조그만 실투도 그냥 넘기지 않더군요. 펀치력도 대단해서 바람 소리가 태풍 불 때처럼 윙윙 들릴 정도였어요."

"에잇, 과장이 심하시네요."

"과장이 아니라 사실적으로 표현한 겁니다. 이런 표현 아무에게나 하는 거 아니라니까요."

"타자 중에 누가 가장 까다로웠죠?"

"당연히 히메네스였죠. 놈은 무슨 검객 같았다니까요. 왜 있잖아요, 무림의 고수."

"무슨 소린지 잘 모르겠어요."

"그런 거 있어요. 엄청 압박감을 주는 그런 선수를 말하는 겁니다. 그리고 4번 타자인 저스틴 로즈도 무서운 타자였어요. 잘 피해서 다행이었지 제대로 걸렸으면 무조건 홈런이 될 정도로 엄청난 파워배팅이더군요."

"그 사람이 타점을 올렸잖아요."

"그나마 비껴 맞아서 다행이었어요. 제대로 맞았으면 넘어갈 공이었거든요."

"그럼 마지막 질문, 강찬 씨 혹시 여자 친구 있나요?"

"그건 대답하기 곤란한데…… 사적인 질문은 본인에게 직접 하시는 게 좋을 거 같은데요."

"난 임관 씨한테 듣고 싶은데요. 왜냐하면 강찬이는 대답 안 해줄 것 같거든요."

"음, 제가 봤을 때는 없는 것 같아요. 여자 만나러 가는 걸 본 적이 없으니까요."

"정말이죠?"

"왜요? 거짓말 같아요?"

"아뇨. 임관 씨 얼굴 보니까 거짓말 같지는 않네요. 그런데 솔직히 실망이에요. 강찬이처럼 잘생긴 선수가 여자 친구가 없다니 말이 안 되잖아요."

"그건 그런데 사실 알고 보면 그럴 수밖에 없어요. 저놈은 남자로 살아온 적이 없어요. 오로지 야구에 미쳐서 살았으니까 선수로만 살아온 거죠. 그런 놈이 어떻게 여자 친구를 사귀겠어요."

"…그렇군요."

묘한 표정.

임관의 대답을 들은 황주희의 얼굴에 복잡한 감정이 얽히며 떠올랐다가 가라앉았다.

그녀의 변화는 눈치채지 못할 만큼 순식간에 사라졌지만 표정에 나타난 것은 기대와 안심, 그리고 불안, 아쉬움 등 여러 가지 감정이었다.

임관이 약속대로 질문을 시작한 것은 그녀가 감정을 숨기고 그를 바라볼 때였다.

"첫 번째 질문, 강찬이와 무슨 사입니까?"

"같은 고향 친구. 저도 청주 출신입니다."

"아니, 그런 거 말고요. 청주가 무슨 조그만 아랫동네도 아닌데 그렇게 대답하면 곤란하죠."

"음, 그럼 과거의 여자 친구라고 하면 되나요?"

"헉! 그렇게 솔직하게 대답하고 그래요, 사람 심장 떨리게. 정말이에요?"

"네, 오래전에 한 5개월 정도 사귄 적이 있어요."

"괜히 물어본 것 같네요. 저놈 째려보는 것 좀 봐."

인상을 쓰는 강찬을 쳐다봤다가 즉각 고개를 돌린 임관이 너스레를 떨자 황주희가 살포시 미소를 지었다.

"괜찮아요. 오래전 이야기잖아요."

"그런가요. 그럼 지금 가장 좋아하는 야구 선수는 누구예요?"

"이청화 선수. 그런데 오늘 바뀌었어요."

임관의 질문에 황주희는 망설이지 않고 대답했다.

이청화.

라이온즈의 간판타자이자 현 프로야구의 레전드이다.

프로야구 최다 홈런 기록뿐만 아니라 한 시즌 역대 최다 홈런, 일곱 시즌 연속 40개 이상 홈런을 기록했고, 일본으로 건너가서도 연속 두 시즌에서 홈런왕을 기록할 정도로 무시무시한 강타자였다.

누구나 좋아하고 가장 인기가 많은 선수였으니 충분히 이해가 되었으나 그녀의 뒷말에 임관의 눈이 휘둥그레 커졌다.

그녀가 강찬을 보고 있었기 때문이다.

"강찬이란 얘기죠?"

"네, 앞으로 전 강찬 선수의 왕팬이 될 거예요. 오늘 시합하는 거 보고 소름이 끼쳤거든요."

"쩝, 여전히 제 이름은 안 나오는군요."

"두 분, 부부 사이라면서요. 그러니까 임관 씨는 덤으로 같이 끼어서 가는 거예요."

"그래도 다행이군요. 좋아요. 다음 질문. 취미가 뭡니까?"

"영화 보기. 웬만한 영화는 다 보는 편이에요."

"음, 그건 나랑 다르군요. 데이트하기 어렵겠는데요?"

"픕!"

여자하고 말조차 섞지 않았다는 놈이 청산유수다.

질문을 하는 내내 황주희의 얼굴에서 웃음이 사라지지 않을 정도로 임관은 재치 있게 대화를 이끌어가고 있었다.

"자, 그럼 마지막 질문 갑니다. 지금 사귀는 사람 있습니까?"

"노코멘트."

"어라, 왜 대답 안 해줘요? 가장 중요한 질문을 피하는 게 어디 있어요?"

"여자한테 그런 질문을 한 사람이 잘못이에요. 그건 프라이버시를 넘어서 금기 사항에 해당되거든요."

여전히 밝은 모습으로 대답했지만 마지막 질문을 들은 황주희의 안색이 슬쩍 흐려지며 강찬을 잠깐 쳐다봤다.

강찬도 궁금한지 그녀를 바라보고 있었다.

벌써 1년이 넘도록 사귀고 있는 사람이 있었지만 애인이 있다는 말은 하고 싶지 않았다.

강찬이 옆에 있는 한 그 대답은 영원히 하지 못할 것 같다.

　　　　　*　　　*　　　*

　CBS를 비롯해서 스포츠 전문 채널인 NBS, YBC는 물론이고 각종 일간 스포츠 신문이 1면으로 이글스와 메츠의 경기 결과를 특종으로 다뤘다.

　가장 인상적인 타이틀 제목은 김혁이 만들어낸 '다윗, 골리앗을 쓰러뜨리다' 였지만 기사들의 주 내용은 거의 비슷비슷했다.

　메츠가 연습 경기임에도 불구하고 주전 급 선수들을 총출동시켰으나 이글스에게 카운터펀치를 얻어맞고 주저앉았다는 것이었다.

　그리고 메츠를 격침시킨 장본인으로 이제 막 2군에서 올라온 신인 이강찬을 소개했다.

　최대 구속 158km/h.

　언론은 엄청난 스피드의 패스트볼과 면도날 같은 제구의 변화구를 소개하며 메츠의 타자들이 추풍낙엽처럼 쓰러져 간 과정을 상세히 보도했다.

　과거의 데자뷔.

　4년 전 국민들은 초고교 급 투수로 강속구를 뿌려대며 고교야구를 평정한 이강찬을 기억하고 있었다.

그때 얼마나 많은 사람이 환호를 보내주었던가.

신선한 돌풍.

미래의 프로야구계를 이끌어갈 기대주로 이강찬은 선두에 서서 비상하는 최고의 선수였다.

그러나 그러한 돌풍은 얼마 가지 못하고 주저앉았다.

불의의 사고로 인해 어깨가 부서지면서 새벽이슬처럼 덧없이 사라진 과거는 야구팬들이라면 누구나 들어본 이야기였다.

그런 그가 기적처럼 다시 돌아왔으니 얼마나 놀라운 일인가.

이강찬의 극적인 삶이 소개되면서 국민들은 다시 그를 향해 환호성을 보내기 시작했다.

절망 속에서 피어난 꽃이 더욱 아름답고 귀한 것은 그 꽃이 온갖 험한 풍파와 세월을 이겨냈기 때문이다.

*　　*　　*

세원물산의 휴게실.

은장수와 이상훈은 점심 식사를 마치고 커피를 마시기 위해 휴게실을 찾았다.

국내 톱클래스에 속하는 그룹인 세원물산은 직원들의 복지에 많은 신경을 썼기 때문에 휴게실은 웬만한 카페보다 훨씬 시설이 잘되어 있어 안락함을 느끼기에 충분했다.

아메리카노를 두 잔 뽑은 은장수가 다가오자 의자에 앉아 있던 이상훈이 손을 내밀어 커피를 받아 들었다.

두 사람은 같은 부서에 근무하는 영업 1팀과 3팀의 대리로 같은 대학 출신이고 고향도 같아서 찰떡궁합으로 친하게 지내는 친구였다.

더군다나 둘 다 프로야구 라이온즈의 광팬으로서 일 년 정기권을 끊어놓고 보러 다닐 정도였기 때문에 죽고 못 사는 사이였다.

한마디로 전생에 부부였다고 해도 믿을 정도로 가깝게 지냈기 때문에 서로에게 할 말 못 할 말 다 하면서 지냈다.

"장수야, 너 어제 신문 봤냐?"

"이글스 말이지?"

"정말 웃기지 않냐?"

"요즘 언론이 뉴스거리가 없었나 보다. 그런 연습 경기를 두고 난리를 피우니 말이야."

야구 기사라면 모두 빼놓지 않고 읽는 은장수가 거의 특종처럼 다룬 어제 뉴스를 모를 리 없었다.

그럼에도 그의 입에서는 퉁명스런 대답이 흘러나왔다.

그는 라이온즈가 아니라 다른 팀이 신문의 1면을 차지한 게 마음에 들지 않는 것 같았다.

그러나 이상훈은 여전히 평온한 목소리로 대화를 이끌어

갔다.

그는 열혈 야구팬이지만 은장수에 비해 침착했고 다른 팀에 대해서도 꽤나 관대한 편이었다.

"겨울이니까 뉴스거리가 없긴 하지. 원래 윈터 시즌에는 한가하니까."

"그렇게 할 일 없으면 5년 연속 우승에 빛나는 라이온즈나 취재할 것이지 3년 내리 꼴찌인 이글스를 따라붙어서 깨춤을 추고 지랄이야. 할 일 더럽게 없는 놈들이다."

"연습 경기였지만 메츠가 주전을 전부 내보냈다니 우습게 볼 일은 아닌 것 같아."

"주전을 전부 내보내긴 뭘 내보내. 메츠 전력의 50프로라는 에이스 아리안 포스터하고 리그 최고의 타자인 타이 콥이 출전조차 안 했잖아. 언론에서 흥미를 끌려고 괜히 떠든 것에 불과해."

"에이, 그래도 그건 아니지. 선발로 나온 놈이 2선발 제이든이야. 그놈은 작년 시즌에 13승을 거뒀어. 그리고 타이 콥을 빼고는 전부 주전이 출전했으니까 그렇게 틀린 보도는 아니다."

"어쨌든 난 기분 나빠. 갑자기 꼴찌 팀을 가지고 설치는 이유가 뭐냐니까!"

은장수가 입에 거품을 물었다.

이야기를 나누다 보니 점점 흥분이 된 모양이다.

워낙 야구광이기 때문에 메츠의 선발 라인업이 얼마나 강한 놈들로 구성되어 있는지 빤히 알고 있음에도 애써 외면하려 한 것은 화제가 된 팀이 이글스였기 때문이다.

이글스는 작년 시즌에 라이온즈의 밥이었다.

그런 놈들이 연습 경기에서 메츠를 한 번 이겼다고 기고만장한 모습으로 신문에 나온 게 그를 기분 나쁘게 만들었던 것이다.

하지만 이상훈은 그의 반응을 즐기듯 계속해서 말을 이어 나갔다.

"이강찬 이놈, 이번 시즌에 주목해 봐야 할 것 같아. 최고 구속이 158㎞/h라면 투수들 중에서 톱클래스다."

"그래봤자 신인이야. 엄청나게 빠른 공을 던지는 놈이 나타났다고 난리법석 떠는 거 한두 번 봤냐. 아마 그놈도 반짝하다가 사라질 거다."

"그놈은 공만 빠른 게 아니야. 변화구도 수준급이라잖냐. 내 생각에는 다른 놈들과는 다를 것 같아."

"아무리 지랄해도 우리 팀한테는 못 당해. 동계 훈련에서 김경일, 이청화, 조태성의 컨디션이 최고란다. 작년 시즌에 세 명이 쳐 낸 홈런만 125개다. 아마 그놈이 우리 팀하고 붙으면 박살 나서 황천길을 헤매게 될걸."

"하긴 신인이니까 쉽지는 않겠지."

"그나저나 왜 이렇게 시간이 안 가냐. 아직도 시즌이 시작되려면 한 달이나 남았으니 어떻게 기다려. 손이 근질거려서 미치겠다."

"걱정도 팔자네. 기다리면 금방 온다. 시범 경기도 있으니까 보름만 참으면 돼."

*　　　*　　　*

메츠전을 승리로 이끈 이글스는 하와이에서의 남은 3일을 정신없이 보냈다.

각종 매체에서의 인터뷰는 끊이지 않았고, 하와이 주지사가 직접 열어준 만찬에도 참석해야 했다.

하와이 주민들의 태도가 백팔십도로 바뀌면서 벌어진 행사였다.

하와이 주민들은 이강찬을 앞세운 이글스가 메츠를 꺾어버리자 앞다투어 호의를 보였는데 하와이의 언론도 그런 분위기에 편승해서 이글스에 대해 초미의 관심을 보였다.

주민들의 분위기에 민감한 주지사가 빠르게 이글스에게 접근한 것은 정치적인 계산에 의한 것이 분명했으나 김남구 감독은 선선히 그의 제의를 받아들여 만찬에 참석했다.

한 달 반 동안의 전지훈련은 정말 순식간에 지나갔다.

그동안 벌여놓은 일들이 꿈처럼 여겨질 만큼 빠르게 지나간 시간이었다.

최민영은 메츠와의 경기가 잡힌 이후로 눈코 뜰 새 없이 바쁜 나날을 보냈다.

최근 5일 동안 그녀는 기자들을 상대하며 각종 언론의 보도 내용을 스캐닝하느라 정신이 없었고, 그룹 홍보 전략에 따라 호의적인 보도를 이끌어내느라 발바닥에 땀이 날 정도로 열심히 움직였다.

그랬기에 그녀는 메츠전의 영웅 강찬에게 축하한다는 말조차 제대로 건네지 못했다.

홍보에 관한 일이 어느 정도 정리되자 이번에는 귀국에 관련된 서류와 일정을 챙기다 보니 또다시 바빠졌다.

쉬고 싶었으나 쉴 틈이 없어 저녁 늦게 방으로 돌아왔을 때는 녹초가 되었다.

그러면서도 틈날 때마다 멀리서 강찬의 모습을 훔쳐봤다.

여전히 마음이 흔들릴 만큼 멋있고 매력 있는 그의 모습에 눈을 돌리기 어려웠다.

사랑하는 사람이 있다는 말을 본인에게 직접 들었으니 여자로서 욕심을 부리는 건 쉬운 일이 아니었다.

그럼에도 이토록 가슴이 아픈 건 그녀의 마음이 아직 정리되지 않았기 때문일 것이다.

알아보고 싶었다.

그의 상황이 어떻게 변했는지 제대로 알 수만 있다면 다시 그에게 다가갈 수 있는 여지가 있을지도 몰랐다.

짝사랑이란 이루어지기 힘든 것이었고, 시간이 많이 흘렀으니 상황은 바뀌었을 수도 있기 때문이다.

임관으로부터 야구여신으로 불리는 황주희와 술을 마셨다는 소리를 들은 후부터는 제대로 일이 손에 잡히지 않아 고생해야 했다.

사귀는 사이도 아니면서 질투를 하는 자신의 행동에 어이가 없었지만 기분이 나빠지는 걸 막을 수가 없었다.

정말 이게 무슨 시추에이션인지 알 수가 없다.

자신 같은 여자가 한 남자 때문에 이토록 고민하고 괴로워할 줄은 꿈에도 생각해 본 적이 없었다.

길고 긴 비행을 끝내고 공항에 여객기가 내려앉았을 때 강찬은 잠에서 깨어 눈을 떴다.

처음에는 창문 밖으로 보이는 하늘을 바라보며 열심히 구경도 했지만 시간이 지나자 금방 지겨워졌고 대신 잠이 쏟아졌다.

자고 또 잤다.

아홉 시간이나 걸리는 비행시간 동안 강찬이 잠에서 깨어 있던 것은 처음 이륙했을 때의 한 시간과 점심으로 기내식이 나온 때뿐이었다.

한 달 반 동안 미친 듯이 훈련에 빠져 있던 육신은 비행기에 올라타자 건드리지 말라는 듯 정신 줄을 놓아버렸다.

오랜 잠에서 깨어나자 정신은 맑고 몸은 날아갈 것처럼 가뿐했다.

이런 상태라면 당장에라도 9회를 소화할 수 있을 만큼 최상의 컨디션이다.

비행기에서 내려 짐을 찾고 간단한 입국 절차를 밟은 후 출구 쪽으로 걸었다.

가정이 있는 선수들과 애인이 있는 사람들은 출구가 가까워질수록 발걸음이 빨라지고 있었다.

한 달 반 만에 사랑하는 사람을 만난다는 기쁨은 그들의 걸음을 재촉하기에 충분한 이유가 되었다.

출구에 도착해서 가족을 만난 선수들은 얼굴에 함박웃음을 지으며 환호성을 질렀다.

옆에서 같이 걸어오던 임관마저 가족들의 품에 안겼기 때문에 강찬은 혼자 한쪽에 떨어져 버렸다.

임관의 부모님으로 보이는 분들은 건강한 아들의 모습에

연신 고개를 끄덕이며 즐거워하신다.

반가움이 가득한 해후가 너무도 보기 좋아 강찬은 걸음을 떼지 못하고 한동안 자리에서 움직이지 못했다.

부러웠다.

저토록 사랑하는 사람들과 만날 수 있는 그들이 너무나 부러워 가슴이 먹먹하게 아파왔다.

옆으로 최민영이 다가온 것은 사람들이 하나둘씩 가족들과 자리를 뜰 때였다.

"안 가요?"

"가야죠."

"청주로 내려갈 거죠?"

"네. 민영 씨는 서울로 가야겠군요."

"그래야 될 것 같아요."

"다음 주 월요일에나 뵙겠군요. 잘 가세요. 전지훈련 동안 선수들 뒷바라지하느라 고생하셨어요."

"강찬 씨, 급하지 않으면 우리 같이 저녁 먹을래요? 메츠전에서 이겼는데 제대로 축하해 주지 못해서 마음에 걸렸거든요. 청주는 조금 늦게 내려가도 괜찮지 않아요?"

"오랜만에 오셨는데 얼른 집에 가보세요. 저녁은 나중에 사주시면 아주 맛있게 먹겠습니다."

"음, 조금 아쉽네요."

황민영의 얼굴이 살짝 어두워졌다.

나름대로 기회만 준다면 오랜만에 다정한 시간을 보낼 수 있을 거라 생각했는데 강찬은 여전히 요지부동이었다.

자신을 배려하기 위함이 분명했음에도 아쉬움을 숨길 수 없었다.

그렇다고 막무가내로 고집을 피울 일도 아니었기 때문에 최민영은 말끝을 흐리며 천천히 발걸음을 돌렸다.

하지만 그녀는 걸음을 옮길 수가 없었다.

강찬이 누군가를 본 후 석상처럼 걸음을 멈췄기 때문이다.

강찬은 최민영의 제안에 잠깐의 망설였으나 끝내 거절했다.

그녀는 가족들과 해후하는 선수들의 모습을 부러운 시선으로 바라보는 자신에게 연민을 느껴 그런 제안을 한 것이 틀림없었다.

동정받을 일이 아니었다.

지금 당장은 오지 못했지만 그에게도 사랑하는 사람들이 있었고, 곧 그들을 만나기 위해 청주로 향할 테니 말이다.

사람의 마음은 눈을 보면 알 수 있다고 했다.

그녀는 여전히 자신에게 호감을 가지고 있어 어떨 때는 부담이 되기도 했으나 그렇다고 거부반응이 나타날 만큼 싫은 것도 아니었다.

그녀는 여전히 아름답고 매력적이며 현명한 여자였다.

다행스럽게도 그녀는 자신의 거절에 잠깐의 아쉬움만 남긴 채 발걸음을 돌렸다.

이제 자신은 구단에서 대전에 사는 사람들을 위해 마련해 준 버스를 타고 테레사 수녀님이 기다리는 고아원으로 갈 것이다.

오랜만에 엄마와 동생들을 본다고 생각하자 방금 느낀 외로움과 부러움이 스르륵 녹아내렸다.

핏줄은 아니었으나 그에 못지않은 정을 주고받았으니 가족과 다름없는 사람들이다.

보고 싶은 사람들이 생각나자 마음이 급해졌다.

그랬기에 최민영을 보내자마자 짐을 밀며 출구로 나가려 했다.

그러나 한 걸음도 움직이지 못하고 설 수밖에 없었다.

강찬의 눈에 들어온 것은 얼마나 기다렸는지 초췌한 얼굴을 하고 있는 은서였다.

너무나 놀라 말이 입 밖으로 나오지 않았다.

뭐라고 말을 해야 하는데 마치 말하는 것을 잊어버린 사람처럼 아무런 단어도 생각나지 않았다.

네가 왜 어떻게 여기에 왔느냐고 묻고 싶었으나 그녀의 글썽거리는 눈을 보자 입은 굳어졌고 머리는 갑자기 정지되어

버렸다.

　은서가 다가와 그의 품에 안겨 든 것은 발길을 돌리려던 최민영이 강찬의 행동을 이상하게 여기고 이쪽을 바라볼 때였다.

　은서는 아무런 말도 하지 않고 그저 아기가 엄마의 품을 찾는 것처럼 자신의 몸을 강찬에게 맡겨왔다.

　몸이 차가웠다.

　공항의 따스한 온도와는 어울리지 않는 차가움이 그녀의 몸을 통해 강찬에게 흘러들었다.

　그는 천천히 손을 올려 그녀를 감싸 안았다.

　지금은 이대로 그녀를 안아주는 것이 어떠한 말보다도 그의 마음을 은서에게 잘 전달해 줄 수 있을 것 같았다.

제2장
스카우트 제의

　최인혁은 강찬에게 받은 돈으로 모든 융자를 해결했지만 생활이 여유롭게 변한 건 아니었다.

　여전히 분식집은 파리만 날리고 있었고, 아이들의 학비를 마련하기도 어려운 실정이다.

　마누라인 정숙의 신경질은 날이 갈수록 점점 날카롭게 변하고 있었다.

　그토록 착한 사람이었건만 생활의 고달픔은 그녀를 어쩔 수 없이 악바리로 만들어가는 중이다.

　오늘도 지금까지 분식집은 세 테이블에 손님은 일곱 명뿐이었다.

이렇게 계속해서 장사가 안된다면 가게 문을 닫아야 할 것이다.

그럼에도 자꾸 망설여지는 것은 분식집을 닫는 순간 앞으로 살아갈 일이 막막했기 때문이다.

평생을 야구만 했으니 어떤 일도 만만한 게 없었다.

담배를 한 대 빼어 물고 가게 밖으로 나왔다.

아직 날씨가 쌀쌀해서 밖은 제법 추웠지만 학생들을 상대로 장사하는 가게에서 담배를 피울 수는 없으니 어쩔 수 없었다.

"휘우!"

담배 연기가 하늘로 올라가는 장면을 바라보자 가슴이 답답해져 왔다.

야구장에 있을 때의 그는 언제나 행복했는데 이제 더 이상 그런 행복을 누리지 못할 거라 생각하니 모든 것에 의욕이 생겨나지 않았다.

안에서는 중학교에 다니는 딸아이의 볼멘소리가 흘러나오고 있었다.

남들 다 가지고 있는 스마트폰을 사달라며 떼를 쓰고 있었으나 정숙의 목소리는 훨씬 날이 서서 딸아이의 음성을 압도했다.

다시 한 모금 담배 연기를 뿜어냈다.

미안했다.

학교만 그만두지 않았더라면 딸아이에게 핸드폰을 사주는 것 정도는 그리 어렵지 않았을 텐데 이제는 담배값도 얻어 쓰는 입장이라 답답함만 더해갈 뿐이다.

그나마 정숙은 요즘 와서 조금 얼굴이 밝아지긴 했다.

그토록 괴롭히던 빚에서 해방되고 나서부터 그녀는 장사가 잘되지 않는 분식집을 끌어안고 종종걸음을 하고 있었다.

문이 열리며 딸 은경이 눈물을 매단 채 나왔다.

그녀는 최인혁을 바라보며 잠깐 고민하는 표정이더니 고개를 숙인 채 발길을 돌렸다.

핸드폰을 가지고 싶다는 욕망 때문에 아빠에게마저 떼를 쓰고 싶다는 생각이 든 모양이지만 은경은 끝내 말을 꺼내지 못하고 골목길을 빠져나갔다.

마음이 아파 차마 딸아이의 뒷모습을 바라보지 못했다. 능력이 없는 아빠는 정말 슬픈 일이었다.

담배 한 모금, 상념 하나, 그리고 떠오르는 기억들.

좋았던 추억을 되새기는 것은 지금의 상황이 그만큼 안 좋기 때문이겠지.

사람은 언제나 자신의 처지를 비관하게 되면 좋았던 일을 생각하며 위로받고 싶어 하니까.

담배를 손가락으로 튕겨 불똥을 제거하고 남은 꽁초는 주머니 속으로 집어넣은 채 하늘을 바라봤다.

어차피 가게에 들어가도 할 일이 없으니 바쁘게 움직일 이유가 하나도 없었다.

이차선 도로를 타고 고급 승용차가 들어온 것은 그가 한동안 하늘을 바라보다 슬그머니 고개를 내릴 때였다.

검은 세단, 삼각뿔에 원형 마크. 바로 벤츠다.

벤츠는 천천히 속도를 죽이며 분식집 앞에 섰기 때문에 최인혁은 궁금증이 담긴 시선으로 차를 바라봤다. 외국인과 스물 후반으로 보이는 여자가 뒷문을 열고 나와 그를 향해 다가온 것은 최인혁이 의문을 접고 몸을 돌려 가게로 들어가려 할 때였다.

외국인은 상당히 잘생긴 얼굴로 키는 180㎝가 넘었고 나이는 40대 중반으로 보이는 백인이었다.

반면 여자는 날씬한 몸매에 아름다운 얼굴을 가졌지만 한눈에 봐도 한국인이란 걸 알 수 있었다.

말을 붙여온 것도 바로 여자 쪽이었다.

"최인혁 감독님이시죠?"

"이름은 맞지만 지금은 감독이 아닙니다."

"제대로 찾아왔군요. 잠깐 이야기 좀 나눌 수 있을까요?"

"무슨 일입니까?"

"이강찬 선수 때문에 왔습니다. 이 선수가 자신의 대리인이라고 하면서 모든 협의는 감독님과 해야 한다고 하더군요."

"강찬이가요?"

여자의 말에 최인혁은 눈을 부릅떴다.

강찬과 헤어져 버스를 타고 오면서 부끄러움과 미안함으로 소리 죽여 눈물을 흘렸다.

놈은 죽을 고비를 넘겨가며 재활에 성공했으나 자신은 아무런 도움을 주지 못했다.

그런데 염치없게도 강찬에게 거액이 생기자 마치 기다렸다는 듯 많은 돈을 착복하고 말았다.

수많은 고민이 있었지만 현실은 그를 향해 바보 같은 선택을 하도록 강요했기 때문에 어쩔 수 없다는 핑계로 강찬에게 못 할 짓을 했다.

갚겠다고 말은 했지만 그렇게 하지 못할 거란 건 강찬보다 자신이 더 잘 알고 있었다.

아무런 능력도 없으면서 무슨 수를 쓰더라도 갚겠다고 말하는 자신의 뻔뻔함에 치가 떨렸으나 그 말밖에는 다른 어떤 말도 할 수가 없었다.

그런데도 놈은 오히려 자신을 위로하며 남은 돈까지 내밀었다.

그때의 심정은 오직 어디론가 도망쳐서 죽고 싶다는 마음

뿐이었다.

제자의 돈을 훔칠 정도로 비겁한 삶을 살게 되었으니 더 이상 살아갈 이유도 용기도 없었다.

하지만 생명은 질겼고 가족들은 그를 바라보며 여전히 손을 내밀어 죽을 수도 없게 만들었다.

사는 게 지겹고 힘들었으나 딸아이의 해맑은 얼굴을 보게 되면 자신도 모르게 웃음이 나왔고, 이제 제법 어른 티가 나는 아들놈은 전교 수석을 다투며 그를 기쁘게 만들었다.

그러던 어느 날 강찬이 언론에 터져 나왔다.

처음에는 단발성 기사였으나 며칠이 지나자 대서특필되면서 온통 언론이 강찬의 이야기로 가득 찼다.

주전이 총출동하다시피 한 뉴욕 메츠를 완벽하게 제압했다며 기사는 강찬을 이글스의 비밀 병기라 소개하고 있었다.

신문과 인터넷을 모두 뒤져 읽으며 마치 자신의 일인 양 기뻐했다.

잘할 것이라 믿고 있었지만 이 정도로 잘할 거라고는 생각하지 못했기 때문에 당장에라도 전화를 해서 강찬을 칭찬해주고 싶었다.

하지만 결국 전화를 하지 못했다.

지은 죄가 있으니 전화를 한다는 건 철면피나 할 짓이란 생각이 들었기 때문이다.

그런데 강찬은 아직도 여전히 자신을 대리인이라고 생각하는 모양이다.

바보 같은 놈.

그렇게 큰돈을 떼먹은 자신을 아직도 대리인이라고 말하다니 정말 어리석은 놈이다.

여자는 최인혁의 반응에 급히 입을 열었다.

눈을 치켜뜬 최인혁의 반응에서 뭔가 이상한 기운을 느꼈는지 그녀의 음성은 급하게 흘러나왔다.

"이분은 화이트삭스의 스카우터 헤이먼 씨라고 합니다. 감독님과 이강찬 선수에 대해서 논의코자 하니 시간을 잠시 내주시면 고맙겠습니다."

여자는 헤이먼이 고용한 통역사가 분명했다.

그럼에도 이토록 열정적으로 움직이고 있는 것은 성공 보너스가 있든가 아님 다른 이유가 있기 때문일 것이다.

"좋습니다. 잠시 들어가시죠."

어디 괜찮은 커피숍이라도 갔으면 좋겠지만 근처에는 그런 곳이 없기 때문에 최인혁은 그들을 분식집으로 데리고 들어갔다.

가게에는 정숙이 음식 준비를 하다가 외국인이 들어오자 놀란 눈을 했는데 그가 손님이라며 차를 부탁하자 두말하지 않고 물을 끓였다.

이야기가 본격적으로 시작된 것은 정숙이 그들 앞에 커피를 놓고 돌아간 후부터였다.

헤이먼은 그때부터 본격적으로 입을 열기 시작했는데 강찬에 대해서 많은 것을 알아보고 온 것 같았다.

"이강찬 선수의 계약 내용을 보니 2년 후 보류 선수에서 제외되도록 되어 있더군요. 하지만 저희는 지금 당장 이강찬 선수를 스카우트했으면 합니다."

"그렇게 되면 구단이 끼게 됩니다. 우리는 그것을 원하지 않습니다."

"이강찬 선수는 더 넓은 세상으로 나가야 합니다. 충분히 그런 실력을 갖추었으니 하루라도 빨리 메이저리그에 진출하는 게 좋습니다."

"그건 그렇소만 우리 역시 그만한 사정이 있습니다."

"그게 뭡니까?"

"강찬이가 이글스에 대해 고마움을 갚고 싶어 합니다. 2년 동안은 이글스에 봉사하고 싶다는 거지요."

"만약 이글스가 강찬을 내놓겠다고 해도 말입니까?"

"그들은 그럴 수가 없습니다. 우리가 원하면 이적을 하지 못하도록 계약서에 명시해 놨으니까요."

"제 말씀은 이글스 구단이 허락하면 이강찬 선수가 저희들과 계약할 수 있느냐는 뜻입니다."

헤이먼의 접근은 강렬했다.

그만큼 강찬에 대한 욕심이 크다는 뜻이다.

그랬기에 최인혁은 슬쩍 호기심이 동했다.

화이트삭스가 강찬의 몸값으로 얼마를 생각하고 있는지 알고 싶어졌다.

"화이트삭스의 조건에 대해서 물어봐도 되겠습니까?"

"저희는 강찬 선수의 조건이 제시되면 가급적 수용할 의사가 있습니다. 먼저 조건을 제시해 주십시오."

헤이먼은 그 와중에도 협상의 전문가답게 먼저 치고 들어왔다.

최인혁은 잠깐 고민에 빠졌다.

현재 메이저리그 신인 드래프트의 최고 계약금은 1,000만 달러가 안 되는 실정이다.

그렇다고 지금은 은퇴한 유청룡이 받은 금액을 말한다면 그것도 말이 되지 않는다.

유청룡은 대한민국을 대표하는 투수였는데 뉴욕 양키스에 스카우트될 때 2,500만 달러의 포스팅 비용과는 별도로 6년간 4,000만 달러에 계약했다.

모두 합치면 6,500만 달러의 대형 계약이었다.

그렇다고 그것이 최고는 아니다.

일본의 정통파 우완 아베는 포스팅 비용 6,000만 달러에 5

년 6,000만 달러에 계약해서 총금액이 1억 2,000만 달러에 달했다.

그렇다면 이강찬은 이들 중 어느 정도의 수준에 속하게 되는 것일까.

지금은 분식집이나 하고 있지만 최인혁은 평생을 야구에 전념해 온 야구인이었다.

특히 선수 스카우트 쪽에 관심이 많았기 때문에 메이저리그 특급 선수들의 연봉과 이적에 대해 수시로 체크하며 자료를 수집하곤 했다.

다시 말해 그도 나름대로 전문가란 뜻이다.

"우리는 지금까지 계약에 대해서 생각해 본 적이 없습니다. 그러니 먼저 제시해 주면 검토해 보겠소."

최인혁은 헤이먼에게 다시 공을 넘겼다.

원래 뜨거운 감자는 내 손에 있는 것보다 남의 손에 있는 것이 더 안전한 법이다.

공이 넘어가자 이번에는 헤이먼의 고민이 깊어졌다.

하지만 그는 잠시간의 고민을 접고 흔쾌히 입을 열었다.

"우리는 포스팅 비용 1,000만 달러에 5년간 1,200만 달러에 계약했으면 합니다."

헤이먼은 조건을 제시하면서 최인혁의 눈을 계속해서 바라보았다.

사람의 눈은 거짓말을 못한다는 걸 알고 있는 전문가의 시선이다.

그는 최인혁이 나타낸 눈의 흔들림으로 앞으로의 협상을 이끌어갈 생각인 것 같았다.

그러나 최인혁은 아무런 동요를 하지 않고 헤이먼의 시선을 마주 바라보았다.

헤이먼이 제시한 2,200만 달러는 한화로 계산하면 270억 정도가 된다.

물론 분식집을 운용하는 그에게는 상상조차 하지 못할 정도로 대단히 큰 금액이었지만 그는 결국 의자에 등을 밀어 넣으며 여유 있는 웃음을 흘려냈다.

조금만 버티면 더 받아낼 수 있을지 모르나 최인혁은 아무런 말도 꺼내지 않았다.

"말도 안 되는 소리를 하는군요. 우리는 절대 그런 금액에는 협상하지 않을 것입니다. 조금 있으면 뉴욕 메츠에서 사람이 온다고 했습니다. 어디 그 사람들은 얼마나 제시하는지 봐야 되겠소."

"뉴욕 메츠에서 온다고 했단 말입니까!"

"강찬이는 메츠전에 선발로 나서서 그들을 박살 냈습니다. 그들이 강찬이를 찾아오는 건 당연하다고 생각되지 않습니까?"

"음, 그럼 얼마를 원하시는 겁니까? 말을 해주시오!"

"나는 우리의 조건을 말하지 않을 생각입니다. 돌아가셔서 강찬이의 몸값에 대해서 더 생각해 보시길 바랍니다."

최인혁은 협상을 더 이상 진전시키지 않고 자리에서 일어났다.

헤이먼은 어떡하든 협상을 더 진행하려고 했으나 최인혁의 입장은 완고했다.

그들이 돌아가자 최인혁은 의자에 앉아 생각에 잠겼다.

뉴욕 메츠의 관계자에게 연락이 왔다는 것은 거짓말이었다.

헤이먼의 애간장을 태우고 강찬의 몸값을 올리기 위해서는 경쟁자가 있어야 된다는 생각에 해본 말이다.

당연히 헤이먼의 안색은 사색으로 변했다.

뉴욕 메츠는 화이트삭스와는 비교조차 할 수 없을 만큼 부자 구단이었으니 그들이 정말로 강찬을 원한다면 제시하는 조건은 그들보다 훨씬 높을 게 뻔하니 말이다.

혹시나 하던 것이 현실로 나타난 것은 헤이먼이 떠나고 불과 3시간 만이었다.

정말로 뉴욕 메츠에서 스카우터가 최인혁을 찾아온 것이다.

                    *   *   *

　강찬은 귀국 후 공항에서 만난 은서와 함께 고아원을 찾아
이틀을 보낸 후 대전으로 돌아왔다.

　오랜만의 가족들과의 해후는 너무나 반갑고 기쁜 일이었
기에 어떻게 시간이 지나갔는지 알 수 없을 정도로 빠르게 지
나갔다.

　아마 은서와 같이 있었기 때문일 것이다.

　은서는 이틀 동안 강찬의 옆에서 떨어지지 않고 어디를 가
든 같이 다녔는데 예전 어릴 때의 행동을 그대로 다시 하며
강찬을 즐겁게 만들어주었다.

　꿈결처럼 행복한 시간이 지나갔고, 은서를 기숙사에 바래
다준 후 숙소로 돌아왔다.

　은서는 돌아가는 그를 바라보며 하염없이 서 있다가 골목
길을 돌아 강찬의 모습이 보이지 않자 그때서야 기숙사로 들
어갔다.

　하지만 강찬은 그녀가 기숙사로 들어갈 때까지 골목길에
숨어 은서를 바라보았다.

　예쁜 은서를.

　떨어지지 않는 걸음으로 숙소에 들어와 침대에 눕자 그때

서야 강산에게 미칠 것 같은 외로움이 밀려왔다.

사랑하는 사람들과 함께하지 못한다는 게 힘들다는 건 이미 알고 있었지만 오늘따라 더욱 마음이 허전했다.

최인혁에게서 전화가 온 것은 그가 저녁을 먹기 위해 어슬렁거리며 옷을 주워 입고 있을 때였다.

"감독님, 어쩐 일이세요?"

―얼굴 좀 보자.

"지금요?"

―그래. 지금 대전역에 내렸으니까 한 이십 분 걸릴 거다. 내가 숙소 앞으로 갈 테니까 기다려.

"그럼 식당으로 오세요. 오랜만에 같이 밥이나 먹어요."

―맛있는 거 사줄 거냐?

"그럼요."

―어디로 가면 되는데?

"감독님 회 좋아하시잖아요. 숙소 근처에 주문진횟집이라고 있어요. 그쪽으로 오세요."

―알았다.

짤막한 대답과 함께 전화를 끊어버리는 최 감독의 무뚝뚝한 음성을 들으며 강찬은 미소를 지었다.

최인혁의 행동과 말투는 옛날과 변한 게 하나도 없었다.

음식점에 들어가 먼저 자리를 잡고 기다리자 최인혁은 이십 분 만에 모습을 드러냈다.

예전에 만났을 때와 똑같은 후줄근한 잠바 차림.

그때도 보기 싫은 잠바였는데 오늘 보니 더욱 마음이 안 좋아 강찬의 얼굴이 슬쩍 일그러졌다.

오늘은 무슨 수를 쓰더라도 괜찮은 걸로 장만해 줄 생각이다.

물론 감독님은 싫다고 우기겠지만 오늘만큼은 반드시 백화점에 데려가겠다고 마음을 굳게 먹었다.

예상처럼 최인혁은 다가온 종업원에게 모듬회를 주문하고 강찬을 바라봤다.

그의 눈은 강찬을 바라보며 슬쩍 흔들리고 있었다.

"이강찬!"

"예, 감독님."

"그놈들, 나한테 보낸 이유가 뭐냐?"

"누구 말입니까?"

"미국 놈들 말이야. 스카우터들!"

"그거야 당연한 거잖아요. 감독님이 제 대리인이니까 그렇게 말한 건데 뭐 잘못된 거 있어요?"

눈을 동그랗게 뜨고 오히려 반문하는 강찬의 모습에 흔들리던 최인혁의 눈이 천천히 제자리를 잡았다.

놈은 여전히 자신을 철석같이 믿고 있는 모양이다.

"내가 네 돈 떼먹은 거 밉지 않았냐?"

"별말씀을 다 하시네요. 다 지난 거 가지고 새삼스럽게 왜 그러세요?"

"내가 또 그런 짓을 하면 어쩌려고 그놈들을 나한테 보낸 거냐?"

"감독님, 돈은 또 벌면 되니까 힘드시면 언제든지 쓰셔도 돼요. 하지만 이제부터는 먼저 말씀해 주시고 쓰세요. 감독님이 죄책감을 느끼시면 저도 불편하니까 아무래도 그게 좋을 것 같아요."

"미친놈."

"그 사람들, 뭐래요?"

"널 스카우트하고 싶단다."

"당장 말이죠?"

"그래."

"조건은 좋던가요?"

"화이트삭스는 2,200만 달러를 제시했다. 메츠는 2,500만 달러이고."

"어마어마한 금액이군요."

"큰돈이지. 하지만 나는 싫다고 했다."

"왜 그러셨어요?"

"네가 한 말을 지켜주고 싶어서 그랬다. 이글스와 계약할 때 너는 나에게 구단의 은혜를 갚고 싶다고 했다. 나는 그 약속을 잊지 않고 있다."

"그러셨군요."

최인혁이 소주를 한입에 털어 넣자 강찬은 이해가 된다는 듯 고개를 끄덕였다.

그 모습에 최인혁의 얼굴에서 황당하다는 표정이 떠올랐다.

스물다섯 살이면 아직 어리기는 하지만 세상물정을 충분히 알 나이인데도 강찬은 자신의 말이라면 무조건 믿는 경향이 있었다.

바보라서가 아니다. 그저 자신을 믿을 뿐이다.

그랬기에 그는 한숨을 흘려내며 소주를 잔에 따라 단숨에 들이켜고 다시 입을 열었다.

"인마, 너는 보물이다. 그놈들이 제시한 비용은 지금 너의 몸값을 그 정도밖에 보지 않기 때문이란 말이다. 2년만 이글스에서 뛰어라. 그 2년 동안 네가 어떤 존재인지 충분히 보여줘. 그럼 아마 너는 아시아에서 최고의 금액을 받으며 당당하게 메이저리그에 입성할 수 있을 거다. 난 그때를 기다리기 위해 그놈들을 내쫓았다. 그러니 강찬아, 멋지게 성장해라. 우리 대한민국 야구 판을 한번 뒤집어보자!"

시간은 흘렀고, 3월은 금방 다가왔다.

하와이에서 돌아온 후 몇 번의 팀 훈련이 있었지만 대부분은 개인 훈련을 하면서 시간을 보냈다.

3월 7일부터 시작된 시범 경기는 엔트리에 제한을 두지 않았기 때문에 2군에 있는 육성 선수까지 출전할 수 있었다.

하지만 그런 규정에도 불구하고 시범 경기에 나서는 선수들은 대부분 주전과 백업 멤버뿐이었다.

시범 경기의 중요성이 그만큼 크기 때문이다.

정규 시즌이 시작되기 전에 실전 감각을 익힐 수 있는 마지막 기회를 헛되이 보낼 수 없다는 생각은 모든 감독이 공통적으로 갖고 있다.

강찬 역시 두 번 출전했다.

자이언츠와 트윈스와의 경기에서 각각 3이닝씩을 던지며 컨디션을 조절했는데 두 경기 다 무실점으로 막아냈다.

아홉 번의 시범 경기에서 이글스는 6승 3패를 기록했다.

아무런 의미가 없는 기록이지만 작년 꼴찌 팀인 이글스의 성적으로는 괜찮은 것이었기 때문에 김남구 감독을 비롯해서 코치진은 유쾌하게 웃을 수 있었다.

드디어 운명의 날이 다가왔다.

프로야구의 개막 3월 28일 토요일이었고, 경기는 홈인 대전구장에서 벌어졌다.

전 국민의 관심 속에서 갖가지 이벤트가 벌어졌고 날씨마저 따뜻해서 이글스의 홈인 대전구장은 관중으로 만원을 이루었다.

올해따라 이글스의 팬들은 손꼽아 개막일을 기다렸다.

다른 때와 다르게 수준급의 용병들을 영입했고, 부상에서 신음하던 국가대표 트리오의 컨디션이 최고였기 때문에 이번 시즌이야말로 이글스가 비상할 것이라 팬들은 굳게 믿고 있었다.

하지만 그들이 가장 기대하고 있는 것은 선발 라인업에 이강찬이 가세했다는 것이다.

언론의 집중적인 조명을 받으며 신데렐라처럼 나타난 뉴욕 메츠전의 히어로.

158㎞/h의 강속구를 던지며 변화무쌍한 변화구로 상대 타자들을 압도한다는 언터처블의 투수가 선발투수진에 가세했다는 것은 팬들에게 엄청난 기대감을 갖도록 만들었다.

하지만 대전에서 벌어진 개막 홈경기에 나선 것은 이강찬이 아니라 그동안 부동의 에이스로 자리매김하고 있는 이태진이었고 상대는 작년 우승 팀인 라이온즈였다.

개막전부터 대진 운이 지랄 맞았다.

라이온즈는 최근 5년 동안 연속 우승한 팀인데 이번 시즌에도 전문가들이 일순위로 꼽은 우승 후보였다.

라이온즈의 클린업트리오는 작년 시즌에서 125개의 홈런을 뿜어내는 장타력을 자랑했고, 선발투수진은 10승대가 네 명이나 있어 공수의 조합이 완벽에 가까울 정도로 좋은 팀이었다.

특히 개막전 선발로 나온 백강현은 작년 18승을 기록하며 다승왕과 최고 방어율 타이틀을 거머쥔 라이온즈의 절대적인 에이스였다.

"후달리는데요."

"그러니까 강찬을 내보내자고 했잖아."

"태진이는 지난 삼 년 동안 이글스의 에이스였습니다. 개막전은 팀을 위해서라도 태진이한테 맡기는 게 맞아요."

"그건 그런데… 개막전이잖나. 더군다나 여긴 홈이고. 첫 판부터 지면 팬들 실망이 클 텐데 걱정이군."

"공은 둥글다고 했습니다. 태진이 컨디션이 괜찮으니까 이길 수도 있어요."

"저놈 컨디션은 나빠 보이냐?"

김남구 감독이 턱짓으로 백강현이 연습 투구하는 장면을 가리켰다.

포수 미트로 박히는 공은 마치 쇠공을 던지는 것처럼 묵직

해서 맞아도 날아갈 것 같지가 않았다.

벌써 투수 조련만 십사 년째 하고 있는 장혁태 코치의 눈이 김 감독보다 못할 리 없으니 백강현의 투구를 본 후 그의 입술이 제멋대로 움직였다.

백강현의 공은 작년보다 오히려 더 좋아진 것처럼 보였다.

"역시 백강현이네요."

"칭찬할 정신은 있구먼."

"그래도 모르니까 해봐야죠. 감독님이 벌써부터 기가 이렇게 죽어 있으면 어떡합니까. 힘내세요!"

"에잇, 씨발. 첫판부터 하필 저놈이 나오고 지랄이야. 힘내려고 해도 저놈 공만 보면 기가 죽는데 어떡하냐."

"감독님, 선수들이 봅니다."

모자를 벗어 들며 투덜대던 김남구 감독이 장 코치의 조언에 얼른 헛기침을 뱉어냈다.

아무리 지랄 같은 상황이라도 시작도 안 했는데 벌써부터 초를 치는 건 감독으로서 할 짓이 아니었다.

하지만 그렇다고 해도 기분이 바뀐 것은 아니다.

백강현이 올린 작년 승 수 중 거의 절반이 이글스를 상대로 한 것이다.

한마디로 백강현은 이글스에게 있어서 악마 같은 놈이었다.

코치진의 우려는 여지없이 현실로 나타나고 말았다.

백강현은 특유의 폭포 같은 싱커와 커브, 그리고 150㎞/h대의 패스트볼을 섞으며 이글스의 타선을 압도했는데 8회 1아웃까지 잡아내고 강판될 때까지 산발 4안타만 맞으며 무실점으로 틀어막았다.

반면 이태진은 나름대로 라이온즈의 강타선을 상대하면서 분투했으나 3회에 이청화에게 2점 홈런을 얻어맞았고 6회에 들어와서도 연속 2안타와 볼넷을 섞어 2점을 더 내주고 말았다.

불행 중 다행인 것은 라이온즈의 구원투수 성현경을 상대로 윤태균이 2점 홈런을 쳐 내면서 분위기를 전환시켰다는 것이다.

9회에도 연속 안타로 1점을 더 뽑아냈기 때문에 경기는 끝날 때까지 긴장의 끈을 놓지 못할 정도로 박진감이 넘쳤다.

최종 스코어 4 : 3

비록 패배를 했으나 대전구장을 가득 채운 이글스의 팬들은 열광적인 환호를 보내주었다.

졌음에도 내용이 달랐고 선수들의 플레이도 작년과는 다르게 활기에 차 있었기 때문이다.

*　　　*　　　*

"오늘 강찬 오빠 출전하는 거 맞아?"

"응, 내가 확인했어."

"직접?"

"어제 전화했는데 오늘 나온다고 했거든."

"아직도 말 못 했니?"

"응."

"너도 참 답답하다. 지금이 어떤 시댄데 아직도 그러고 있어. 도대체 내가 몇 번이나 말해야 해?"

"조용히 해. 사람들이 듣잖아."

김유정은 자신의 가슴을 두들기면서 답답한 표정을 짓다가 은서가 그녀의 손을 잡아오자 그때서야 어깨를 누그러뜨렸다.

대학 4학년 내내 같이 붙어 다녔으니 모르는 게 있다면 이상할 정도였으나 은서의 눈물 나는 짝사랑 이야기를 들은 건 불과 두 달 전이다.

몇 날 며칠 동안 기숙사에 틀어박혀 고열로 신음하기에 단순한 독감인 줄 알았는데 열이 모두 가라앉은 후에도 그녀는 식음을 전폐하고 일어나지 못했다.

죽을 사다가 먹였지만 은서는 마치 굶어 죽기로 작정한 사람처럼 고개를 흔들며 먹기를 거부해서 그녀를 당황시켰다.

뭔가 이상했다.

아파서 하는 짓은 맞지만 이것은 몸이 아니라 마음에서 오는 병이라는 확신이 들었다.

그래서 꼬치꼬치 캐물었다.

그녀의 눈물 속에 무언가 있다는 것을 알게 된 이상 반드시 알아낼 필요가 있었다.

수없이 협박하고 달래면서 그녀의 입이 열리기를 기다렸다.

그랬더니 한 마디씩 나온 이야기를 종합해 보자 짝사랑이 그녀의 가슴에 들어 있었다.

짝사랑.

정말 기가 막혀 말도 나오지 않는 이야기였다.

대학 내에서 킹카라고 소문난 황인태가 쫓아다닌 게 벌써 일 년이 넘었지만 은서는 콧방귀도 뀌지 않았다.

누구나 부러워할 만한 배경을 지녔고 얼굴도 잘생겨서 여학생들에게는 선망의 대상인 그였음에도 은서는 그런 황인태를 거들떠보지도 않았다.

그 정도의 정성으로 쫓아다닌다면 어떤 여자라도 넘어갔을 텐데 냉정하게 거절하는 은서를 보고 여학생들은 냉혈녀란 별명까지 지어 부르며 시샘했다.

그때 알아봐야 했다.

사랑하는 사람이 있는 여자는 그 어떤 남자도 눈에 들어오지 않는다는 걸 생각하지 못했다니 정말 바보가 따로 없었다.

은서의 짝사랑 상대는 그녀도 알고 있는 사람이었다.

바로 이강찬.

고아원에서 어릴 적부터 같이 자라온 오빠.

과연 그런 사람이 짝사랑의 상대가 될 수 있는 건지 이해가 되지 않았지만 은서의 이야기를 모두 듣고 나서는 고개를 끄덕였다.

오빠는 그녀를 지켜주는 수호신이라고 했다.

언제 어느 때든 그녀의 곁을 지켜왔기 때문에 그녀는 자라면서 오빠의 여자가 될 것이라 다짐하면서 살아왔단다.

그런데 왜 자신의 마음을 고백하지 못한 걸까?

정상적인 생각으로는 이해가 되지 않았지만 한편으로는 그럴 수도 있겠다는 생각이 들었다.

세상에 둘도 없이 가까운 사람이 자신의 곁을 영원히 떠나버릴지도 모른다는 두려움은 그녀의 사랑 고백을 막을 수 있는 이유로 충분했다.

그럼에도 김유정은 은서에게 계속 고백해야 한다고 말해주었다.

은서에게는 강찬을 사랑하는 것이 숨조차 쉬지 못할 정도의 고통이라는 걸 알고부터는 수시로 용기를 북돋아주며 그녀에게 고백하기를 강요했다.

사랑이란 두 사람이 하는 것이지 혼자서는 할 수 없으니 그녀의 고통을 해결하는 방법은 강찬에게 자신의 사랑을 보여 주는 것뿐이었다.

사람들의 환성 소리에 눈을 돌리자 백넘버 49번을 단 이강찬이 천천히 마운드로 걸어 올라가고 있다.

당당한 모습.

어제의 패배에도 불구하고 대전구장을 가득 채운 이글스의 팬들은 그의 이름을 연호하며 환성을 내질렀다.

슬쩍 은서를 바라보자 그녀는 두 손을 맞잡은 채 마치 꿈속에 빠져 있는 사람처럼 강찬에게서 눈을 떼지 못하고 있었다.

사랑.

참으로 어렵고도 아름답다.

한 여인을 저토록 순결하게 만들 수 있는 것이 사랑 말고 또 무엇이 있을 수 있겠는가.

김유정이 바라본 은서는 세상에서 가장 신비로운 표정을 얼굴에 담은 채 주변을 환히 밝힐 만큼 아름다운 미소를 짓고 있었다.

제3장
전설의 타자

　강찬이 마운드에 오르자 포수석에 있던 임관이 뛰어왔다.

　이제 연습 투구 몇 개만 던지면 바로 플레이볼이 선언될 터이니 지금이 아니면 대화를 나누기 어려웠다.

　놈의 얼굴은 붉게 상기되어 있다.

　어제 경기는 주전 포수인 송권수가 출전했기 때문에 임관도 이번 경기가 1군 리그에 올라와서 처음으로 치르는 경기다.

　그럼에도 불구하고 임관은 안방마님 행세를 잊지 않았다. 투수의 긴장을 풀어주는 것은 포수가 가장 먼저 해야 할 일이었다.

"떨리냐?"

"조금. 이런 구름 관중은 처음이다."

"씨발, 나는 이번 이닝만 끝나면 오줌 싸러 가야겠어. 오늘
따라 왜 이렇게 자꾸 오줌이 마려운지 모르겠네."

"첫 출전이잖아. 원래 처음은 다 그런 거야."

"얼씨구."

"처음에는 다 아픈 법이란다."

"얻다 대고 베테랑 흉내냐. 초보 투수 놈이 까불고 있어.
죽을라고."

"크크큭."

임관의 쌍심지에 강찬이 이상한 목소리로 웃음을 흘려냈
다.

비록 수많은 관중이 지켜보고 있으나 어쩐 일인지 그렇게
떨리지는 않았다.

하지만 임관은 강찬이 자신처럼 긴장하고 있을 거라 생각
한 것 같았다.

"하여간 잘 던져. 쫄지 말고."

"걱정 마라."

"아자아자, 파이팅! 알지?"

손을 번쩍 들고 갑자기 미친놈처럼 소리 지르는 임관을 보

며 강찬의 얼굴에 어이없는 웃음이 떠올랐다.

역시 긴장되는 모양이다.

과도한 오버액션은 그만큼 오늘 경기의 중압감을 이기지 못하는 데서 나오는 행동이다.

임관이 돌아가자 강찬은 공을 손에 올려놓은 채 관중석을 바라보았다.

저쯤 어딘가에서 은서가 지켜보고 있을 거라 생각하자 마음이 가라앉았다.

오늘은 다른 누구도 아닌 은서를 위해 던질 생각이다.

마운드에 오른 것을 은서가 본 것은 벌써 5년 전의 일이다. 그때의 그녀는 목이 터져라 응원했기 때문에 저녁에 돌아가 보면 언제나 목이 쉬어 있었다.

라이온즈.

한국시리즈 5연패의 주인공이자 금년 시즌의 유력한 우승 후보이며 작년엔 이글스를 꼴찌의 나락으로 빠뜨린 장본인이 기도 하다.

열여섯 번의 대결에서 2승 14패를 기록했으니 거의 전패를 당한 거나 다름없는 전적이다.

다른 팀들도 이글스를 노렸지만 유독 라이온즈는 철저하게 자신들의 제물로 이글스를 택했다.

에이스인 백강현이 이글스를 상대로 8승을 거둔 것은 승률

관리를 위해 라이온즈가 어떻게 했는지를 단적으로 증명해 주는 것이다.

공포의 장타자들이 포진한 클린업트리오는 열 개 구단 중 최강의 펀치력을 자랑했고, 테이블 세터인 1, 2번 타자와 6번 타자까지 모두 3할을 훌쩍 넘는 타력을 지녔기 때문에 라이온즈를 상대하는 투수들은 오줌을 지릴 정도의 긴장감을 갖고 출전했다.

최근 들어 라이온즈의 투수들이 좋은 성적을 보인 것은 그들의 구위가 좋은 것도 있지만 타자들의 지원을 확실히 받은 것도 큰 이유 중의 하나이다.

오늘 라이온즈의 선발은 작년 14승을 거둔 김진태였는데 슬라이더가 일품인 선수이다.

프로야구 경력이 7년이나 된 그는 작년까지 연속으로 5년 동안 10승대의 투구를 구사했기 때문에 백강현만 없었더라면 충분히 에이스 대접을 받을 만한 투수였다.

다시 말해서 오늘 경기도 만만치 않다는 뜻이다.

요즘 들어 이글스의 타자들이 잘 쳐 주고는 있지만 김진태의 공을 쉽게 공략하지는 못할 거란 판단이 들었다.

그렇다면 오늘 승부는 3점 이내에서 결정이 난다.

"야, 내 대신 쟤한테 파이팅 좀 외쳐 줘라."

"감독님이 직접 하시죠?"

"감독 체면이 있지 어떻게 소릴 질러대."

"저는 체면 없고요?"

"관둬라, 관둬. 하지 마!"

장혁태 코치가 입을 쭉 내밀자 김남구 감독이 신경질적으로 모자를 털고 자리에 털썩 주저앉았다.

어제의 패배가 부담이 된 듯 그는 오늘 아침부터 불안한 모습을 보였다.

물론 선수들에게는 무표정인 얼굴로 여전히 카리스마를 보여주고 있었지만 오랜 세월을 같이한 장혁태는 그가 긴장하고 있다는 것을 금방 알 수 있었다.

하기야 이해는 간다.

3년 내리 꼴찌인 팀을 되살리기 위해 구원용으로 감독에 취임한 김남구는 이글스를 맡은 그 어떤 감독보다 부담감이 클 것이다.

더군다나 최근 벌어진 하와이에서의 경기가 대서특필되면서 팬뿐만 아니라 구단에서까지 초미의 관심을 보이는 중이라 개막하자마자, 그것도 홈에서 연패를 당한다면 얼굴을 들고 다니기 힘들지도 모른다.

"쩝."

입맛을 다신 후 장혁태 코치는 더그아웃을 빠져나가 막 연습 투구를 마친 강찬을 향해 소리를 버럭 지르며 두 팔을 번쩍 들었다.

"파이팅! 강찬아, 이겨라!"

하란다고 한 건 아니었다.

세상에 어떤 수석 코치가 경기 전에 소리를 고래고래 지르며 선발투수에게 파이팅을 외친단 말인가.

그럼에도 코미디언처럼 무리를 한 것은 조금이나마 김남구 감독의 마음을 풀어주고 싶었기 때문이다.

이왕 한 것, 마지막까지 뻔뻔해야 덜 창피하다는 걸 알고 있기 때문에 장혁태 코치는 소리를 질러 사람들의 이목을 집중시켜 놓고 뭘 보느냐는 얼굴로 관중석과 선수들을 쓰윽 째려본 후 더그아웃으로 들어왔다.

그런 그를 보며 김남구 감독이 황당하다는 얼굴로 말했다.

"너 미쳤냐?"

"왜요?"

"하란다고 정말 해?"

"전 감독님이 시키면 뭐든지 다 하는 사람입니다."

"내일모레면 50인 사람이 그게 뭐하는 짓이냐고!"

"그럼 왜 시키셨어요?"

"허허, 그것참."

"그만 시비 걸고 경기나 보시죠. 이제 시작합니다."

"이기겠지?"

"그럼요. 이길 겁니다."

."무슨 수를 쓰더라도 저놈들, 한 번은 잡고 넘어가야 돼. 우리가 작년하고 다르다는 걸 보여줘야 다른 놈들도 우릴 타깃으로 삼지 못하니까 말이야."

침을 꿀걱 삼킨 김남구 감독은 초구를 던지기 위해 와인드업을 하는 강찬에게 시선을 고정시켰다.

그는 정말 이 경기를 이기고 싶었다.

그랬기에 강찬을 바라보는 그의 시선은 간절한 마음을 담고 있었다.

파앙!

강찬이 타자 무릎으로 파고드는 직구를 던져 스트라이크를 잡아내자 CBS의 야구전문캐스터 장춘진이 힐끔 전광판 쪽으로 시선을 던졌다.

그는 라이온즈의 1번 타자 정승규에 대해서 소개하다가 강찬이 공을 던지자 급히 멘트를 날렸는데 목소리가 차분했다.

"아, 이강찬 선수, 초구는 직구였습니다. 148㎞/h가 나왔군요. 아직 몸이 덜 풀렸는지 그렇게 빠르지는 않군요."

"투수들은 보통 3회 정도는 던져야 몸이 완전하게 풀립니다. 최고 구속은 보통 30~50구 사이에 나오니까 아직 어깨가 덜 풀렸다고 보면 맞을 것 같습니다."

"이강찬 선수의 최고 구속이 158㎞/h로 알려져 있지 않습니까. 그 정도면 국내 최정상급이죠?"

"그렇습니다. 정말 그 정도의 속구를 평균적으로 던진다면 그렇게 말할 수도 있지요. 하지만 잘 아시는 것처럼 투수는 그런 강속구를 계속 던질 수 없죠. 아마 이강찬 선수가 보인 최고 구속은 컨디션이 매우 좋았을 때 던진 기록이 아닌가 생각됩니다. 그래도 대단한 구속입니다. 초구가 148㎞/h가 나왔으니 금방 150㎞/h로 올라갈 것 같습니다."

해설을 맡고 있는 김동호가 캐스터의 말을 받으며 자료를 뒤적거렸다.

이강찬이 하와이에서 던진 구속 현황을 어렵게 구했는데 자료 더미에 숨어버려 막상 찾지를 못해 그동안의 경험을 가지고 이야기했다.

김동호는 선수 시절 투수를 했고 프로야구 코치와 감독까지 한 사람으로서 이제는 중계 해설의 베테랑으로 자리 잡았다.

그의 뛰어난 야구 지식과 경험은 타 방송국의 해설가보다 질적으로 훨씬 뛰어났기 때문에 CBS 측에서는 꽤 많은 연봉을 주고 모셔왔다.

김동호가 말을 이으면서 자료 찾는 걸 잠시 지켜보던 캐스터 장춘진이 강찬의 2구를 확인하고는 즉시 입을 열었다.

다른 투구, 다른 내용이 생겼으니 방금 진행되었던 해설을 다른 쪽으로 전환해도 무리가 없다고 판단한 것이다.

더군다나 자료를 찾지 못해서 헤매는 중이라면 더욱 그랬다.

"아, 터무니없는 공에 배트가 따라 나갑니다. 선구안이 좋기로 유명한 정승규 선수가 맥없이 배트를 휘두르고 마는군요."

"바깥쪽으로 뚝 떨어지는 낙차 큰 커브였어요. 사실 여기에서 결과를 보고 말하니까 터무니없는 공에 배트가 나간 것처럼 보이지만 실제 타석에 있는 타자의 눈에는 홈 플레이트에 올 때까지 스트라이크로 보입니다. 더군다나 초구가 빠른 직구였기 때문에 정승규 선수가 당한 것 같습니다."

"그나저나 정말 각도가 예리하군요."

"그렇군요. 더 봐야 되겠지만 커브의 각도는 수준급으로 보입니다."

김동호는 확신하지는 않았지만 고개를 끄덕여 주었다.

프로야구를 벌써 7년째 중계하는 장춘진은 캐스터였지만 경력이 오래되다 보니 웬만한 투수의 구질은 전부 꿰차고 있었다.

서당 개 삼 년이면 풍월을 읊는다더니 꼭 그 짝이었기 때문에 김동호도 이제는 그를 대놓고 무시하지는 못했다.

정승규가 몸 쪽으로 붙어 들어온 슬라이더에 손을 대서 유격수 땅볼로 물러나자 그는 해설가인 자신이 해야 할 말까지 대신하기 시작했다.

"이강찬 선수, 공 세 개로 간단하게 잡아내는군요. 슬라이더도 상당히 좋은데요."

"제가 알기로 이강찬 투수의 구질은 네 가지입니다. 직구와 커브, 슬라이더, 그리고 체인지업인데, 지금 보니까 변화구가 상당한 위력적이군요. 타자로서는 쳐 내기 쉽지 않았을 것 같습니다."

김동호가 맞장구를 쳐 주자 장춘진의 얼굴에 웃음이 생겨났다.

나름대로 닦아온 지식이 빛을 볼 때면 절로 기분이 좋아지기 때문이었다. 루키 이강찬에 대한 지식을 가지고 있지 않았기 때문에 그런 기분은 더욱 크게 들었다.

아무런 사전 지식 없이 오직 야구에 대한 경험만 가지고 투수에 대한 평가를 할 수 있다는 건 아무나 할 수 있는 일이 아니었다.

이강찬은 꽤나 위력적인 투구를 선보이며 1이닝을 무사히 끝냈다.

2번 타자는 5구째 던진 체인지업으로 삼진을 잡아냈고, 3번 타자 엄갑령은 우익수 쪽 뜬공으로 처리했다.

공수 교대가 되고 광고가 나가는 순간을 이용해서 잠시 마이크를 내려놓은 장춘진이 김동호에게 물병을 넘겨주었다.

말을 많이 하는 사람은 물을 수시로 마셔줘야 잠잘 때 목이 아프지 않았다.

두 사람은 벌써 3년째 호흡을 맞춰왔기 때문에 거의 친구처럼 지내고 있었는데 나이도 같아서 이렇게 브레이크타임이 되면 말을 놓는 사이였다.

"김 형. 이강찬 말이야, 공이 살벌하지 않아?"

"괜찮긴 하네."

"변화구가 장난이 아니잖아. 여기서 직구 스피드만 조금 올라오면 라이온즈 타자들이 고전 좀 하겠는데?"

"아직 몰라. 라이온즈에는 워낙 괴물 같은 놈들이 많아서 두고 봐야 해. 하지만 지금은 이강찬이 유리하긴 할 거야. 라이온즈 타자들은 이강찬에 대해서 아무것도 모르지만 쟤는 철저히 연구하고 나왔을 테니까."

"오늘 경기 재밌겠는데."

"김진태도 공이 좋군. 오늘 컨디션이 좋아 보여. 김진태가 저 정도 컨디션이라면 이글스도 쉽지 않겠어."

장춘진이 혀로 입술을 축이며 흥미를 나타내자 김동호가 턱으로 김진태의 연습 투구 모습을 가리켰다.

마운드에는 어느새 김진태가 나와서 공을 던지고 있었는데 공을 던지는 어깨가 무척이나 가벼워 보였다.

"오빠, 봐라. 내 말이 맞지?"

"이제 1회 끝난 건데, 뭘."

"최소 5회까지는 투수전으로 갈 것 같다니까. 이강찬이 메츠전처럼만 던져 주면 그럴 공산이 커. 1회 보니까 충분할 것 같아."

"1회처럼만 던져 주면 얼마나 좋겠냐. 그렇게만 해준다면 두말할 나위가 없지. 그나저나 우리 타자들은 또 매가리가 없네. 오늘도 어제처럼 늦게 터지려나."

"조금만 더 기다려 봐. 어제도 봤잖아. 작년하고 다른 거."

"김진태가 워낙 여우 같이 던져서 쉬워 보이지가 않아. 네 말대로 5회 정도는 가야 될 것 같아."

"아씨, 그럼 안 되는데. 우리 타자들은 너무 늦게 달아오른다니까. 꼭 오빠같이."

"그래도 난 길게 하잖아."

"아이, 몰라잉."

"기대하고 있어. 오늘 이기면 최소 한 시간은 죽여줄게."

"호호, 정말이지?"

"그나저나 다음 라이온즈 공격이 이청화부터 시작인데 걱정이다. 잘 막아줘야 될 텐데."

"으, 이청화. 그 인간 때문에 우리 팀이 진 게 몇 번인지 기억도 안 나. 정말 미워."

곽선화는 말을 해놓고 수비를 위해 들어서는 이글스의 선수들을 바라보며 한숨을 내쉬었다.

이강찬이 라이온즈 타자들을 삼자범퇴로 처리한 것과 비슷하게 김진태도 이글스의 타자들을 간단하게 잡아냈기 때문에 공수 교대는 금방 이루어졌다.

그녀는 이청화만 생각하면 머리가 지끈거렸다.

그는 언제나 결정적인 순간에 타석에 들어서서 이글스에게 치명타를 날리곤 했다.

연인이자 이글스 팬클럽의 회장과 부회장인 이동렬과 곽선화는 언제나 응원석과 한참 떨어진 곳에서 함께 관전했는데 치어리더들의 춤과 노랫소리가 경기에 집중하는 데 방해했기 때문이다.

둘이 말하는 사이에 강찬이 마운드에 올라왔고, 드디어 그들이 기다리던 순간이 다가왔다.

대한민국 최고의 슬러거 라이온즈의 4번 타자 이청화가 천천히 타석으로 들어서고 있었다.

곽선화의 입에서 저절로 비명이 흘러나왔다.

막상 기다리고 있던 대결이 다가오자 과도하게 긴장했던지 그녀는 함성 대신 비명을 질러댔다.

강찬은 타석으로 들어선 이청화를 바라본 후 침을 꿀꺽 삼켰다.

대한민국을 넘어 일본까지 휩쓴 야구영웅과 마주하자 가슴이 터질 듯 뛰었다.

얼마나 이 순간을 상상하며 기다려 왔던가.

이미 전설이 되어버린 사내.

프로야구계의 현존하는 레전드.

그 이청화가 타석에서 빈 스윙을 한 후 얼마나 잘 던지는지 보겠다는 듯 강찬에게 강렬한 시선을 보내왔다.

강찬은 눈을 질끈 감았다가 떴다.

작년 시즌 홈런 숫자는 51개였고, 그것으로 그는 홈런왕 타이틀을 거머쥐었다.

경기당 0.4개의 홈런, 다시 말해 두 경기당 한 개의 홈런을 때려냈다는 것이니 정말 대단한 강타자였다.

하지만 그것 때문에 두려워서 가슴이 뛴 것은 아니었다.

존경의 대상과 마주했다는 감격.

그렇다. 강찬의 머리를 가득 채우고 있는 것은 두려움이 아니라 바로 감동이었다.

강찬은 모자를 벗어 이청화에게 정중히 고개를 숙여 예의를 표한 후 글러브의 공을 틀어쥐었다.

이청화는 강찬이 보여준 예의가 의외였는지 잠깐 멈칫하

더니 여유 있는 미소를 보내왔다.

그것으로 되었다.

존경하는 타자가 인사를 받아주었으니 이제부터는 본격적인 승부만 남았다.

강찬은 심호흡으로 뛰는 가슴을 내리누른 후 임관의 사인을 확인하고 고개를 끄덕였다.

임관이 요구한 것은 바깥쪽으로 꽉 찬 직구였다.

조금 위험하다는 생각에 고개를 저었다.

아직 팔이 완전하게 풀리지 않았기 때문에 자칫 이청화가 직구를 노리고 있다면 장타로 연결될 수도 있었다.

연속되는 사인이 반복되고 이내 강찬이 고개를 끄덕였다. 초구는 안전하게 바깥쪽으로 떨어지는 슬라이더를 선택했다.

워낙 강타자이기 때문에 한번 간을 보자는 생각으로 던지는 유인구였다.

하지만 강찬의 유인구는 직구를 빼고 어떤 구질도 그냥 버리는 게 없었다.

슬라이더든 커브든 교묘하게 스트라이크존으로 들어오다가 급격하게 변화를 일으키기 때문에 웬만한 타자들은 거의 손이 따라 나온다.

그것이 패스트볼이 구사된 다음이면 더욱더 위력을 발휘

했다.

강찬의 어깨가 풀리고 150㎞/h대의 직구를 던지게 되면 변화구의 위력이 배가되는 것도 그런 이유 때문이었다.

사람의 눈은 아무리 뛰어난 직감과 반사 신경이 있다 하더라도 속도의 차이 앞에서는 무기력하게 변한다.

웬만해서는 초구부터 볼을 던지는 경우가 없었지만 강찬은 미련 없이 유인구를 던졌다.

정확하게 회전하면서 스트라이크존 한복판으로 날아가던 123㎞/h의 슬라이더는 홈 플레이트 앞에서 바깥쪽으로 휘어지며 떨어져 내렸다.

이청화가 배트를 움찔할 정도로 절묘한 유인구였다.

하지만 이청화는 끝내 배트를 움직이지 않고 뒤로 물러섰다.

강타자란 단어는 단순하게 파워가 좋은 타자를 말하는 게 아니었다.

아무리 파워가 좋다 하더라도 정확한 선구안과 임팩트 능력이 없으면 장타는 나올 수 없기 때문이다.

이청화가 초구를 골라내고 여유 있게 다시 타석으로 들어왔을 때 임관의 손이 부지런히 움직였다.

이번에는 바깥쪽 커브로 스트라이크를 잡자는 사인이었다.

하지만 강찬은 고개를 저은 후 인코스 높은 직구를 선택했다.

1볼인 상태에서 장타자들은 가급적 찬스를 노린다.

특히 이청화는 작년 1볼 상태에서 열일곱 개의 홈런을 쳐낸 바 있으니 좋은 공으로 승부할 이유가 없었는데 임관은 긴장했기 때문에 그것을 놓친 것 같았다.

강찬의 의도에 임관은 금방 반응해 왔다.

그는 금방 자신의 실수를 알아채고 미트를 손으로 팡팡 치면서 괜히 부산을 떨었다.

다른 때 같았다면 놈은 분명 자신의 머리를 때렸을 텐데 실전 중이기 때문에 대신 미트를 때린 것 같았다.

야구는 철저한 머리싸움이다.

누군가는 강력한 구위만 있으면 모든 타자를 압도한다고 생각하겠지만 현실에서는 절대 그런 일이 벌어질 수 없었다.

아무리 대단한 투수라 해도 정면승부만 펼친다면 결국은 타자에게 잡아먹히고 말기 때문이다.

구위가 조금 떨어져도 타자의 모든 신체 반응을 완벽하게 속이는 투수가 명투수로 자리 잡는 건 그런 이유였다.

강찬은 와인드업한 상태에서 이청화의 시선을 피하지 않고 전력으로 공을 던졌다.

정확하게 이청화의 허리 위쪽으로 파고드는 인코스 높은

패스트볼이었다.

찬스를 노린 타자들이 가장 속기 쉬운 공.

더군다나 처음 던진 149㎞/h 직구였으니 이청화의 눈에는 더욱 빠르게 느껴졌을 것이다.

그의 배트가 백스윙 탑에서 잠시 섰다가 지체 없이 빠져나오며 강력한 풀스윙으로 변환되었지만 강찬이 던진 공은 생각보다 높아서 거의 공 한 개 이상 차이가 났다.

선구안이 나빠서가 아니라 이미 어떤 공이라도 쳐 내겠다는 마음을 가지고 있었기 때문에 벌어진 일이다.

타격을 결정한 타자는 투수의 어깨가 앞으로 나오는 순간 곧바로 반응하게 되는데 스트라이크존으로 들어오는 모든 코스가 타깃이다.

이청화는 헛스윙을 한 후 타석에서 물러나 헬멧을 장갑 낀 손으로 툭툭 두들겼다.

자신이 생각해도 너무나 어이없는 스윙을 한 것이 쑥스러웠던 모양이다.

이글스의 홈팬들은 이청화의 헛스윙 하나에 난리 블루스를 추며 즐거워했다. 이청화가 이렇게 터무니없는 스윙을 한 것이 정말 오랜만이었기 때문에 관중들은 이강찬을 연호하며 삼진을 외쳐 댔다.

하지만 강찬은 이청화의 스윙을 지켜보며 긴장감을 느꼈다.

윙 하는 바람 소리가 마운드까지 들려왔기 때문이다.

볼이라는 것을 알면서도 조금의 망설임도 없이 스윙을 했다.

대부분의 타자들은 타격을 결정해 놓고도 자신이 생각한 구질이나 코너가 아니면 주춤하면서 제대로 된 스윙을 하지 못하는데 이청화는 조금의 망설임도 보이지 않았다.

그것 하나만 가지고도 그가 얼마나 대단한 타자인지 알 수 있었다.

아마 공이 조금만 낮았더라면 제대로 얻어걸렸을지 모른다.

강찬이 호흡을 가다듬자 열광하던 관중들의 함성이 잦아들었다.

그들 역시 강찬과 이청화의 대결에 잔뜩 긴장하고 있었기 때문에 옆 사람과 대화도 하지 않았다.

임관의 사인에 강찬은 두말없이 고개를 끄덕이곤 곧바로 와인드업 자세로 들어갔다.

이전보다 훨씬 빠른 타이밍이었기 때문에 이청화의 배트 역시 빠르게 움직였다.

이런 모든 것은 사전에 임관과 연습한 것들이다.

타자의 타이밍을 뺏기 위해 생각한 것들을 연습을 통해 충분히 준비했는데 메츠전에서 커다란 효과를 발휘했다.

언제 봐도 부드러운 투구 폼.

물 흐르듯이 유연하게 움직이는 강찬의 투구 모습은 교과서를 보는 것처럼 완벽했다.

어떤 투수들은 던지는 구질에 따라 투구 폼이 달라진다고 하던데 강찬의 몸은 언제나 일정했다.

2구째 던진 투구 폼과 바로 지금 던진 커브의 투구 폼에서 어떤 차이도 나타나지 않았다.

그것은 슬라이더도 마찬가지였고 체인지업을 던질 때도 똑같았다.

장점 중의 장점이자 어릴 때부터 피와 땀으로 가다듬어진 노력의 결정체였다.

커브는 이청화의 가슴 쪽까지 올라갔다가 급격하게 떨어져 내리며 정확하게 포수의 오른쪽 무릎으로 파고들었다.

거의 폭포수처럼 떨어져 내리는 완벽한 커브였다.

하지만 이청화의 배트는 기다렸다는 듯 유연한 궤적을 그리며 움직였다.

따악!

경쾌한 타구 음과 함께 걷어 올린 공이 새까맣게 하늘을 비행한 후 삼루 쪽 외야로 빠져나갔다.

빗맞은 것이 분명했는데도 공은 계속 뻗었는데 다행스럽게 끝 쪽에서 훅이 걸리며 삼루 쪽 스탠스 상단을 때렸다.

관중들이 모두 일어섰다가 안도의 한숨을 내쉬며 자리에

주저앉았다.

어제도 이청화에게 결정적인 홈런을 맞아 패배했기 때문에 관중들은 타구가 하늘을 비상하자 눈을 질끈 감았다.

아쉬운 타구에 이청화가 어깨를 으쓱댄 후 홈 플레이트를 배트로 툭툭 두들겼다.

그는 강찬에게 시선을 떼지 않은 채 이번에는 타석에서조차 물러서지 않았는데 두 눈에 나타난 것은 지금까지의 여유가 아니라 전사로서의 투지였다.

루키로 얕본 애송이 투수가 자신을 농락하는 패스트볼에 이어 예리한 변화구로 승부를 해오자 그의 눈은 날카롭게 빛나기 시작했다.

강찬이 입술을 지그시 깨물었다.

완벽한 제구에도 이청화는 무릎으로 파고든 커브를 받아쳐 3루 끝 쪽 상단 스탠스를 맞추는 대형 타구를 날렸다.

조금만 제구가 덜 되었든가 이청화의 배트 각도가 미세하게 누웠더라면 홈런으로 이어졌을 것이 분명할 정도로 커다란 타구였다.

2스트라이크 1볼.

유인구를 던져야 할 타이밍이 맞았지만 오기가 생긴 강찬은 승부를 선택했다.

역에 역으로 찔러가는 전략이다.

당연히 투수는 이런 경우 유인구를 던지는 경우가 많기 때문에 타자들의 머릿속에는 나쁜 공에 손을 대서 삼진을 당하면 안 된다는 선입감이 자리 잡고 있다.

강찬이 노린 것은 바로 그것이었다.

이청화가 아무리 대단한 타자라도 그런 선입감을 완전하게 버릴 수는 없을 테니 이번 공으로 단숨에 승부를 볼 생각이다.

아직까지 구위가 완벽하게 살아나지 않은 이상 질질 끌면 오히려 불리해질 거란 판단이 그런 결정을 내리게 만들었다.

슈우욱.

가장 망설이게 만드는 공.

바로 스트라이크와 볼의 경계선에 정확하게 틀어박히는 공이다.

그것도 타자의 머릿속에 볼을 건드리면 안 된다는 선입감이 박혀 있다면 엄청난 효과를 볼 수 있는 코스였다.

강찬의 슬라이더는 타자의 몸 쪽에서 급격하게 빠져나가며 타자의 무릎과 가장 먼 곳을 통과했다. 이청화의 몸이 움찔하며 반응했지만 공은 이미 무릎 사이를 통과해서 임관의 미트로 박혀들고 있었다.

잠시의 침묵.

그리고 그 침묵을 깨뜨린 심판의 외침.

"스트라이크!"

심판은 마치 경기를 끝낸 사람처럼 스트라이크를 외치며 펄쩍 뛰어올라 춤추듯이 더그아웃 쪽을 향해 팔을 뻗었다.

관중들의 함성이 일제히 쏟아진 것도 그와 비슷한 순간이었다.

강타자 이청화를 삼진으로 잡아내자 이글스의 홈팬들은 스탠스를 무너뜨릴 기세로 방방 뜨면서 함성을 질러대고 있었다.

"아이고, 이러다 오늘 살 다 빠지겠다. 여기서 살 더 빠지면 늙어 보일 텐데 걱정이네."

"이번 경기는 우리가 이길 것 같습니다."

"왜?"

"강찬이가 무실점으로 2회까지 버텼으니 이 경기는 이긴 거나 다름없습니다."

장혁태 코치가 들어오는 선수들의 등을 두들겨 주는 코치들을 바라보며 말하자 김남구 감독이 입술을 반쯤 내밀었다.

강찬은 이청화를 삼진으로 때려잡은 후 5번 타자인 심중환까지 불과 3구 만에 우익수 뜬공으로 잡아냈다.

커브가 가운데로 몰리는 실투로 6번 타자에게 안타를 맞았지만 7번 타자를 유격수 앞 땅볼로 잡아내면서 2회를 잘 막았다.

장혁태의 말이 무슨 뜻인지는 잘 안다.

강찬은 3회부터 구위가 좋아지기 때문에 메츠 타선도 4회부터는 강찬에게 꼼짝하지 못했다.

하지만 그럼에도 김남구 감독의 얼굴은 활짝 펴지지 못했다.

야구공은 둥글기 때문에 끝나봐야 결과를 알 수 있기 때문이다. 아무리 유리하던 경기도 한 방에 뒤집히는 게 야구였으니 잠시도 방심해서는 안 되었다.

더군다나 라이온즈에는 언제든지 한 방을 터뜨릴 수 있는 놈들이 즐비했다.

강찬의 구위가 3회를 넘어서면서부터는 훨씬 좋아진다는 것을 경험을 통해 알고는 있었지만 2회에서 본 것처럼 언제든지 실투해 안타를 맞을 수 있었다.

그랬기에 김 감독은 장혁태에게 눈짓으로 강찬을 가리켰다.

워낙 오랜 세월을 함께했으니 단박에 그의 뜻을 알아채고 이일화에게 눈을 끔벅였다.

올 시즌이 끝나면 코치진으로 합류할 것이 유력한 이일화는 장혁태가 자신을 바라보며 눈을 끔벅거리자 천천히 일어나 강찬에게 다가갔다.

자신도 한때 이런 경험을 한 적이 있었다.

신인 시절 강팀과 마주했을 때 선배들은 매회가 끝날 때마다 슬금슬금 다가와 경기를 보면서 농담을 건네주었다.

그들이 한 것은 긴장감을 풀어주기 위해 농담만 한 것이 아니라 상대 팀 타자들에 대한 아낌없는 조언도 해주었다.

경험이 많은 선배들은 상대 선수들에 대한 성격과 좋아하는 구질, 그리고 버릇까지 가르쳐 주며 좋은 투구를 할 수 있도록 도와주곤 했다.

나중에서야 그것이 코치들의 지시로 이루어졌다는 것을 알 수 있었다.

물론 시간이 지나고 친해졌을 때는 스스럼없이 선배들과 대화도 하고 장난도 쳤지만 막 입단한 그에게 선배는 하느님과 동기 동창처럼 위대하고 까마득한 존재로 느껴졌다.

강찬에게 다가간 이일화는 손을 내밀어 어깨를 감싼 타월을 바짝 목 쪽으로 끌어올려 주었다.

가끔가다 투수들은 갑갑증 때문에 강찬처럼 타월을 내리는 경우가 있는데 그래서는 어깨가 식는 것은 완벽하게 막을 수가 없었다.

"어떠냐?"

"쉽지 않습니다. 생각한 것보다 센데요?"

"이청화, 포스가 장난이 아니지?"

"예, 스윙 소리가 마운드까지 들리더라고요. 세 번째 타구는 넘어가는 줄 알았습니다."

"나도 저놈한테 홈런 많이 얻어맞았다. 한마디로 괴물 같은 놈이야."

"그러게 말입니다."

"그래도 난 네가 이길 거라고 생각한다."

"왜요?"

"넌 이청화보다 더 대단한 괴물이니까."

"선배님, 농담하지 마십시오. 정말인 줄 알고 기고만장하면 어쩌려고 그러세요."

"농담하는 걸로 보이냐. 지금까지 야구하면서 너 같은 괴물을 나는 처음 본다. 메이저리그에 랜디 커트가 나타났을 때 사람들은 그를 보고 몬스터라고 불렀다. 160㎞/h를 우습게 던진 그는 첫해에 무려 18승을 거두었고 그 후 7년 동안 무려 120승을 따냈지. 나는 네가 랜디 커트 못지않게 잘할 거라고 생각한다."

"선배님, 과찬이십니다."

"푸하하, 너무 나갔나?"

"예, 확실히요."

"그래도 난 네가 이긴다에 십만 원 걸었다. 그러니까 오늘 경기 반드시 이겨야 돼. 십만 원 벌어다가 우리 아들 로봇 사줘야 한단 말이다."

"십만 원이나 걸었단 말입니까?"

"그래, 인마. 그러니까 꼭 이겨."

그나마 조금 남아 있던 긴장마저도 이일화와 농담을 주고받으면서 눈 녹듯 사라져 버렸다.

이글스의 3회 공격은 안타 하나를 얻어냈으나 무실점으로 끝났기 때문에 강찬은 어깨에 두르고 있던 수건을 풀고 그라운드로 나갔다.

어깨에서는 서서히 열이 피어오르고 있었다.

어깨가 풀리고 있다는 신호다.

예상처럼 어깨에 땀이 차면서 직구의 구속이 올라오기 시작했다.

8번 타자부터 시작된 라이온즈의 공격은 강찬의 패스트볼이 150km/h로 올라서기 시작하면서 맥을 추지 못했다.

라이온즈는 5회까지 강찬의 구위에 눌려 볼넷 한 개와 안타 두 개에 그치는 빈공에 허덕였는데 이닝이 늘어날수록 타자들의 얼굴이 어두워지기 시작했다.

강찬의 강력한 패스트볼과 정교한 변화구, 면도날 같은 컨트롤 능력은 타자들의 허를 찌르며 무려 삼진을 여섯 개나 만들어냈기 때문이다.

반면 5회까지 잘 던지던 김진태는 6회 들어 이글스의 클린업트리오에게 연속으로 안타를 얻어맞으며 2실점 후 강판되었다.

대전구장은 난리가 났다.

라이온즈를 상대로 선취점을 뽑아내자 경기가 끝난 것같이 관중들은 열광에 휩싸였다.

하지만 이글스 타선은 거기에서 그치지 않고 7회와 8회에서도 1점씩을 뽑아내 팬들을 거의 미치도록 만들었다.

운명의 9회 말.

점수는 4 : 0.

강찬은 그 후에도 볼넷 한 개와 안타 두 개를 더 내주었지만 무실점으로 라이온즈의 타선을 틀어막아 첫 등판에서 완봉승도 가능한 분위기였다.

비록 투구 수가 125개를 넘었으나 강찬의 구위는 갈수록 위력적이었기 때문에 김남구 감독은 강찬을 교체하지 않고 마지막 이닝까지 그대로 갔다.

이글스의 팬들은 강찬이 9회에도 마운드로 오르자 괴성을 질러댔다.

최근 3년 동안 라이온즈를 상대로 완봉승을 거둔 투수는 아무도 없었기 때문에 그들은 강찬이 기록을 세워주길 간절한 마음으로 기도하고 있었다.

제4장
그녀

"김 위원님, 결국 이강찬 선수가 9회까지 올라오는군요. 어떻게 생각하십니까?"

"투구 수는 적은 편이 아닙니다. 하지만 당연히 욕심이 나겠지요. 이글스 코치진 입장에서도 이강찬 선수가 완봉승을 거둬준다면 투수 로테이션에 여유가 생기니까 그냥 올린 것 같습니다. 더군다나 이강찬 선수의 구위는 전혀 떨어지고 있지 않습니다. 9회 공격이 7번에서부터 시작되는 하위 타선이니까 오늘 루키 이강찬 선수가 강적 라이온즈를 상대로 큰일을 해낼지도 모르겠습니다."

"지금 이글스 팬들은 난리가 났습니다. 정말 오랜만이죠. 대전구장이 이렇게 후끈 달아오른 걸 본 게 얼마 만인지 모르겠습니다."

"다른 해와는 다르게 올해 이글스의 전력이 탄탄하다는 걸 팬들도 아는 것 같습니다. 지난 3년 동안 내리 꼴찌를 하면서 상당히 실망도 했지만 시범 경기에서 보여주었듯이 금년 이글스의 타선은 열 개 구단 중에서 상위권에 속할 만큼 짜임새를 갖추었습니다. 더군다나 이강찬과 고동식 등 선발투수진에 루키들이 합류하면서 기대가 커지고 있는 실정입니다."

굳이 아는 이야기를 김동호가 또다시 꺼낸 것은 대전구장의 분위기 때문이었고, 하나 덧붙인다면 캐스터인 장춘진이 눈짓하면서 맞장구를 쳐 달라고 신호를 보내왔기 때문이다.

장춘진은 김동호가 말을 끝내자 이강찬의 연습 투구를 보며 즉시 말을 이어나갔다.

"볼넷 두 개에 안타 네 개를 맞았지만 무실점입니다. 이 정도면 위기관리 능력도 뛰어난 거겠지요?"

"그렇습니다. 연속 안타를 맞지 않았어요. 사실 루키들이 쉽게 무너지는 건 마인드컨트롤이 부족하기 때문에 연속 안타를 맞으며 실점하는 것인데 이강찬 선수는 루키답지 않게 배짱이 두둑한 것 같습니다."

"오늘 패스트볼의 최고 구속이 156㎞/h를 찍었습니다. 개인 기록보다는 적게 나왔는데 어떻게 생각하십니까?"

"선수의 컨디션에 따라 5㎞/h까지는 왔다 갔다 차이를 보이기도 합니다. 그럼에도 이강찬 선수의 직구는 최상위급에 속할 정도로 빠른 것입니다."

"이청화 선수와의 대결에서 오늘 좌중간 안타 하나밖에 맞지 않았으니 이강찬 선수가 이긴 걸로 봐야겠지요?"

"하하하, 애매한 질문입니다. 물론 데이터상으로는 이강찬 선수가 좋은 결과를 낸 것으로 보이지만 우익수 플라이가 되어서 다행이었지 마지막 타구도 꽤나 잘 맞았거든요. 그때 공이 빠졌더라면 최소 2루타성이었으니 이강찬 선수도 꽤나 긴장했을 겁니다."

"아, 말씀드리는 순간, 이강찬 선수 와인드업……."

김동호의 해설을 중간에서 끊으며 장춘진이 멘트를 날렸다.

마지막 라이온즈의 공격이 시작되고 있었기 때문이다.

강찬은 이닝이 진행될수록 직구 수를 조금씩 늘려 나갔다.

대담 프로그램에서 누군가 투수가 던지는 공 중 가장 위력이 큰 구질이 무엇이냐고 전문가들에게 물은 적이 있는데 그때 대다수의 전문가들은 곧바로 패스트볼이란 답을 내놓았다.

마구라고까지 불리는 포크볼이나 너클볼 등의 변화구를

제치고 패스트볼이 가장 위력적인 구위로 뽑힌 것은 다름 아닌 스피드 때문이었다.

선구안이 아무리 좋더라도 빠른 공에서 나타나는 두려움과 공포를 타자들이 이겨내기가 어렵다는 것이다.

그것을 강찬은 누구보다 잘 알고 있었다.

어깨가 회복되면서 패스트볼이 150km/h를 넘어서자 어떤 변화구보다 직구의 코너워크가 위력적으로 통했다.

특히 가슴 선을 통과하는 직구는 타자들의 헛스윙을 유도하는 최상의 무기였고, 무릎 쪽으로 파고드는 코스는 잘 쳐봐야 파울볼 아니면 유격수 앞 땅볼이었다.

그것뿐만이 아니었다.

바깥쪽 낮게 제구한 공은 웬만한 타자는 배트조차 나오지 못하게 할 정도로 위력적이었는데 강찬이 가장 잘 던지는 코스였다.

선두 타자로 나온 라이온즈의 7번 타자 심혁수를 삼진으로 잡은 것도 바로 그 공이었다.

심혁수는 2스트라이크 2볼 상태에서 배트를 움직이지도 못한 채 스탠딩 삼진을 당했다.

그가 보기에는 볼 같았지만 심판은 정확히 파고든 공을 향해 뛰어오르며 스트라이크를 선언했다.

8번 타자는 심혁수가 삼진당한 것을 의식이라도 한 듯 적극적으로 타격에 나섰는데 직구에 초점을 맞추고 있는 게 눈에 보였기 때문에 승부구를 커브로 가져갔다.

아무리 위력이 좋은 직구도 타자가 줄기차게 노린다면 굳이 정면승부를 할 이유가 없기 때문이다.

야구는 타이밍의 게임이라고 볼 수도 있었다.

어떤 구질에 타이밍을 맞췄느냐에 따라 결과가 백팔십도로 바뀌는데 직구에 타이밍을 맞춰놓은 타자는 변화구가 들어오는 순간 스피드의 차이에 의해 절대 좋은 타격을 할 수 없었다.

8번 타자가 엉덩이를 뺀 상태에서 툭 갖다가 댄 공은 데굴데굴 굴러서 2루수 정면으로 향했다.

정성화는 베테랑답게 여유 있는 모습으로 1루에 공을 던져 아웃 카운트를 늘리며 손을 번쩍 치켜들었다.

이제 남은 타자는 오직 하나.

오늘 안타가 없는 9번 타자는 타석으로 들어서며 스윙을 휘두르고 있었지만 왠지 모르게 힘이 빠진 모습이다.

"강찬아! 끝내 버려!"

두 손을 붙잡고 연신 비명을 질러대던 곽선화는 자리에 앉지 못하고 일어서서 강찬을 향해 소리를 질러댔다.

물론 들리지는 않을 것이다.

대부분의 관중도 그녀처럼 벌떡 일어나 저마다 강찬을 향해 응원의 함성을 보내고 있었기 때문에 그녀의 목소리가 아무리 커도 강찬에게 들릴 리 만무했다.

하지만 그녀의 외침은 간절하게 끝없이 이어졌다.

아빠의 손을 잡고 이글스의 경기를 찾은 것이 벌써 13년 전이다.

처음에는 아빠와 함께 있는 것이 좋아서 야구장을 찾았지만 세월이 흐르고 어른이 되었을 때 그녀는 이글스의 골수팬이 되어 있었다.

강찬이 던진 초구가 타자의 허리 위쪽으로 파고들며 볼이 되자 그녀의 입에서 한숨이 흘러나왔다.

일희일비.

언제라도 유인구를 던질 수 있는데 빨리 경기가 끝나기를 간절하게 기다리는 그녀에게는 볼카운트 하나가 속을 태운 모양이다.

"뭐해, 이강찬? 스트라이크! 스트라이크!"

"선화야, 소리 그만 질러. 옆에 사람들 보잖아."

이동렬이 옆구리를 쿡 찌르자 곽선화의 눈이 날카롭게 변했다.

옆에서는 다른 관중들이 그녀의 반응을 보며 킥킥대고 있었는데 마치 미친년을 본 것 같은 분위기였다.

그럼에도 잠시 멈칫한 그녀는 강찬이 2구를 바깥쪽 꽉 찬 코스에 직구를 꽂아 넣자 비명을 질러댔다.

그녀는 다른 사람은 의식하지 않고 오직 야구 경기에 모든 걸 집중하고 있었다.

그러나 그렇게 하고 있는 것은 그녀뿐만이 아니었다.

강찬이 3구를 슬라이더로 스트라이크를 잡아내자 모든 관중은 두 주먹을 불끈 쥐고 마지막 공을 기다리며 온 신경을 강찬에게 집중했다.

라이온즈를 상대로 4년 만에 찾아온 완봉승 장면을 그들은 한 컷도 놓치기 싫은 것이다.

강찬이 와인드업을 하자 모든 관중이 쥐 죽은 듯이 침묵을 지켰다.

함성과 외침으로 가득 찼던 경기장은 강찬의 마지막 공에 시선이 모아졌는데 바늘이 떨어져도 들릴 정도로 조용했다.

드디어 공이 날고 타자가 반응하며 배트를 휘두르자 침묵을 지키며 침을 삼키던 관중들은 일제히 함성을 질렀다.

타자가 친 공이 강찬의 앞으로 힘없이 굴러갔기 때문이다.

강찬은 여유 있게 공을 잡은 후 1루로 던져 타자를 잡아내고 두 손을 번쩍 치켜들었다.

그의 얼굴에 담긴 웃음은 삼월의 햇살과 어우러져 더없이 밝게 빛나고 있었다.

"은서야, 왜 그래?"

"너무 기뻐서……."

"하여간 울보가 따로 없다니까."

경기가 끝나고 관중이 빠져나가기 시작했는데도 은서는 자리에서 일어서지 못한 채 눈물을 흘리고 있었다.

그 모습을 지켜보던 김유정이 한숨을 흘렸다.

사랑하는 사람이 경기에서 이겼는데도 운다.

물론 울음에는 여러 가지 의미가 있지만 지금 은서의 눈물은 기쁨만 담긴 것은 절대 아니었다.

오랫동안 고민했다.

4년 동안 은서와 둘도 없는 친구로 지내면서 많은 것을 공유했고, 앞으로도 평생 동안 함께할 것이라고 생각했다.

함께 있으면 마음이 편해지는 친구.

그런 친구를 사귄다는 것은 인생에서 꽤나 행운이 있어야 가능한 일인데 은서는 바로 그런 친구였다.

친구가 아파하는 것을 더 이상 보고 싶지 않았다.

그래서 그녀는 은서의 요청으로 야구장에 오면서 굳게 결심했다.

"여기서 잠깐 기다리고 있어. 나 화장실 좀 다녀올게."

"같이 가. 어차피 나가야 되잖아."

"급해서 그래. 금방 갔다 올게."

김유정은 은서가 따라 일어나자 어깨를 눌러서 앉힌 후 급하게 걸음을 옮겼다.

급했다.

더그아웃을 보니 벌써 선수들은 장비를 챙기고 하나둘 모습이 사라지고 있었다.

여간해서는 뛰지 않는 성격이었지만 김유정은 있는 힘껏 달려서 이글스의 버스가 있는 쪽으로 달려갔다.

맵시 있게 차려입은 청바지와 면티가 어울려 날씬한 몸매가 도드라졌으나 그녀는 다른 사람의 시선을 의식하지 못하고 달리기에 열중했다.

이미 이글스의 버스 쪽에는 사람들로 북적이고 있었다.

대부분의 사람들이 좋아하는 선수를 한 번이라도 더 보기 위해 모여들었는데 사인을 받으려는 사람도 많았다.

김유정은 사람들 틈을 비집고 들어갔다.

미모가 돋보이는 그녀의 웃음에 많은 남자들이 아무런 거부 반응 없이 자리를 양보해 줬기 때문에 얼마 지나지 않아 가장 앞자리까지 나갈 수 있었다.

통로를 통해서 선수들이 버스 쪽으로 왔고, 그때마다 팬들의 환호가 터져 나왔다.

오늘 경기를 이겼기 때문인지 선수들도 팬들의 환호에 활짝 웃음으로 답했는데 사인 요청도 다른 때와는 다르게 잘 받아주었다.

눈을 부릅뜨고 한참을 지켜보자 드디어 강찬이 나왔다.

강찬이 버스 쪽으로 다가오면서 지금까지 터진 어떤 함성보다도 커다란 함성이 터지며 이강찬을 연호했다.

김유정은 팬들의 반응에 난감한 표정을 지었다.

이대로라면 강찬과 대화하기가 쉽지 않을 거란 판단이 들었기 때문이다.

그럼에도 맨 앞에 선 그녀는 열심히 강찬을 불러댔다.

지성이면 감천일까.

자신을 목 놓아 불러대는 여자가 이상했는지 강찬의 시선이 김유정에게 향했다.

그런 후 강찬이 천천히 그녀에게 다가왔다.

강찬의 얼굴에는 반가움이 담겨 있었는데 예전 캠퍼스에서 만난 것을 기억하고 있는 것 같았다.

"어쩐 일이세요?"

"오빠 보러 왔어요!"

"그런가요? 그런데 어쩌죠. 난 금방 가봐야 하는데."

"그럼 잠깐 내 이야기만 듣고 가요."

"뭐죠?"

웬만하면 그냥 돌아가련만 김유정이 붙잡고 늘어지자 강

찬의 안색이 살짝 변했다.

김유정은 은서를 찾으러 학교에 갔을 때 잠깐 본 것이 전부일 뿐 그때 이후로는 본 적이 없었다.

그런 여자가 과연 나한테 할 말이 무엇일까?

잠깐 이상한 생각이 들었지만 강찬은 은서를 생각하며 경비원의 가드라인 안으로 그녀를 데리고 들어왔다.

분명 그녀는 은서와 같이 경기를 보러 왔을 것이다.

워낙 시끄러웠기 때문에 대화를 나누기 위해서는 그녀를 버스 쪽으로 데려올 수밖에 없었는데, 그것이 팬들의 눈에는 또 이상하게 보인 모양이다.

갑작스럽게 거의 모든 팬이 휴대폰을 꺼내더니 너도나도 사진을 찍느라 정신이 없다.

심지어는 방송국 카메라까지 촬영에 가세했기 때문에 버스 주변은 잠시 난리가 나고 말았다.

너무나 황당한 상황에 강찬이 당황함을 숨기지 못했다.

이러다가는 내일 조간신문에 김유정이 숨겨놓은 마누라로 보도될지도 몰랐다.

"빨리 말해봐요. 할 이야기가 뭐죠?"

"은서가 와 있어요."

"알아요. 내가 표를 구해줬으니까. 은서는 어디에 있습니까?"

"스탠드에 있어요."

"왜 같이 안 오고요?"

"걔는 오빠한테 못 와요."

"왜요?"

"내가 일부러 못 오게 했어요. 오빠한테 해줄 말이 있어서."

"지금 사람들이 사진 찍는 거 보이죠? 이대로 몇 분만 더 있으면 전 국민이 유정 씨가 내 여자 친구라고 생각할 겁니다. 그러니까 용건만 빨리 말하세요."

강찬의 재촉에 김유정이 머뭇거리다가 결심했는지 크게 소리를 질렀다.

"은서가 오빠를 좋아해요!"

"뭐라고요?"

"은서가 오빠를 좋아한다고요!"

"그게 무슨……."

"아주 오래전부터 은서는 오빠를 사랑하고 있었어요. 오빠가 떠날까 봐 무서워서 바보처럼 말하지 못하고 맨날 울기만 했어요."

"……."

"내가 이렇게 대신 이야기하는 건 은서가 영원히 자신의 마음을 내보이지 못하고 불행해지는 게 싫기 때문이에요. 내

말 무슨 뜻인지 알겠죠?"

망치로 머리를 얻어맞은 것 같아서 아무런 말도 할 수가 없었다.

김유정은 그 뒤에도 계속해서 무슨 이야기를 했지만 강찬의 귀에는 더 이상 어떤 말도 들어오지 않았다.

버스에 어떻게 올라탔는지 기억이 나지 않는다.

임관이 다가와 뭐라 뭐라 떠들었지만 그것 역시 귀에 들어오지 않았다.

그저 눈을 감고 귀마저 틀어막았다.

오직 그의 머릿속을 장악하고 있는 것은 은서가 자신을 사랑하고 있다는 김유정의 말뿐이었다.

도대체 지금까지 내가 무슨 짓을 하고 있었단 말인가.

김유정의 말이 사실이라면 우리는 여태껏 서로를 향해 깊고 깊은 상처를 주고 있었다는 뜻이다.

시합을 끝낸 선수들과 코치들은 대부분 집으로 돌아가고 숙소에는 젊은 선수들만 남았다.

시즌 전에는 훈련을 하느라 거의 같이 붙어 있지만 홈경기 때만큼은 프로야구 선수들도 경기가 끝나는 대로 칼같이 퇴근하기 때문에 외출할 때 누구에게 허락받을 일도 없었다.

강찬은 숙소에 도착하자마자 옷을 갈아입고 거리로 나섰다.

따라붙은 임관에게는 갈 데가 있다고 말한 후 따라오지 못하게 했기 때문에 놈은 주둥이를 내밀고 주먹을 흔들어대며 신경질을 냈다.

학교가 가까워질수록 가슴이 뛰고 입안이 바짝바짝 말라왔다.

미리 전화를 하지는 않았다.

직접 찾아와 그녀의 모습을 보고 그녀의 마음을 확인하고 싶었기 때문이다.

그녀는 오늘 야구 경기를 관람했기 때문에 어쩌면 도서관에 없을지도 몰랐다.

아니, 없을 가능성이 높았다.

김유정과 함께 경기를 관람했으니 어디 좋은 곳에서 저녁을 먹거나 분위기 좋은 커피숍에서 수다를 떨고 있을지도 모른다.

그래도 기다릴 생각이다.

언제나 은서의 주변에서 기다리던 것처럼 그렇게 기다리다가 그녀의 마음을 확인할 생각이다.

늦어지면 그때 전화해도 된다. 오늘은 무슨 일이 있어도 끝을 볼 생각이니까.

도서관으로 오르는 계단은 거의 오십 미터에 달했다.

더군다나 경사도 상당히 심해서 잠시도 쉬지 않고 오르자 강찬마저도 호흡이 슬쩍 거칠어졌다.

계단을 오르자 널따란 광장이 나왔고, 익숙한 도서관이 모습을 드러냈다.

천천히 광장을 지나 도서관 앞으로 가자 거짓말처럼 은서가 서 있는 것이 보였다.

혹시 그럴지도 모른다는 상상이 현실로 되어 나타나자 자신도 모르게 걸음이 멈춰졌다.

은서는 자신의 남자 친구라고 소개한 황인태와 함께 커피를 마시고 있었다.

예전처럼 망설이지 않고 똑바로 걸어갔다.

워낙 거침없는 걸음이었기 때문에 먼저 황인태가 발견했고 뒤이어 은서도 고개를 돌려 다가오는 강찬을 확인했다.

은서는 얼마나 놀랐는지 귀신을 본 것 같은 얼굴이다.

그러면서도 눈 속에 들어 있는 것은 그리움이고 기쁨이었다.

"…오빠!"

"은서야, 경기 보러 왔으면 같이 저녁이라도 먹고 가야지 왜 그냥 갔어?"

"오빠 바쁘잖아. 선수단하고 함께 움직여야 되는 거 아니었어?"

"바보야, 우리도 경기 끝나면 퇴근해."

"아, 그렇구나."

은서가 그때서야 고개를 끄덕였다.

그녀는 말하면서도 뭔가 탐색하는 표정을 짓고 있었는데 갑자기 강찬이 찾아온 이유를 몰라서 그런 모양이다.

옆에 있던 황인태가 뒤늦게 인사를 해온 건 강찬의 시선이 그에게 갔을 때였다.

"안녕하세요. 오늘 이겼다면서요. 축하드립니다."

"고맙습니다."

"저녁은 드셨습니까? 아직 우린 전인데 같이하시는 거 어때요? 제가 사겠습니다."

황인태는 뜻밖에 강찬이 나타나자 기회를 잡은 듯 저녁을 같이 먹자고 제안해 왔다.

방금 전까지 은서는 그의 제안을 거부하며 도서관에 가야 한다고 우겨 속이 타들어가는 중이었는데 강찬의 출현은 가뭄의 단비처럼 고마웠다.

벌써 일 년이 넘었지만 은서는 쇠 심장을 가진 여자처럼 꼼짝도 하지 않아 그를 환장하게 만들었다.

처음에는 몰랐지만 뒤늦게 강찬이 프로야구 선수란 걸 알고는 깜짝 놀랐다.

그것도 텔레비전과 신문에 특종으로 나올 만큼 유명한 선수라는 걸 알고는 은서를 다시 보게 되었다.

그동안 은서를 따라다닌 건 자존심 때문이었다.

처음에는 은서도 다른 여자들처럼 일회용 엔조이 대상으로 생각하고 접근했는데 넘어오지 않는 바람에 결국 여기까지 오고 말았다.

시간이 지날수록 오기가 생겼다.

어떡하든 졸업하기 전까지는 은서를 자빠뜨려야 자존심에 상처를 받지 않을 것 같았다.

은서를 따라다녔지만 그렇다고 다른 여자들을 포기한 것은 아니었다.

외형상으로는 순정을 바친 것으로 보였겠지만 일 년 동안 그와 잠자리를 같이한 여자는 열 명도 넘었다.

그중 세 명은 거의 오륙 개월씩 관계를 맺었고, 지금도 두 명과는 일주일에 한두 번씩 섹스를 하는 사이다.

사랑?

웃기는 얘기다.

요즘이 어떤 시댄데 사랑 타령으로 젊음을 낭비한단 말인가.

고아인 주제에 어떻게 이런 좋은 대학에 들어왔는지 알 수 없었지만 결국은 버티지 못하고 넘어올 것이다.

근본적으로 없는 것들은 자신처럼 귀티가 몸에 밴 사람에게는 속절없이 무너지게 되어 있었다.

두 달 전부터 무슨 일이 있었는지 은서는 거의 포기하는 심정으로 그의 접근을 방치하고 있었다.

오늘도 마찬가지였다.

커피를 마시자는 제안에 그녀는 말없이 고개를 끄덕이고 옆자리를 내주었다.

시작이 반이라고 이제 자신을 인정하기 시작했으니 다리를 벌리는 건 일도 아니란 생각이 들었다.

하지만 이놈의 계집은 어쩐 일인지 결정적인 순간이 되면 철벽처럼 버텨 사람을 환장하게 만들었다.

그래서 강찬이 오자 팽이처럼 돌아가는 머리로 강찬과 저녁을 같이하자고 제안했다.

은서에게 조금 더 가까이 다가갈 필요성이 있었고, 요즘 한창 주가를 올리는 강찬과 자리를 같이하면서 친구들에게 자랑거리를 만들려는 속셈이다.

하지만 강찬은 그의 제안을 일거에 거절했다.

마치 은서처럼.

"미안합니다. 오늘은 은서와 둘이서 할 이야기가 있어서 말입니다."

"아, 그런가요?"

"은서야, 저 사람하고 할 이야기 더 남았니?"

"아니, 없어."

"좋아, 그럼 가자."

강찬은 황인태가 보는 앞에서 은서의 손을 잡고 몸을 돌렸다.

마치 내가 은서의 남자 친구라는 것을 보여주기 위한 행동처럼 보일 정도이다.

은서는 강찬이 갑자기 손을 잡아오자 빼지 않고 조용히 따라왔다.

뒤에서 황인태가 뭐라고 떠들어댔지만 은서는 오직 강찬의 옆모습만 보며 걸음을 옮겼다.

그들이 들어간 곳은 학교 주변의 이탈리안 레스토랑이었다.

다른 때 같았으면 은서가 좋아하는 돼지갈비집에 갔을 테지만 강찬은 그녀를 데리고 테라스가 멋지게 설치되어 있는 레스토랑으로 불쑥 들어섰다.

역시 돼지갈비집과는 분위기가 달랐다.

고급스럽고 귀티가 잘잘 흐르는 장식품이 여기저기 걸려 있을 뿐만 아니라 아름다운 꽃과 화초가 곳곳에 자리 잡아 아늑한 분위기를 연출하고 있었다.

꽤 비싼 집으로 보였지만 강찬은 은서의 손을 잡고 창가 쪽 자리로 그녀를 데려갔다.

자리에 앉은 은서는 아직도 어안이 벙벙한 표정을 짓고 있었다.

갑자기 학교에 나타난 것도 이상했는데 오늘따라 평소에는 절대 가지 않던 이탈리안 레스토랑으로 그녀를 데리고 왔으니 이상해도 보통 이상한 게 아니었다.

"오빠, 이런 데 좋아했어?"

"아니."

"그런데 여긴 왜 왔어?"

"이런 데가 분위기 좋잖아. 봐라, 돼지갈비집보다는 분위기가 훨씬 좋지."

"여긴 무척 비싼 곳이란 말이야. 뭐하러 쓸데없이 돈을 써?"

"이런 날은 좀 써도 돼."

은서의 타박을 원천적으로 틀어막은 강찬은 다가온 웨이트리스에게 스테이크 코스 요리를 주문했다.

뭐, 한 번도 안 와봤기 때문에 알지도 못하는 메뉴를 가지고 고민하기 싫어서 눈에 보이는 대로 가장 비싼 놈을 시킨 것이다.

그런 후 오늘 있던 경기에 대해서 주절거리며 말을 꺼냈다.

얼마나 긴장했는지 계속해서 소변이 마려웠다는 얘기와 이닝이 지나가면서 컨디션이 어땠고, 선배들이 긴장을 풀어주기 위해 한 행동과 감독님의 반응 등을 농담 섞어가며 재밌게 이야기해 줬다.

은서 역시 같은 공간에서 목이 터져라 응원했기 때문에 금방 강찬의 이야기에 빠져들었다.

그녀는 강찬의 이야기에 따라 웃기를 반복했는데 그 웃음이 너무나 밝고 사랑스러워 꼬옥 안아주고 싶을 정도였다.

이야기를 나누는 동안 코스 요리는 수프를 시작으로 야채 샐러드와 빵이 나왔고, 메인 요리인 스테이크까지 일사천리로 차려졌다.

스테이크는 원형으로 만들어졌는데 초코파이처럼 작아서 포크로 찍으면 한입에 들어갈 정도였다.

강찬은 스테이크의 크기를 확인하고 나이프를 이용해서 슥슥 삼등분을 한 후 세 번에 걸쳐서 입안에 넣고 우물거렸다.

해야 할 이야기가 남아 있고 가슴이 자꾸 먹먹해져 왔기 때문에 빨리 접시를 비우고 싶었다.

은서는 강찬이 고기를 삼등분해서 순식간에 해치우자 놀란 눈으로 바라봤다.

물론 운동선수인 강찬에게는 턱없이 부족한 양이겠지만 그리 쉽게 뚝딱 해치운다는 건 비싼 스테이크에 대한 모욕이나 다름없었다.

강찬은 은서의 시선을 받으며 물 잔을 집어 들고 한입에 들이마신 후 시치미를 떼고 실없는 웃음을 흘려냈다.

자신의 조급함 때문에 빨리 식사를 마쳤지만 은서가 스테이크를 다 먹을 때까지 본론을 꺼낼 수는 없었다.

마침내 은서가 씩씩하게 마지막 고기 조각을 입으로 집어넣었다.

은서는 절대 음식을 깨작거리며 먹지 않았다.

어릴 때부터 식사 때가 되면 언제나 최선을 다해 열심히 먹어댔는데 살이 찌지 않는 것이 신기할 정도라 강찬은 그녀를 먹보라고 놀려댔다.

강찬의 이야기가 다시 시작된 것은 후식으로 커피가 나왔을 때였다.

실내에는 부드러운 샹송이 흐르고 있고 아메리카노의 향긋한 냄새가 코끝을 자극해서 어떤 이야기도 할 수 있을 것 같았다.

가슴속에 품어온 이야기.

강찬은 마침내 오랜 세월 비수처럼 자신의 가슴을 찌르며 고통을 주었던 그 힘들고 괴로웠던 이야기를 꺼냈다.

"은서야, 내가 너한테 할 말이 있다."

"뭔데?"

"나 말이야, 오래전부터 널 좋아했어. 아니, 오래전부터 널

사랑했어. 오빠가 아니라 남자로서. 그런데 지금까지 말 못
했어. 혹시 내 욕심 때문에 네가 불행해질까 봐. 아니… 아프
고 힘들어서 내 곁을 떠날까 봐."

"오빠……."

"몇 번이고 고백을 하려 했지만 무섭고 두려웠다. 너를 잃
는 게 너무나 무서웠어. 차라리 내 사랑을 포기하는 한이 있
더라도 너를 잃고 싶지는 않았다."

강찬은 자신의 아픈 사랑을 조용하게 고백했다.

그녀가 어떻게 가슴을 헤집고 들어와 자리 잡았는지를 말
했고, 어깨를 다쳐 절망의 나락에 떨어졌을 때 숨겨놓은 사진
을 보며 이를 악물고 참아냈다는 것도 담담히 이야기했다.

산에서 내려와 이글스에 입단하면서 그녀를 보기 위해 수
시로 도서관에 왔다는 말도 했고, 남자 친구가 생겼다는 사실
에 속으로 눈물을 삼킨 일도 들려주었다.

언제 어디서든 보고 싶었으나 동생의 행복을 위해 참아야
했던 인내의 시간이 너무나 고통스러워 불면의 밤을 보냈다
는 사실도.

은서는 강찬이 이야기를 진행하는 동안 아무 말 없이 듣고
만 있다가 결국은 눈물을 참아내지 못하고 고개를 숙이고 울
었다.

고아로 자라면서 무수히 많은 고생을 했는데 사랑조차 이

렇듯 어렵게 하는 걸 보면 전생의 업보라는 것이 있긴 있는 모양이다.

강찬의 이야기가 끝나자 이번에는 은서의 이야기가 시작되었다.

강찬이 그녀에게 어떤 존재였는지에 대해서.

어깨를 다친 후 아무도 모르게 사라진 3년 동안 죽음과도 같은 고통 속에서 살았고, 거짓말처럼 나타난 오빠가 자신의 전화조차 받지 않으며 외면한 일에 대해서 원망을 토해냈다.

똑같은 마음으로 강찬이 떠날까 봐 가슴속에 있는 감정을 숨겨야 했다는 것도 고백했다.

모든 이야기를 마친 은서의 얼굴은 편안하게 변해 있었는데 그녀의 눈엔 눈물이 그치고 대신 따뜻한 미소가 피어나 있었다.

"내 행복은 오빠를 사랑하고 오빠의 사랑을 받는 거야. 그러지 못한 긴 시간 동안 내 삶은 너무나 불행하고 슬펐어. 하지만 지금부터는 그러고 싶지 않아. 오빠, 지금부터는 나를 많이 사랑해 줘. 오래전 그때처럼… 내가 행복할 수 있게."

*   *   *

강찬의 완봉승은 프로야구 판에서 가장 핫한 뉴스로 방송과 지면을 장식했다.

최강 라이온즈를 상대로 승리한 것도 루키로서는 대단한
일인데 완투에다 완봉승이었으니 언론에서 격찬을 보낼 만했
다.

예전에는 공영방송 세 개에 불과했으나 요즘은 종편이 생
겨나면서 스포츠 채널만 해도 손가락으로 꼽지 못할 만큼 많
아졌다.

거기에다 공영방송까지 스포츠 채널을 별도로 운영하고
있었는데 가장 많은 시간을 할애하는 것은 국민의 사랑을 독
차지하고 있는 프로야구에 관한 것이었다.

각 방송국의 스포츠 채널은 황주희가 운영하는 '오늘의 프
로야구' 처럼 그날 벌어진 프로야구의 하이라이트와 경기 내
용을 분석해서 알려주는 프로그램을 운영했고, 방송국에서
가장 아름다운 여자 앵커들을 투입해 팬들의 시선을 끌어당
겼다.

여자들의 야구에 대한 관심이 과거에 비해 월등하게 높아
졌다 해도 아직까지는 남자들이 대세를 이루고 있기 때문에
시청률 경쟁에서 살아남기 위한 방송국의 얄팍한 방편이었
다.

이유야 어쨌든 프로야구팬들에게는 신나는 일이었다.

남자 앵커가 진행해도 봐야 할 판에 잘빠지고 예쁜 여자 아

나운서들이 프로그램을 진행해 주니 그저 고마울 따름이었다.

그런 여자 아나운서 중에서 가장 인기 있는 사람이 바로 황주희였다.

팬들이 황주희에게 '야구여신'이라는 별명을 붙여주며 환호한 것은 그녀가 아름답기도 했지만 야구에 대한 열정과 지식이 다른 앵커들에 비해 월등했기 때문이다.

황주희는 프로그램이 시작되기 전 경기 녹화 테이프를 통해 강찬의 투구를 전부 확인했다.

물론 프로그램을 원활하게 진행하기 위한 과정이기도 하지만 강찬이 얼마나 멋지게 프로야구 판에 데뷔했는지 보고 싶었기 때문이다.

2년 동안의 앵커 경력은 그녀를 야구의 전문가로 만들어 버렸다.

원래부터 야구를 좋아해서 웬만한 룰이나 선수들의 포지션 등에 대해서는 빠삭했는데 그것이 직업으로 자리 잡자 맹렬하게 야구에 빠져들었다.

야구는 투수 놀음이라는 말이 있다.

그것은 야구 경기에서 그만큼 투수의 역할이 크기 때문이고 투수로 인해 경기의 승패가 좌우되기 때문에 생긴 말이었다.

자연스럽게 투수에 대한 공부를 병행했다.

각 팀의 에이스는 누구이며 그들이 주로 던지는 구질과 구속에 대해서 마치 수능시험 보듯 열심히 암기했다.

하지만 암기만으로 안 되는 것이 있어 그녀는 해설위원들과 함께 선수들의 훈련장을 찾아 직접 눈으로 확인하며 구질의 차이를 익혀 나갔다.

그런 세월이 2년이 지나자 지금 강찬이 던지는 공이 얼마나 위력적인 것인지 알 수 있었다.

정말 대단했다.

루키가 완봉승을 거둔 경우는 그리 많지 않았지만 아예 없는 것도 아니었다.

그럼에도 황주희가 강찬을 대단하게 느낀 것은 곳곳을 날카롭게 찌르는 면도날 같은 제구력을 확인했기 때문이다.

그녀가 확인한 결과 터무니없이 던진 공은 하나도 없었다.

볼카운트를 조절하기 위해 유인구를 던져도 겨우 공 하나 둘 정도 빠질 정도였기 때문에 라이온즈 타자들은 강찬의 유인구에 숱하게 걸려들었다.

보름 전에 뉴욕 메츠의 스카우터가 강찬의 대리인과 접촉했다는 정보가 입수되었다.

물론 강찬 쪽이나 뉴욕 메츠 쪽에서는 둘 다 함구로 일관해서 어떤 내용이 주고받았는지 알 수 없었으나 이 정도의 투구를 계속 보여준다면 포스팅 비용은 가볍게 1,000만 달러가 넘을 것 같았다.

아니다. 그 정도가 아니다.

만약 일 년 동안 강찬이 이런 투구를 계속해서 15승 이상의 성적을 올린다면 일본 투수들의 전례로 봤을 때 최소 2,000만 달러는 넘는다고 봐야 했다.

황주희는 헤드폰을 머리에서 빼낸 후 동영상을 스톱시키며 긴 한숨을 흘려냈다.

포스팅 비용이 2,000만 달러라면 강찬의 실질적인 계약 금액은 아마 3,000만 달러 이상이 될 것이다.

황주희는 눈을 지그시 감고 강찬의 모습을 떠올렸다.

하와이에서 만난 강찬은 여전히 잘생기고 여자의 마음을 사로잡는 매력이 넘쳐흘렀다.

사귀는 사람이 있다는 말을 그에게 하지 못했다.

그녀는 대학을 졸업하기 전 수주 순위 30위에 올라 있는 대한건설의 후계자 이명철과 사귀기 시작해서 지금까지 관계를 이어오고 있었다.

배경이 튼튼하다는 것은 내세울 게 별로 없는 그녀에게는 막강한 위력으로 작용했다.

방송국에 아나운서로 입사하면서 갖은 협박과 회유, 질시를 견딜 수 있던 것은 이명철이란 배경이 있었기 때문이다.

이명철은 그녀가 방송국에서 일하는 2년 동안 최고급 옷으로 치장을 해줬고, 방송국 고위 간부들에게 뇌물을 먹여 그녀가 잘나갈 수 있도록 밑자락을 깔아주었다.

사실 '오늘의 프로야구'를 맡은 것도 이명철의 공이 상당히 컸다.

이명철은 다른 일이 없으면 일주일에 한 번 이상은 꼭 그녀를 찾아와 데이트를 즐겼다.

그는 언제나 최고급 데이트 코스를 선택해서 그녀의 마음을 흡족하게 만들었고 정력도 왕성해서 섹스도 만족스러운 편이다.

주기적으로 찾아오던 이명철의 발길이 뜸해지기 시작한 것은 오 개월 전부터였다.

계속되는 불황에 대한건설의 자금 사정이 악화되면서 재무를 담당하고 있던 이명철은 회사에서 살다시피 했다.

가끔가다 전화로 안부를 물으며 건강 잘 챙기라고 말했지만 그마저도 대한건설이 한 달 전에 부도를 내면서 점점 뜸해졌다.

저번 주에 들은 이명철의 목소리는 잔뜩 잠겨 있었는데 술에 취해 정신이 없는 것 같았다.

찢어지게 가난한 집에서 자란 것은 아니지만 그렇다고 부유하게 살아온 것도 아니다.

남부럽지 않게 멋진 인생을 살고 싶었다.

그랬기에 중, 고등학교 시절 다른 데 눈을 돌리지 않고 열심히 공부했다.

그 결과 서울에 있는 일류 대학에 진학했고, 수많은 남자의 대시를 받은 끝에 이명철을 만났다.

이명철은 자신의 꿈을 이뤄줄 유토피아이고 이상향이었다.

그런 이명철이 흔들리자 자신의 삶도 따라서 흔들렸다.

그래서는 안 되었다.

내 인생은 나로 인해 결정되는 것이지 누군가에 의해 흔들리고 싶지 않았다.

텔레비전에서 방송되고 있는 '오늘의 프로야구'를 보면서 최성일은 옆에 누워 있는 이지은의 가슴을 훑었다.

이지은은 요즘 인기를 얻어가는 걸 그룹 젝시오의 리드 싱어인데 몸매가 환상적으로 예쁘고 특히 가슴이 커서 만질 때마다 흥분되었다.

텔레비전에서는 황주희가 해설자들과 이야기를 주고받으며 강찬의 투구 내용을 분석하고 있었는데 스커트 밑으로 삐져나온 다리가 데스크 밑에서 15도 각도로 꺾여 있다.

일부러 저렇게 하고 있는 걸까?

데스크 밑으로 보이는 황주희의 다리는 스타킹에 감싸여

길게 빠져나왔고 일직선으로 누워 있어 뇌쇄적으로 보였다.

하지만 최성일은 이지은의 가슴을 만지며 화면을 가득 채우고 있는 이강찬의 모습에 시선을 고정시켰다.

옆에 누운 이지은은 그가 계속해서 가슴을 만져 주자 새롭게 흥분되는지 작은 신음 소리를 내고 있었지만 최성일은 다음 행동 대신 불쑥 입을 열었다.

"지은아, 저놈 잘생기지 않았냐?"

"누구?"

"저놈 이강찬."

"잘생겼네. 오빠만큼은 아니지만."

고개만 돌려 텔레비전에서 강찬을 확인한 이지은의 입에서 예상한 대답이 나오자 최성일이 풀썩 웃었다.

이지은은 대답을 하고 난 후 손을 뻗어 그의 물건을 만지고 있었다.

"너도 야구팬이니까 저놈에 대해서 알지?"

"응."

"혹시 저놈 고등학교 때 큰 부상을 당했다는 것도 아냐?"

"들어본 것 같아."

"저놈 어깨를 부순 게 바로 나다."

"정말이야?"

조금씩 반응을 보이는 최성일의 물건에 바쁘게 손을 움직이던 이지은이 움직임을 멈췄다.

그러자 최성일이 식탁에 있는 물 잔을 들어 입으로 가져가 벌컥벌컥 들이켰다.

"고등학교 3학년 때 봉황대기 결승전이었어. 그때 놈은 세광고에 다녔었는데 정말 무시무시한 강속구를 뿌려댔지. 우리 팀은 놈의 공을 공략하지 못하고 7회까지 퍼펙트로 끌려가고 있었다."

"그래서?"

이지은이 이제 물건에서 손을 떼고 상체를 베개 쪽으로 조금 끌어 올렸다.

그녀는 호기심이 동했는지 눈을 동그랗게 뜨고 최성일의 대답을 기다렸다.

"그리고 7회 투아웃 상태에서 내 차례가 돌아왔어. 내가 그대로 물러나면 우리 팀은 놈의 제물이 되어서 영원히 수치스러운 기록을 남겨야 될지도 모르는 상태였기 때문에 나는 이를 악물고 놈의 실투를 기다렸다."

"…그럼 그때?"

"맞아. 어쩐 일인지 놈의 공이 이전 타석보다 훨씬 구위가 떨어져 있었기 때문에 정확하게 임팩트가 가능했다. 놈을 맞출 의도는 아니었어. 그런데 워낙 정확하게 임팩트 되는 바람에 투수 정면으로 무섭게 날아갔는데 그게 하필이면 놈의 어깨를 맞고 말았지."

"공 던지는 팔이었어?"

"그래, 재수가 없으려니까 하필이면 오른팔을 맞더라. 일부러 그런 건 아니었지만 도의적으로 못 본 척하기 뭐해서 한번 찾아갔더니 놈의 팔이 산산이 부서져서 다시는 야구를 못하게 되었다고 하더군. 씨발."

"마음이 찜찜했겠다."

"다시는 놈을 찾아가지 않았어. 저놈의 불운이 나한테 옮겨붙을까 봐 다시는 보고 싶지 않더라."

"그랬구나."

"소문으로 죽었다는 소릴 들어서 그런가 보다 했어. 어깨가 부서졌으니 살아도 산 게 아닐 테니까 자살했다는 말을 그대로 믿었지. 그땐 정말 더럽게 재수 없는 놈이라고 생각했는데 금방 잊어버렸다."

"그런 사람이 어떻게 다시 나와?"

"그래서 그게 웃긴다는 거 아니냐."

"오빠가 잘못 알았겠지. 야구를 다시 하는 걸 보니 어깨가 아작 났다는 것도 거짓말이었던 모양이네."

"아니, 그건 정말이었어. 그때 병원에서 본 그놈의 어깨는 근육이 완전히 찢어져 있었단 말이야."

"헐!"

"작년에 놈이 퓨처스리그에서 활약한다는 소릴 듣고 처음에는 기가 막혀 말도 안 나오더라. 죽었다던 놈이 버젓이 살아서 다시 야구를 한다고 하니 얼마나 황당했겠냐."

"오빠 잠도 못 잤겠다."

"왜?"

"저 사람이 복수할지도 모르잖아."

"복수? 저런 놈이 내 상대가 될 거라고 생각해?"

"하긴 누가 오빠를 이기겠어."

최성일이 자신을 향해 눈을 부라리자 이지은이 움찔하며 얼른 말을 바꿨다.

트윈스의 리딩 히터 최성일.

작년 시즌 타율 3할 8푼으로 수위 타자를 차지했으며 202개의 안타를 때려냈고 장타율도 4할에 육박했다.

트윈스의 공격을 이끌며 코리안 시리즈까지 진출시킨 그는 투수들에게 공포의 대상이었기 때문에 이지은은 말을 바꿔놓고 최성일의 눈치를 살폈다.

그러자 눈을 부릅떴던 최성일이 이내 쓴웃음을 지으며 이지은의 손을 자신의 물건 쪽으로 가져갔다.

이제 시간은 10시가 가까워졌기 때문에 내일 있을 경기에 대비하기 위해서는 얼른 한판 당기고 자리에서 일어나야 했다.

물론 이지은의 방에서 자고 갈 수도 있으나 아침이 되면 남들의 시선에 걸릴 수가 있으니 그런 모험은 절대 해서는 안 되었다.

이지은은 자신의 의도를 눈치채고 손으로 만지던 물건을 입으로 가져갔다.

부드러운 감촉을 느끼며 최성일의 눈이 텔레비전으로 향했다.

화면에는 프로그램이 끝나면서 강찬의 역동적인 투구 모습이 비춰지고 있었다.

놈은 상상하지 못할 무기들로 최강 라이온즈를 꺾으며 프로야구 무대에 화려하게 데뷔했지만 그는 전혀 두렵지가 않았다.

자신에게는 그동안 갈고닦은 부챗살 타법이 완벽하게 장착되어 있었기 때문이다.

와라. 언제든지.

다시 만나게 되면 예전처럼 철저히 부숴주마.

제5장
괴물투수와
천재 타자

이글스의 4월 성적은 그야말로 눈부셨다.

14승 7패.

강찬은 다섯 경기에 나서서 전승을 기록하며 이글스가 선두에 나서는 데 결정적인 역할을 해냈다.

작년과 비교하면 말도 안 되는 성적이었기에 이글스의 팬들은 홈경기가 있을 때면 대전구장을 꽉꽉 채웠고, 언론은 연신 이글스의 전력을 분석하며 작년과 달라진 부분에 대해서 집중적으로 조명했다.

물론 그 첫 번째는 강찬이 차지하고 있었다.

어느 날 불쑥 프로야구 판에 튀어나온 기린아.

평균 구속 153㎞/h를 자랑하면서 완벽한 컨트롤로 상대 팀 타자들을 꼼짝 못하게 만든 강찬은 다섯 경기를 치르는 동안 불과 4점밖에 실점하지 않아 방어율이 1도 되지 않았다.

그것도 두 경기는 완봉승을 거두었고 나머지 경기도 완투 승으로 상대를 쓰러뜨렸기 때문에 이글스는 여유 있는 투수 로테이션으로 상승세를 거듭할 수 있었다.

지금의 강찬은 이글스에 보물 같은 존재였다.

강찬이 치고 나가자 다른 투수들도 제 몫을 톡톡히 해줬다.

특히 강찬과 함께 1군으로 올라온 고동식과 에이스인 이태 진이 각각 3승씩을 올렸고 송우진도 2승을 올렸기 때문에 이 글스의 투수진은 그야말로 철벽 마운드를 구축하고 있었다.

물론 그 이면에는 이문승, 정성화, 윤태균, 가르시아로 이 어지는 막강 타선이 상대 팀의 투수들을 박살 내면서 투수들 을 도운 것이 결정적인 원인이다.

이글스 타선이 뽑아낸 점수는 경기당 5점에 가까웠고 팀 타율도 2할 8푼에 이르러 열 개 팀 중 최고였다.

전 언론이 초미의 관심을 나타내며 대대적으로 홍보를 시 작하기 시작한 것은 봄이 절정을 이루는 5월의 첫째 주 금요 일이었다.

황주희가 진행하는 '오늘의 프로야구' 뿐만 아니라 거의 모든 채널은 이강찬과 최성일의 승부가 벌어지는 일요일 이 글스와 트윈스의 경기에 대하여 대부분의 시간을 할애했다.

텔레비전 방송뿐만이 아니었다.

스포츠 신문을 포함해서 모든 오 대 일간지가 일제히 두 선 수의 대결을 집중 조명하며 조심스럽게 승부를 점치고 있었 다.

막상 승부가 이틀 후로 다가왔기 때문에 난리가 난 것이지 사실 두 사람에 대한 말은 오래전부터 쏟아져 나오고 있었다.

두 사람의 악연이 언론을 타고 회자되기 시작한 것은 강찬 이 첫 승을 거두면서부터였다.

언론은 고3 때 최성일이 강찬의 어깨를 부순 사실을 상기 시키며 두 사람의 악연을 보도했는데 그런 일들이 드라마처 럼 극적이었기 때문이다.

그때부터 언론은 두 사람의 재대결이 성사될 거라 예측하 며 시간이 있을 때마다 기대감을 나타내곤 했다.

이처럼 모든 언론이 떠들썩해진 건 어찌 보면 야구팬들의 성화가 결정적인 이유가 되었을 것이다.

아무리 두 사람의 사정이 드라마처럼 극적이라 해도 사람 들이 관심을 내보이지 않았다면 언론이 모든 것을 제쳐 두고 지금처럼 두 사람에 대해서 특종으로 다루는 경우는 없었을 테니 말이다.

5승 무패의 언터처블 투수와 현재 타격 선두를 달리는 천재 타자와의 대결.

최성일의 현재 성적은 타자들이 꿈의 숫자라고 부르는 4할을 훌쩍 넘어 4할 3푼을 기록하고 있었다.

두 사람의 언론 대응 방법은 너무나 차이가 났다.

워낙 초미의 관심사였기 때문에 모든 언론은 두 사람을 취재하기 위해 갖은 방법을 동원했는데 강찬은 언론의 취재 요청에 한 번도 응하지 않았다.

언론이 원하는 것이 너무도 뻔했기 때문이다.

복수.

자신의 팔을 부숴 버린 최성일에 대한 미움과 분노를 자극하며 이번 승부에 대한 각오를 말해 달라는 것이 그들의 요구 조건이었다.

예전 몇몇 기자가 인터뷰를 요청했을 때 무심코 응했다가 강찬은 중간에 자리에서 일어난 적이 있었다.

모든 기자의 의도가 하나같이 똑같았기 때문이다.

그랬기에 강찬은 수많은 인터뷰 요청을 단칼에 거절하고 연락을 끊어버렸다.

당분간 언론에 욕을 얻어먹는 한이 있더라도 자신의 이야기가 야구팬들에게 알려지는 게 싫었다.

야구 선수는 오로지 야구 실력으로 팬들에게 어필하는 것이 가장 좋은 방법이라는 게 그의 생각이었다.

반면 최성일의 태도는 강찬과 백팔십도 달랐다.

그는 대부분의 기자들과 인터뷰를 했는데 강찬과 있던 일에 대해서 숨김없이 이야기하며 사고에 불과했다는 것을 거듭 주장했다.

도의적인 책임감을 느끼지 않았느냐는 기자의 교묘한 질문에도 그는 거침없이 대답했는데 인간으로서 무한한 책임감을 느꼈고 안타깝게 생각했다는 게 그의 이야기였다.

역시 수많은 인터뷰를 해온 스타답게 그는 전혀 트집 잡힐 만한 답변을 하지 않았다.

그러면서도 승부에 대한 예측에 대해서는 강한 자신감을 드러냈다.

2년 연속 대한민국 최고의 타자 자리에 올라선 천재 타자답게 그는 강찬과의 승부에서 반드시 이기겠다는 각오를 당당하게 밝혔다.

언론의 분위기는 당연히 최성일 편이었다.

기자는 인터뷰를 먹고사는 사람들이다.

다시 말해 스타가 인터뷰를 거부하면 기자는 사무실에 들어가 상사에게 얻어터지고 심지어는 무능력하다는 소리까지 들어야 하기 때문에 인터뷰를 거부하는 스타는 그들에게 적이나 다름없었다.

그랬기에 모든 언론은 두 사람의 대결에서 은근하게 최성일 편을 들었다.

모든 기사가 최성일 쪽에 유리하게 나갔고, 심지어 어떤 기자들은 강찬의 언론에 불성실한 태도를 거론하며 직접적으로 불쾌감을 나타내기까지 했다.

황주희가 토요일 저녁 이글스의 숙소에 나타난 것은 그런 언론의 분위기를 만회해 주고 싶었기 때문이다.

프로야구에서 그녀가 차지하는 포지션은 꽤 커다란 영향력을 가지고 있었기 때문에 '오늘의 프로야구'에서 강찬과의 인터뷰를 방송한다면 나쁜 이미지를 단숨에 만회할 수 있을 거란 판단이었다.

황주희는 무턱대고 김남구 감독이 머무는 방을 두드렸다.

보통 프로야구단은 원정 경기가 있는 날이면 경기장과 가까운 호텔에 짐을 푸는데 이글스가 머문 곳은 삼정호텔이었다.

똑, 똑, 똑.

카메라맨을 뒤에 매단 황주희가 거침없이 노크를 했다.

지금쯤 김남구 감독은 저녁을 먹고 쉴 시간이기 때문에 사전 약속 없이 이런 행동을 하는 건 예의에 어긋나는 것이었으나 황주희는 입술을 굳게 물고 문이 열리기를 기다렸다.

"누구요?"

"감독님 안녕하세요. 황주희입니다."

"누구?"

"야구여신이에요."

그때서야 상대가 누군지 알아챈 듯 방 안이 갑자기 조용해졌다.

얼마의 시간이 지났을까, 인기척이 사라진 문에서 소리가 들리더니 천천히 문이 열렸다.

아마도 옷을 갈아입고 나온 모양이다.

"여신이 이 저녁에 어쩐 일이야, 사전에 연락도 없이?"

"오죽 답답했으면 이러겠어요."

"왜 무슨 일 있어?"

"설마 모른다고 발뺌하시는 건가요?"

"뭘?"

"이강찬 선수가 감독님 때문에 언론한테 뭇매를 맞고 있는데 시치미를 떼시면 어떡해요. 강찬 선수가 불쌍하지도 않으세요?"

"아이고, 생사람 잡네."

"이강찬 선수는 이글스의 에이스잖아요. 누구보다도 팬들에게 이미지 관리를 해야 되는 스탄데 인터뷰를 못 하게 하면 어떡해요. 감독님 정말 너무하세요."

"내가 못 하게 한 거 아니야. 그놈이 하기 싫다는데 내가 어쩌겠어."

"그게 잘못된 거라니까요. 감독님도 어제 오늘 방송이나 신문 봐서 아시겠지만 지금 강찬 선수의 이미지가 바닥이에요. 강찬 선수 이미지가 떨어지는 건 이글스한테도 좋지 않다고요."

"나보고 어쩌라고!"

"이강찬 선수가 제 전화를 안 받아요. 그러니까 감독님이 자리 좀 마련해 주세요."

"어허!"

황주희의 어깃장에 김남구 감독의 얼굴이 벌겋게 달아올랐다.

그렇지 않아도 언론이 강찬에 대해서 안 좋게 보도하는 것을 보며 마음이 편치 않았는데 황주희가 직접 와서 핵심을 찔러대니 마치 비수에 찔린 것처럼 아팠다.

언뜻 황주희가 강찬과 잠깐 사귀었다는 소리를 들은 적이 있는 것 같았다.

선수들 사이에서 슬금슬금 흘러나온 소문이었기에 신빙성은 그리 크지 않았지만 지금 황주희의 태도로 봤을 때는 어떡하든 강찬을 도와주려는 것 같았다.

그녀의 말은 하나부터 열까지 틀린 것이 없었다.

현재의 강찬은 이글스의 프랜차이즈 스타로 급부상하는

중이었기 때문에 이미지에 타격을 입으면 구단 전체에 문제가 생길 수밖에 없었다.

그랬기에 김 감독은 깊게 한숨을 내쉰 후 천천히 입을 열었다.

"프런트 옆에 그릴이 있어. 거기서 기다리고 있으면 어떡하든 설득해서 강찬이를 내려보낼 테니까 잘 좀 부탁해."

"염려 마세요. 그러기 위해 온 거니까요."

강찬은 김 감독의 전화를 받고 잠깐 망설이다가 옷을 갈아입고 방문을 나섰다.

임관이 어디 가냐고 물었지만 그저 감독님이 부른다는 말로 얼버무리고 그릴로 내려갔다.

지난 이틀 동안 심적인 갈등과 고통이 컸다.

각종 언론은 물론이고 인터넷과 SNS까지 그를 비난하는 글이 올라오고 있었다.

인격적으로 문제가 있다는 것이 대부분이었는데 요즘 반짝 잘 던지더니 눈에 뵈는 게 없다는 내용들이었다.

그러면서 점점 그의 성적까지 평가절하하는 분위기로 바뀌고 있었다.

강찬의 구위가 생각보다 그렇게 위력적이지 않고 요즘 맹위를 떨치고 있는 타자들의 도움으로 좋은 성적을 얻었다는 것이다.

물론 말도 안 되는 보도였다.

누가 뭐래도 지금까지 강찬의 방어율은 1도 되지 않았으니 현 프로야구 판에서 최고의 투구를 하고 있다는 건 삼척동자도 잘 아는 사실이다.

그럼에도 한번 단추가 잘못 꿰이자 언론은 강찬의 모든 것을 나쁜 쪽으로 몰아갔다.

괴로웠다.

최성일에 대한 자신의 감정은 기자들의 예측대로 결코 좋을 리가 없었다.

그로 인해 어깨가 망가졌고 수없이 많은 나날을 고통 속에서 살아왔는데 인간인 이상 어떻게 아무렇지 않을 수 있겠는가.

그는 어깨가 망가져 선수 생명이 끝난 강찬에게 형식적인 방문을 끝으로 한 번도 연락을 하지 않았다.

그에 대한 미움과 분노로 온밤을 하얗게 새운 적도 있었다.

어깨를 다치고 선수 생명이 끝났다는 통보를 받았을 때 가장 먼저 생각난 것이 바로 최성일이었다.

왜, 왜, 하필이면 왜!

사람이 가장 괴로울 때는 누군가를 미워할 때라는 소리를 들었는데 그 말이 맞는다는 것을 그때 강찬은 뼈저리게 느꼈다.

그를 미워할수록 자신의 삶은 불행 속으로 빠져들었고, 결국 자살이라는 생각으로 이어졌으니 말이다.

그래서 스님을 만나 새 생명을 얻은 후부터는 그를 미워하지 않기 위해 노력했다.

그 역시 일부러 자신을 다치게 한 것이 아니었을 테니 운명이었다고 생각하며 가슴속에 묻어두었다.

기자들과 인터뷰를 거부한 것은 자신도 모르게 그에 대해서 좋지 않은 말을 꺼낼까 봐 걱정되었기 때문이다.

기자들은 교묘한 인터뷰 기법으로 자신의 마음과는 다르게 상대방에 대해 좋지 않은 말을 꺼내게 만드는 기막힌 재주를 가지고 있었다.

그런데 그런 자신의 의도와는 다르게 결과가 나타나고 말았다.

최성일은 기다렸다는 듯 기자들과 당당하게 인터뷰를 하며 자신과의 이야기를 아름답게 포장해서 떠들어댔다.

인간으로서 무한한 책임감을 느낀다며 매일 미안함 속에서 살았다고 했다.

그러면서 자신의 재기를 축하한다는 말도 아무렇지 않게 했고, 다시 한 번 승부를 할 수 있게 되어 기쁘다는 말도 남겼다.

무한한 책임감과 미안함.

그런 놈이 어떻게 한 번도…….

울컥하는 마음이 들었지만 참고 견뎠다.

지금 언론이 자신에 대해서 나쁜 감정을 갖게 된 것은 최성일 때문이 아니라 인터뷰를 거부하고 있는 자신이 가장 커다란 이유였다.

그래서 그릴로 내려왔다.

황주희라면 최성일에 대한 자신의 감정을 제쳐 두고 그동안 살아온 것에 대하여 가감 없이 말할 수 있을 거란 생각이 들었기 때문이다.

"잘 있었니? 오랜만이야."

"강찬아, 너무한 거 아니니?"

"미안해. 그렇게 됐어."

자리에서 일어나며 눈을 흘기는 황주희를 향해 멋쩍은 웃음을 지은 후 강찬이 자리에 앉았다.

카메라맨이 슬쩍 자리에서 일어나 설치되어 있는 카메라 쪽으로 움직인 것은 황주희가 강찬의 맞은편에 앉으며 노트를 집어 들 때였다.

그의 얼굴은 굳어 있었는데 그동안 인터뷰를 완강하게 거부하던 강찬이 거짓말처럼 내려오자 긴장이 된 모양이다.

기자는 아니지만 방송국에서 오래 근무하다 보니 특종에

대한 감이 남달랐다.

이번 인터뷰는 '오늘의 프로야구' 단독 인터뷰였기 때문에 특종이나 다름없었다.

황주희는 카메라맨에게 잠깐 기다리라는 사인을 보낸 후 강찬을 향해 입을 열었다.

"내가 고마워해야 되는 거니?"

"감독님한테 이야기 들었다. 미안해. 번거롭게 만들어서."

"흥."

"고마워. 이렇게 신경 써줘서."

"그럼 술 사. 시합에 이기고 나서 기분 좋게."

"알았다."

강찬이 풀썩 웃었다.

예전에도 술을 사달라고 하더니 이번에도 마찬가지다.

황주희의 주량이 얼만지 알 수 없지만 주당으로 보이지는 않았는데 그녀는 자신만 만나면 술을 사라고 했다.

황주희는 곧바로 인터뷰에 들어가지 않고 물어볼 말에 대해서 미리 이야기했는데 강찬의 요구에 의해 몇 가지 사항은 노트에서 지웠다.

주로 최성일에 대한 내용이었다.

황주희는 그동안 인터뷰를 거절한 이유를 들은 후 최성일에 관한 내용을 지우자는 부탁에 아무런 토를 달지 않았다.

물론 최성일에 대한 것이 포함되면 훨씬 좋은 인터뷰가 되 겠지만 그녀는 과감하게 그 내용을 제거한 후 인터뷰를 시작 했다.

역시 일이 시작되자 여신의 포스가 흘러나왔다.

그녀는 카메라의 조명이 들어오고 난 후부터는 얼굴에 미 소를 베어 문 채 말을 시작했는데 그 모습이 마치 천사처럼 아름다웠다.

그러나 그녀의 아름답던 얼굴은 강찬이 이야기를 시작하 면서 점점 어두워지더니 기어코 눈물을 글썽이기 시작했다.

어깨를 다친 후 자살을 결심하고 속리산에 들어갔다는 이 야기를 들을 때부터 고인 눈물은 극적으로 어깨를 고치고 삼 년 동안 산에 틀어박혀 공을 던졌다는 말에는 기어코 방울방 울 흘러내렸다.

완쾌되지 않은 어깨를 가지고 이글스에 연습생으로 입단 한 일과 점점 몸이 좋아지면서 정식 선수로 데뷔하게 되었다 고 말했을 때는 눈물 속에서도 밝은 웃음을 담아냈다.

그녀는 강찬의 말에 따라 울고 웃었다.

너무나 소설 같은 그의 이야기는 듣는 사람으로 하여금 목 이 아프도록 슬픈 감정을 끌어 올리게 했다.

특히 황주희에게는 더했다.

강찬의 이야기는 그녀의 과거 속에 숨겨놓은 추억의 일부였기 때문이다.

그녀는 울었으나 당사자인 강찬은 끝까지 담담하게 자신의 이야기를 마쳤다.

"저는 앞으로도 최선을 다해 야구를 사랑할 것입니다. 그동안 제가 해온 것처럼 말입니다. 제가 아직 모르는 것이 많아서 심려를 끼쳐 드린 것이 있다면 용서해 주십시오. 팬들의 성원에 보답하기 위해서 저는 끝없이 노력하는 사람이 되겠습니다. 고맙습니다."

* * *

CBS 측은 '오늘의 프로야구' 예고편을 내보내면서 이강찬과의 단독 인터뷰에 대해 수시로 예고를 때려댔다.

방송에서는 마치 영화의 예고편처럼 자극적인 단어를 쓰고 있었는데 강찬이 살아온 삶에 대한 것이 대부분이었다.

은서가 텔레비전에 시선을 고정하고 있는 것도 그러한 예고편을 보고 김유정이 알려줬기 때문이다.

약사 고시가 얼마 남지 않았기 때문에 도서관에 머무는 시간이 대부분이었지만 강찬이 출전하는 날이면 경기는 못 보더라도 무조건 기숙사로 달려가 '오늘의 프로야구'를 시청했다.

오빠의 마음을 알고 난 후 꿈 같은 시간을 보냈다.

비록 서로 간에 해야 할 일이 있기에 많은 시간을 같이 보내지는 못했지만 그녀의 가슴속에는 언제나 강찬이 들어 있었다.

텔레비전 하이라이트에 나오는 오빠의 모습은 언제 봐도 멋있었다.

벌써 5승이나 거뒀기 때문에 강찬을 모르는 사람이 없었지만 그녀와의 관계에 대해서 아는 사람은 아무도 없었다.

김유정에게 신신당부했기 때문이다.

텔레비전을 켜놓고 조금 지나자 기다리고 있던 프로그램이 시작되고 한동안 오늘 있던 경기의 하이라이트가 방영되었다.

그리고 드디어 여자 아나운서의 멘트와 함께 화면에 강찬의 모습이 잡혔다.

뭔지 모르게 얼굴이 어두웠다.

요즘 계속되고 있는 언론 플레이를 보면서 그녀 역시 속앓이를 하고 있었기 때문에 강찬의 어두운 표정을 보자 가슴이 아파왔다.

그래도 이렇게나마 인터뷰를 하게 돼서 다행이었다.

은서 역시 현재 벌어지고 있는 일들이 인터뷰를 거절하면서 발생한 것이란 걸 알고 있었다.

프로그램을 진행하는 여자 앵커는 언제 봐도 예쁘고 상냥했으며 야구에 대한 지식이 풍부해 보였다.

사람들이 그녀를 야구여신으로 부른다고 했는데 정말 어울리는 별명이었다.

황주희의 질문에 따라 강찬이 자신의 이야기를 해나가기 시작하자 은서는 두 주먹을 꼬옥 쥐고 한 마디도 놓치지 않겠다는 듯 귀를 세웠다.

그렇게 물어봐도 대답해 주지 않던 강찬의 과거가 하나씩 시간을 거슬러 흘러나오고 있었다.

강찬의 과거는 그녀의 과거였다.

강찬의 슬픔은 그녀의 슬픔이었으며, 강찬의 절망은 그녀에게는 벗어날 수 없는 수렁이었다.

눈물이 폭포수처럼 흘렀고 울음을 멈추지 못해 가슴을 쥐어뜯었다.

저렇게 힘든 삶을 살았는데 자신은 연락하지 않는 오빠를 원망하며 아무렇지도 않게 학교를 다니고 있었다.

미안하고 부끄러워 아무런 생각도 떠오르지 않았다.

어릴 때부터 자신이 힘든 것에 대해서는 절대 말하지 않는 성격이었기 때문에 그녀는 강찬이 고아로 살아가는 게 별로 힘들지 않는 모양이라고 오해하곤 했다.

그러나 머리가 커서 나중에 마당에서 울고 있는 강찬을 보며 자신의 생각이 얼마나 어리석었는지 알 수 있었다.

강찬, 사랑하는 오빠!

얼마나 힘들고 괴로웠을까.

그 고통과 괴로움을 조금이라도 나눌 수만 있다면 그녀는
어떤 일이라도 했을 것이다.

강찬의 인터뷰가 끝나면서 스튜디오는 잠시 침묵에 사로
잡혔다.

화면에는 여신이라고 불리는 여인이 연신 손수건으로 눈
물을 닦아내는 모습이 보이고, 강찬은 두 손을 마주 잡은 채
처음과는 다르게 편안한 모습을 하고 있었다.

그 모습을 보면서 지금 당장 자리에서 일어나 강찬에게 달
려가고 싶었다.

가서 그동안 고생했다고 안아주며 격렬하게 그의 입술에
키스를 하고 싶었다.

아주 뜨겁게.

*   *   *

이글스의 맹렬 팬이자 팬클럽 회장을 맡고 있는 이동렬은
애인인 곽선화와 함께 주말 경기를 응원하러 서울로 날아왔
다.

버는 돈의 대부분을 야구 관람하는 데 쓰는 두 사람은 이글스의 경기라면 전국 어디라도 갔다.

특히 이번 시즌을 대하는 두 사람의 태도는 거의 광적이었다.

최근 3년 동안은 워낙 성적이 좋지 않았기 때문에 볼일도 보면서 시간이 날 때마다 뜨문뜨문 움직였지만 올해 이글스가 선두로 치고 나가자 홈경기는 당연했고 원정 경기도 주말에는 무조건 따라다녔다.

오늘 있던 트윈스와의 경기는 아쉽게 5 : 4로 패했다.

선발로 출전한 이태진이 감기가 들렸다고 하더니 꽤 많은 안타를 얻어맞으며 조기 강판되는 바람에 투수진이 흔들렸는데 이글스의 다이너마이트 타선이 후반에 터지면서 그들을 흥분의 도가니로 몰아넣었다.

이글스가 이번 시즌에 달라진 것은 바로 이런 것이었다.

투수가 무너져도 타선이 끝까지 적을 괴롭혀서 승부가 어떻게 될지 아무도 모르게 만들었다.

팬으로서는 이런 팀을 응원하는 것이 최고의 기쁨이다.

투지를 잃지 않고 승리를 위해 끝까지 싸우는 팀과 선수들을 응원하는 것은 야구팬으로서 무엇과도 바꿀 수 없는 행복이었다.

비록 경기는 졌지만 워낙 즐겁게 야구 경기를 관람했기 때문에 두 사람은 명동에 나가 맛있는 칼국수를 먹고 아이쇼핑을 하며 데이트를 즐겼다.

프로야구 열성 팬이기도 했지만 두 사람은 애인 사이였기 때문에 주말 동안 같이 붙어 다니며 이렇게 데이트하는 것도 커다란 즐거움이었다.

어떻게 시간이 지나가는지 모를 정도로 손을 꼭 잡은 채 돌아다니던 두 사람이 택시를 잡아타고 잠실 쪽으로 움직인 것은 9시가 조금 넘어서였다.

그들이 서울에 오면 단골로 자는 곳이 있는데 석촌호수 쪽에 있는 깨끗한 모텔이다.

택시는 명동에서 잠시 동안 벗어나지 못하고 차량 행렬에 묶여서 설설 기었다.

토요일 저녁의 명동은 차들로 붐벼 속도를 내지 못하는 상황이었다.

그랬기에 곽선화는 택시에 타자마자 휴대폰을 열고 방송 앱을 클릭했다.

그녀가 하루도 빼놓지 않고 보는 '오늘의 프로야구'를 보기 위해서였다.

그들은 야구를 보고 데이트를 하느라 CBS에서 연신 틀어댄 강찬과의 단독 인터뷰 예고를 보지 못했기 때문에 하이라이트가 끝나고 강찬의 인터뷰가 시작되자 두 눈을 휘둥그레 떴다.

이글스의 열성 팬이자 이강찬의 광팬인 그들은 강찬이 언론의 뭇매를 맞는 걸 보며 거품을 물곤 했다.

말도 안 되는 논리로 강찬을 깎아내리는 기자들을 향해 분통을 터뜨렸는데 곽선화는 가장 나쁘게 기사를 쓴 화령일보의 홈페이지에 격렬한 항의 글도 남겼다.

"오빠, 강찬이 나와."

"웬일이래. 절대 안 할 것 같더니. 시합 끝난 후에 한다고 했잖아."

"언론에서 하도 뭐라고 하니까 마음이 바뀐 거겠지. 나라도 못 버티겠다."

"하긴 심하긴 했지. 우리나라 언론 참 못 말린다니까."

처음에는 연인답게 농담도 주고받으며 인터뷰를 지켜보던 두 사람의 표정이 심각하게 변한 것은 강찬이 절망으로 인해 자살을 결심하고 절벽으로 향했다는 말을 들을 때부터였다.

두 사람은 말을 잃었고 앞에서 귀를 기울이고 있던 택시 기사는 연신 혀를 찼다.

강찬의 입에서 흘러나온 말은 한 편의 새드 무비처럼 참 지독하고 슬픈 인생이었다.

무슨 말인가를 하고 싶은데 아무런 말도 할 수 없었다.

그렇게 강찬을 좋아했으면서 그의 아픈 과거를 전혀 알지 못했다는 미안함에 그들은 서로를 보며 그저 한숨만 내쉬었다.

50을 훌쩍 넘은 택시 기사가 인터뷰가 끝난 후 한 말은 그들의 심정을 대변해 주는 것이었다.

"아직 새파랗게 젊은 친구가 온갖 풍상을 다 겪었구먼. 고아로 자랐으면 그것만으로도 무척 괴로웠을 텐데 그런 절망을 이겨냈다니 대단하군. 정말 대단해."

*   *   *

일요일 아침 조간과 스포츠뉴스는 CBS에서 터뜨린 특종 때문에 또다시 몸살을 앓았다.

한 명의 프로야구 선수가 만들어낸 감동이 국민의 마음을 사로잡았기 때문이다.

강찬을 비난하던 기사는 순식간에 사라져 버렸고 대신 그가 펼쳐 낸 감동의 드라마가 회자되면서 전국은 금방 오늘 벌어지는 이글스와 트윈스의 대결로 화제가 집중되었다.

최성일에 대해서는 아무런 말도 하지 않았지만 야구팬들은 그가 겪어야 했던 고통과 고난, 절망의 세월을 알고 난 후 어느새 두 사람의 대결에서 강찬이 승리하기를 바랐다.

그동안 스타로 살아온 자에 대한 반감일 것이다.

최성일의 언론 플레이는 무난함을 넘어 뛰어난 것이었지만 팬들은 본능적으로 강찬에게 연민의 시선을 보내고 있었다.

잠실야구장.

찬란한 태양이 떠오른 10시가 되자 잠실야구장은 인산인해를 이루며 미어터지기 시작했다.

시합까지는 아직도 두 시간이 남았지만 3만 석에 달하는 관중석은 매진되어 표를 구하지 못한 사람들의 아우성에 매표소는 싸움터로 변하고 말았다.

몸을 풀다가 강찬이 더그아웃으로 들어오자 어제 패전투수가 되었던 이태진이 수건을 건네주었다.

그는 이글스의 에이스로 강찬보다 세 살이 더 많았고 야구 경력도 훨씬 길었으나 그동안 강찬에게 터놓고 말한 적이 없었다.

워낙 말수도 적었지만 이상하게 강찬에게만큼은 말을 붙이지 않았기 때문에 강찬을 그를 무척 어렵게 대했다.

그런 사람이 땀을 닦으라고 불쑥 수건을 내밀자 강찬은 급히 머리를 숙였다.

"선배님, 감사합니다."

"감사는 무슨, 오늘 잘 던져라."

"예."

"이기란 말이다. 팀을 위해서도 너를 위해서도 반드시 이겨!"

"예, 선배님."

"어제 너의 모습, 멋있었다. 오늘도 그렇게 멋지게 던져."

이태진은 강찬의 어깨를 가볍게 두들겨 주고는 더그아웃 밖으로 나가 송권수를 향해 다가갔다.

송권수는 주전 포수였지만 강찬이 출전하는 날에는 임관이 마스크를 쓰기 때문에 오늘은 편하게 후배들과 잡담을 나누고 있었다.

오늘 아침부터 팀원들이 자신을 바라보는 시선이 다르게 느껴졌다.

뭔지 모르게 느껴지는 따뜻함.

그동안 루키로서 뛰어난 성적을 보이는 그에게 반감을 가진 선수들이 있었는데 오늘은 그들조차도 강찬을 향해 먼저 웃어주며 격려를 아끼지 않았다.

"휴우."

자신도 모르게 한숨이 나왔다.

인터뷰를 하고 나서 벌어진 현상은 분명 좋은 쪽이었지만 왠지 모를 답답함이 가슴을 조여왔다.

숨을 한꺼번에 몰아쉬고 글러브를 들었다.

누군가는 운명의 승부라고 표현했으나 강찬은 이 순간이

그렇게 유쾌하지만은 않았다.

그렇다고 해서 진다는 생각 또한 해본 적이 없다.

어차피 벌어진 승부라면 나는 이긴다.

내 삶의 역경을 이겨낸 것처럼 나는 내일을 바라보며 전력을 다할 것이다.

잠실구장을 꽉 채운 관중을 바라보는 김동호의 시선이 붉게 달아올랐다.

이렇게 많은 관중과 같이 호흡하면서 프로야구 중계를 한다는 것은 생각보다 훨씬 기쁜 일이었다.

그가 선수로 뛸 때는 한 번도 이렇게 만원 관중 앞에서 경기를 해본 적이 없었다.

물론 예전에는 관중 수가 지금처럼 많지 않았고 팀이 한국시리즈에 나간 적이 없었기 때문인데 그럼에도 그의 소망은 언제나 이런 구름 관중 앞에서 게임을 해보는 것이었다.

예전에는 아나운서의 멘트가 거의 똑같았으나 요즘은 트렌드가 바뀌어서 방송국마다 저마다의 특색에 따라 오픈한다.

특히 CBS의 찰떡궁합 장춘진과 김동호는 눈만 보면 서로의 의중을 알 정도로 환상적인 호흡을 맞추고 있었기 때문에 야구팬들이 가장 좋아하는 조합이었다.

장춘진은 오프닝 멘트를 날리고 난 후 김동호를 바라보며 연습 투구를 하고 있는 강찬에 대해서 이야기를 시작했다.

"김 위원님, 요즘 이강찬 선수가 장안의 화제인데요, 저도 어제 인터뷰를 보고 깜짝 놀랐습니다."

"그렇습니다. 정말 많은 고난을 이겨냈더군요."

"혹시 김 위원님도 현역 시절 부상당한 적이 있습니까?"

"있었죠. 저 역시 고질적으로 햄스트링이 나가는 바람에 선수 시절 내내 고생했습니다."

"햄스트링이 어느 부위죠?"

"엉덩이와 무릎 관절을 연결하는 근육을 말합니다. 자동차의 브레이크처럼 동작을 멈추거나 속도 감속, 또는 방향을 바꿔주는 역할을 하는데 갑자기 방향을 바꾸거나 무리하게 힘을 줄 때 손상을 입게 되지요."

"김 위원님도 투수를 하셨는데 특이하게 하체 쪽에 부상을 당하셨군요. 이강찬 선수처럼 어깨에 부상을 당한 적은 없었습니까?"

"다행스럽게도 저는 없었습니다."

"단순 비교하기 어렵겠지만 이강찬 선수가 당한 부상과 햄스트링 손상을 비교한다면 어떤 정도일까요?"

"쉽게 말씀드리면 이강찬 선수의 어깨 부상은 전력으로 달리던 차가 가드레일을 부수고 절벽에 떨어져 완전히 구겨진 거라고 보시면 되고, 햄스트링 부상은 범퍼가 나간 정도라고 생각하시면 되겠습니다."

"비교조차 되지 않는 부상이군요. 그런데 이강찬 선수는 어떻게 그런 부상을 이겨냈을까요. 정말 대단합니다."

"불굴의 의지와 노력이 있었을 겁니다. 그 당시 야구에 종사하던 사람들은 모두 이강찬 선수를 향해 재기하기 불가능할 것이라고 했거든요."

김동호가 자신의 생각을 말하자 옆에서 고개를 끄덕이던 장춘진이 급하게 마이크를 앞으로 가져갔다.

그의 시선이 간 곳에는 심판이 손을 올리며 경기 시작을 알리고 있었다.

"아, 그렇군요. 말씀드리는 순간 플레이볼이 선언되고 있습니다. 김 위원님, 오늘 경기, 정말 빅게임이죠?"

"1위와 2위의 싸움이니까 당연히 관심이 가는 경깁니다. 두 팀의 승률은 두 게임 차니까 이번 경기가 무척 중요하죠. 더군다나 팬들은 이강찬 선수와 최성일 선수의 대결을 오랫동안 기다려 왔습니다. 여러모로 이 경기는 팬들의 흥미를 끌수밖에 없는 빅게임이 맞습니다."

5월의 햇살은 눈부셨다.

마운드에 올라서자 수많은 관중이 자신의 이름을 연호한다.

강찬은 깊이 숨을 들이마신 후 포수석에 앉아 주먹으로 미트를 두들기고 있는 임관을 바라보았다.

임관은 요즘 들어 너무나 행복하다며 웃음을 숨기지 못했다.

금년 시즌 루키로 올라와 강찬과 짝을 이루면서 꽤 많은 경기에 출장했는데 수준급의 수비 능력으로 감독에게 인정받고 있는 중이다.

더군다나 요즘 들어 소개팅에서 만난 아가씨와 사귀고 있었기 때문에 임관의 봄은 화려함 그 자체였다.

하지만 강찬의 봄도 임관에 못지않았다.

아니다. 오히려 임관뿐만 아니라 그 누구보다 행복한 나날을 보내고 있었다.

가슴속에 언제나 멍울처럼 자리 잡고 있던 은서에게 사랑을 고백했고 처음으로 남자로서 다가갈 수 있었다.

꿈결 같은 시간이었다.

이처럼 행복한 나날을 보낼 수 있는 것은 죽음보다 더한 고통을 이겨낸 것에 대한 보상일 것이다.

시즌이 시작되고 날이 풀리면서 어깨도 점점 좋아졌다.

이제 연습 투구를 거치고 시합에 들어오면 바로 150㎞/h의 속구를 던질 수 있게 되었으니 예전처럼 시합 초반의 약점도 없어졌다.

따스한 햇살처럼 컨디션이 좋았다.

타석에는 날카로운 인상의 트윈스 1번 타자 유종혁이 자리를 잡고 땅바닥을 고르며 자신을 쳐다보고 있다.

웃지는 않았다.

자칫 건방지다는 소문이라도 나면 사는 게 귀찮아진다는 걸 이제 경험으로 알았다.

야구는 투수가 어떤 공을 어떻게 던졌는가에 의해 모든 게 결정되는 게임이다.

유종혁이 수준급의 선구안을 가졌고 배팅 속도가 다섯 손가락 안에 들 만큼 빠르다 해도 그것은 변함없는 사실이었다.

유종혁은 데이터상으로 몸 쪽 낮은 직구에 치명적인 약점을 가지고 있었다.

그랬기에 바깥쪽으로 세 개의 공을 던져 시선을 고정시키고 몸 쪽 낮은 직구로 승부구를 가져갔다.

쐐액!

알고 있던 것이 분명했다.

유종혁도 투수들이 자신의 약점을 간파하고 계속해서 몸 쪽 공으로 승부한다는 것을 알고 있었기에 강찬의 패스트볼이 날아오자 지체 없이 배트가 돌아갔다.

그러나 타자의 약점은 미리 대비하고 기다리는 것으로 고쳐지는 게 아니었다.

더군다나 강찬은 현재 최고의 구위로 연승을 거두고 있는 이글스의 에이스였고 직구 스피드도 최상급에 속하는 투수다.

배트 아랫부분에 맞은 공은 느리지도 빠르지도 않은 속도로 데굴데굴 굴러 유격수 정면 땅볼로 처리되었다.

강찬은 네 개의 공으로 선두 타자를 잡아낸 후 2번 타자는 우익수 뜬공으로 처리했다.

요즘 들어 강찬은 전력투구를 하지 않고 이기는 법을 배워가는 중이다.

스님의 치료로 어깨가 예전보다 훨씬 강해졌다는 걸 느끼고 있었으나 9회까지 전력으로 던진다면 무리가 따를 수밖에 없었다.

지금까지도 그랬지만 그의 욕심은 언제나 9회까지 완투를 하는 것이다.

이기면 좋고 져도 괜찮았다.

내가 맡은 경기를 마지막까지 책임지고 싶은 건 투수들의 소망이기 때문이다.

그랬기에 삼진에 욕심을 부리지 않았다.

물론 결정적인 순간이 오면 전력투구를 통해 삼진을 잡아내야겠지만 위기가 아니라면 굳이 그렇게 할 이유가 없었다.

아웃 카운트가 늘어갈수록 이글스의 응원단 쪽은 함성이

커져 갔고, 반대로 외야까지 스탠드를 꽉꽉 채운 트윈스 응원
단은 아쉬움에 가득한 한숨을 흘려냈다.

선두 싸움이 두 경기 차에 불과했기 때문인데 이번 경기를
이기게 되면 턱밑까지 추격하게 되지만 만약 지게 되면 순식
간에 세 경기 차로 벌어지게 된다.

맞수 간의 대결은 그런 위험성이 있었다.

이기면 순식간에 따라잡고 지면 엄청난 대미지를 입을 수
밖에 없었다.

시끌벅적하던 잠실야구장이 순식간에 조용해졌다가 벼락
같은 함성이 터져 나온 것은 최성일이 천천히 타석으로 들어
섰기 때문이다.

초미의 관심사.

두 팀의 선두 경쟁도 치열했지만 오늘의 최대 관심사는 현
재 5승 무패로 다승 1위에 올라 있는 이강찬과 타율 4할 3푼
으로 타격 선두를 달리는 최성일의 대결에서 누가 이기느냐
는 것이었다.

어제 인터뷰로 인해 이강찬의 이미지가 엄청 좋아진 것은
사실이지만 트윈스의 팬들은 최성일의 이름을 연호하며 일방
적인 성원을 보냈다.

팬이란 그런 것이다.

자신이 좋아하는 팀에 대해서는 맹목적이고 일방적인 응

원을 아끼지 않는 것은 팬들이 가지고 있는 가장 큰 특성이었다.

최성일의 표정은 무척 밝았다.

그는 인터뷰에서 수시로 말한 것처럼 이번 승부에 커다란 자신감을 가지고 있는 것 같았다.

느릿느릿 배트를 돌리던 최성일이 강찬을 향해 시선을 던졌다.

표정은 웃고 있었으나 눈은 웃고 있지 않았다.

위선이라기보다는 긴장한 것이다.

최성일은 나름대로 사람들에게 웃음으로 자신의 자신감을 나타냈지만 눈은 긴장을 숨기지 못하고 있었다.

그걸 확인한 강찬은 최성일을 마주 바라본 후 천천히 로진백을 들어 올렸다.

놈은 아주 느리게 스윙을 하며 몸을 풀고 있었는데 그것이 투수들을 얼마나 조급하게 만드는지 알면서 하는 행동으로 보였다.

최성일의 배트 스피드는 당대 최고였다.

물론 배트 스피드가 빠르다고 해서 타격이 뛰어나다고 할 수는 없지만 최성일은 최고의 배트 스피드와 더불어 기가 막힌 임팩트 타이밍을 보유하고 있었다.

다시 말해 그는 어떤 구질의 공에도 순간적으로 반응할 수 있다는 뜻이었다.

강찬은 침을 꿀꺽 삼긴 채 손에 공을 쥐었다.

다른 타자들과는 다르게 놈에 관한 데이터에는 특별한 약점이 없었다.

수많은 안타를 때려내면서 구질도 가리지 않았다.

직구와 변화구의 안타율이 비슷했고 인코스와 아웃코스의 비율도 거의 비슷했다.

강찬이 어제저녁 임관과 머리를 맞대고 최성일의 비디오를 두 시간이나 반복해서 돌려본 것은 데이터에 없는 약점을 찾아내기 위함이었다.

오랜 시간이 지나도 그의 타격 약점은 찾아낼 수 없었지만 대신 다른 타자와는 극명하게 다른 특징을 간파할 수 있었다.

그것은 바로 최대한 스트라이크존을 좁게 가져간다는 것이었다.

두 시간에 가깝게 최성일에 관한 비디오를 돌려보면서 그가 때린 안타의 대부분이 무릎과 허리 사이를 통과하는 완벽한 스트라이크라는 걸 알 수 있었다.

선구안의 문제가 아니라 기다릴 만큼 기다린 후 최대한 치기 좋은 코스를 공략했다는 뜻이다.

그것이 약점이 될 수 있을지는 모르나 강찬은 그것을 최대한 공략할 생각이다.

완벽한 스트라이크만 공략하는 타자를 상대하는 방법은 볼과 스트라이크의 경계선에서 움직이는 것뿐이라는 게 강찬의 판단이다.

심판의 손이 올라가자 강찬이 와인드업 자세를 취했다.

벼락처럼 울려 퍼진 함성은 어느새 고요함을 느낄 정도로 조용해졌고 관중들은 강찬의 손에서 공이 떠나기를 긴장 속에서 기다리고 있었다.

쐐애액, 파앙!

초구는 바깥쪽 높은 코스의 패스트볼이었다.

중간보다 조금 높게 날아가던 공은 끝 쪽에서 떠오르며 강찬이 마음속으로 그려놓은 스트라이크존의 상단 코너에 정확하게 박혔다.

잠시 움찔하던 심판의 손이 가차 없이 올라갔다.

매번 느끼는 것이지만 강찬의 패스트볼은 끝에서 솟구치며 박히기 때문에 심판들은 조금 높아도 스트라이크를 선언하는 경우가 상당히 많았다.

잠시 타석에서 물러난 최성일은 잠시 심판을 바라보다가 시선을 돌려 더그아웃을 바라보는 척했다.

하지만 그 의도는 분명했다.

일종의 항의이자 경고였다.

스트라이크와 볼의 경계선에서 움직이는 공은 심판의 재

량에 의해 얼마든지 결과가 바뀔 수 있는데 최성일은 심판을 한번 바라봄으로써 그것에 대해 어필한 것이다.

하지만 이번 경기의 심판도 베테랑임이 분명했다.

최성일이 자신을 흘끗 쳐다보는 걸 분명 확인했음에도 그는 못 본 척 딴 짓을 했다.

대놓고 항의한 것이 아니었으니 차라리 못 본 척하는 게 편하다는 걸 경험으로 터득한 행동이다.

최성일이 타석에 들어서자 강찬은 2구를 초구와 대칭되는 인코스 높은 쪽에 꽂아 넣었다.

타자의 허리 위쪽 가슴에 가까운 코스였다.

주춤하던 심판의 손이 다시 한 번 가차 없이 올라가자 이글스 팬이 있는 3루 쪽에서는 커다란 함성이 울려 퍼졌고, 반대로 트윈스 팬이 있는 1루 쪽 스탠드에서는 야유가 터져 나왔다.

양쪽의 반응이 극명하게 달랐는데 트윈스 팬들은 심판이 들을 정도로 크게 항의했다.

하지만 심판은 꿈쩍도 하지 않고 물러나서 타석에 들어서지 않는 최성일을 향해 타석에 들어서라고 지시를 내렸다.

최성일은 이번에는 초구와는 다르게 아예 심판을 쳐다보지도 않았다.

불만이 커질수록 인내해야 한다는 철칙을 알고 있는 자세였다.

하지만 그의 얼굴에는 어느새 웃음기가 싹 가서 있었다. 행동과는 다르게 심판의 결정에 불만이 있다는 뜻이다.

승부에 있어서 가장 중요한 것은 마음을 편안하게 가다듬고 정신을 집중하는 것이다.

평정이 무너진 상태에서의 승부는 흥분으로 인해 판단력이 저하되기 때문에 결코 좋은 결과를 가져올 수 없었다.

최성일이 스트라이크존으로 들어오다가 외곽으로 빠져나간 공에 배트가 나간 것도 분명 평정심을 잃었기 때문일 것이다.

물론 볼카운트가 극도로 불리해졌고 앞에 구사한 패스트볼과 20km/h 가까이 차이가 나는 슬라이더가 구사된 것도 이유겠지만 평상시의 선구안으로 봤을 때 공 하나가 빠질 정도로 낮은 공에 손이 나간 것은 심판의 판정을 믿지 못한 것이 제일 큰 원인이었다.

최성일이 헛스윙으로 삼진을 당하자 긴장된 표정으로 지켜보던 이글스의 팬들은 동시에 자리를 박차고 일어나 환호성을 질렀다.

그들은 서로를 바라보며 하이파이브까지 했는데 마치 9회말 2아웃 상태에서 승리를 결정짓는 삼진을 잡아낸 것처럼 펄쩍펄쩍 뛰며 즐거움을 숨기지 않았다.

"야, 씨발! 난 오줌 쌀 뻔했다."

"뭔 소리야?"

"저 새끼 배트 휘두르는 게 꼭 사무라이가 검을 휘두르는 것처럼 느껴지더라니까. 난 배트에서 저렇게 날카로운 파공성을 만드는 놈은 처음 봤다."

강찬이 최성일을 삼진으로 잡고 더그아웃 쪽으로 걸어가자 뛰어온 임관이 혀를 내둘렀다.

나름 최고의 타자와 승부하면서 긴장했는지 그는 손가락을 오므렸다 펴면서 연신 트윈스 더그아웃으로 돌아가는 최성일의 뒷모습을 바라보았다.

그런 임관을 향해 강찬이 씨익 웃었다.

"그래도 삼진으로 잡았잖아. 내가 이긴 거야."

"당연하지."

"우리 작전이 먹히는 것 같다. 저놈은 아무런 대비도 하지 않고 나왔기 때문에 오늘은 절대 내 공을 못 쳐 낼 거다."

"크크크, 얼굴이 반쪽이 되더라. 삼진당하는 순간에 말이야. 저놈이 얼마 만에 삼진당했는지 아냐?"

"몰라."

"무려 56타석 만이란다."

"예전에 비해서 훨씬 강해졌더군. 서 있는 것만으로도 위

압적이었어."

"그래도 이겼으니까 우리가 더 센 거야."

강찬과 임관이 싱글거리며 더그아웃 쪽으로 들어오자 대기하고 있던 선수들이 하이파이브를 하면서 무실점으로 이닝을 끝낸 걸 축하해 줬다.

평상시에도 물론 하는 것이지만 오늘은 유독 선수들의 축하 액션이 커 보였다.

그들도 최성일과 강찬의 대결이 지닌 의미를 그만큼 크게 생각하는 것 같았다.

선배들의 축하를 받고 더그아웃으로 들어와 수건을 어깨에 덮자 슬쩍 장혁태 코치가 다가왔다.

"잘했다."

"예."

"인마, 잘했다고."

너무 간단한 대답 때문인지 장 코치가 눈을 부라렸다.

하지만 거기엔 웃음이 달려 있었기 때문에 금방 장난이란 걸 알 수 있었다.

"저놈, 조금 열 받은 거 같지?"

"아무래도 그런 것 같은데요."

"강찬아, 오늘 컨디션 좋냐?"

"예, 최상입니다."

"그럼 저놈 오늘 박살을 내줘. 저놈이 작년에 우리 팀한테 한 짓을 생각하면 복장이 터질 지경이다. 저놈도 한번 당해봐 야 해."

"최선을 다하겠습니다."

"개인적인 복수를 하란 게 아니라 팀을 위해서 잡으란 거야. 내 말 무슨 뜻인지 알지?"

"예."

장혁태 코치는 말을 마치고 오던 것처럼 슬금슬금 강찬의 곁을 벗어나서 김 감독 쪽으로 걸어갔다.

김남구 감독은 보는 듯 안 보는 듯 이쪽을 신경 쓰고 있었는데 장 코치가 다가오자 의문의 웃음을 흘려냈다.

오늘 출전한 트윈스의 선발은 심중환으로 현재까지의 성적은 2승 2패를 기록하고 있다.

그는 트윈스의 에이스는 아니었으나 절묘한 변화구가 일품으로 쳐 내기 까다로운 구질을 가진 선수였다.

투수들이 위력적인 변화구를 가지면 대부분 에이스 급으로 성장하게 되는데 심중환이 아직도 제3선발에 머물고 있는 것은 직구의 스피드가 140km/h대 중반밖에 나오지 않기 때문이었다.

타자를 압도하지 못하는 결정적인 단점을 가지고 있는 셈이다.

그럼에도 이런 중요한 경기에 그가 나온 것은 로테이션을 바꿀 수 없기 때문이었다.

프로야구는 한 경기에 목숨을 걸 수 없으니 특별한 경우가 아니라면 감독은 선발 로테이션을 지키는 걸 철칙으로 여겼다.

이글스의 막강 타선은 1회를 그냥 보내더니 2회부터 터지기 시작했다.

선두 타자인 윤태균이 끈질긴 승부 끝에 2루타를 치고 나가자 가르시아가 좌중간 안타를 때려내서 간단하게 선취 득점을 했다.

이글스의 타선은 그것이 시작이었다.

4회에 2점을 더 냈기 때문에 점수 차는 3 : 0으로 벌어졌다.

"어머, 안 돼!"

6회에 들어와 잘 던지던 강찬이 2번 타자 천철효에게 유격수 옆을 빠지는 안타를 맞자 곽선화의 입에서 비명이 터져 나왔다.

거의 전문가 수준까지 올라온 그녀의 눈은 3구에서 구사된 커브가 가운데로 몰리자 눈을 질끈 감았다가 떴는데 여지없이 천철효는 그것을 안타로 만들어냈다.

곽선화는 1루를 한참 돌다가 다시 귀루하는 천철효를 바라보며 침을 꼴깍 삼켰다.

천철효는 벌써 도루가 일곱 개나 될 정도로 발이 빠른 선수였다.

문제는 그의 도루도 문제였지만 다음 타자가 최성일이라는 것이다.

최성일은 첫 타석에서 삼진을 당했지만 두 번째 타석에서는 끈질긴 승부 끝에 볼넷을 골라내서 출루했었다.

1아웃에 1루.

여기서 최성일에게 장타를 맞게 되면 다음은 오늘 안타를 기록하고 있는 곤잘레스가 나오기 때문에 승부가 어떻게 변할지 알 수 없는 상황이 된다.

"오빠, 강찬이가 지쳤나?"

"아냐. 실투에 불과해. 직구 스피드는 계속 유지되고 있잖아. 지쳤다면 구속이 떨어졌겠지."

"아, 어쩌지?"

곽선화는 최성일이 타석으로 들어서는 것을 보며 손에 밴 땀을 바지에 닦았다.

그녀의 목소리는 얼마나 응원을 열심히 했는지 이미 반쯤 쉬어 있었다.

그런 그녀의 손을 이동렬이 꼭 잡으며 걱정하지 말라는 듯 토닥거렸다.

곽선화는 긴장하면 손이 차가워지곤 했는데 지금도 그녀

의 손은 땀이 뱄는데도 차갑게 느껴질 정도였다.

두 사람은 손을 잡은 채 강찬의 공을 기다렸다.

초구는 바깥쪽에 꽉 차는 스트라이크였으나 두 번째 공에
이어 3구로 던진 155㎞/h의 패스트볼이 볼로 판정되자 두 사
람은 벌떡 일어나며 소리를 질렀다.

무릎에 걸쳤기 때문에 스트라이크로 봐도 충분한 공이었
다.

"심판, 판정 똑바로 해! 그게 어떻게 볼이냐!"

하지만 불만을 터뜨린 건 그들만이 아니었다.

포볼을 내준 이전 타석에서도 저 공을 잡아주지 않았기 때
문에 출루했는데 이번에도 똑같은 공을 볼로 처리하자 이글
스의 응원 스탠드가 동시에 웅성거리며 불만을 터뜨렸다.

하지만 심판은 슬쩍 관중석을 쳐다본 후 가차 없이 경기를
속개시켰기 때문에 이글스 팬들은 자리에 앉을 수밖에 없었
다.

그러나 불안하다.

여기서 포볼을 주게 되면 정말 어떤 일이 벌어질지 알 수
없게 된다.

그랬기에 곽선화는 혀를 내밀어 입술을 적시며 불안한 음
성으로 주절거렸다.

"이러다가 또 볼넷으로 내보내는 거 아냐? 오늘 강찬이가

이상해. 최성일하고 붙으면 저렇게 천지사방으로 던지네."

"워낙 뛰어난 놈이니까 철저하게 코너워크로 승부하는 거야. 이전 타석에서도 심판 손이 올라갈 정도의 공만 던졌잖아."

"그래도 나는 속 시원하게 승부했으면 좋겠어. 강찬이 정도의 구위라면 충분히 제압할 수 있지 않을까?"

"물론 그럴 수도 있겠지만 안타를 허용할 가능성도 크지. 강찬이는 아마 저놈에게 지고 싶지 않아서 저렇게 던지는 걸 거다."

"하긴 아무 공이나 던지면 어때. 이기면 되지."

곽선화는 시즌이 시작되면서 무조건 강찬 편이었다.

언론에서 강찬을 물 먹일 때도 거품을 물며 강찬 편을 들었고, 저번 인천 경기에서는 강찬을 욕하는 상대편 관중하고 입씨름까지 했다.

그랬기에 그녀는 금방 이동렬의 말을 수긍하고 강찬이 와인드업하는 걸 지켜보았다.

그동안 수많은 투수들을 응원하며 지켜보았지만 강찬처럼 아름다운 피칭을 하는 투수는 본 적이 없다.

투구를 하는 모든 과정이 물이 흘러가듯 너무나 자연스럽고 부드러워 곽선화는 강찬의 투구 모습을 보면서 단숨에 매료되었다.

1스트라이크 2볼. 배팅 찬스.

타자가 안타를 만들어낼 수 있는 확률이 가장 많은 볼카운트는 1스트라이크 2볼이다.

1스트라이크 3볼은 포볼에 대한 기대감으로 적극적인 타격이 어렵고 풀카운트는 부담감으로 인해 나쁜 공에 손댈 가능성이 컸다.

강찬이 4구로 던진 공은 바깥쪽 슬라이더였다.

방금 전 던진 공이 워낙 빠른 패스트볼이었기 때문에 이번에 던진 슬라이더는 눈에 보일 정도로 느렸다.

그럼에도 여전히 강찬은 좋은 공을 주지 않고 가운데서 급격하게 꺾이며 포수의 오른쪽 무릎을 향해 파고들었다.

최성일의 배트가 절묘하게 돌아간 것은 강찬의 투구 패턴을 읽었기 때문이다.

연속으로 패스트볼을 던지지 않을 거란 판단과 스트라이크를 넣을 수밖에 없다는 예측이 그로 하여금 일말의 주저함도 없이 배트를 휘두르도록 만들었다.

그의 판단은 맞았지만 강찬의 슬라이더는 최성일이 생각한 것보다 훨씬 낮게 떨어지는 볼이었다.

천재 타자답게 변화하는 타이밍을 잡고 임팩트를 가져갔으나 슬라이더는 스트라이크존에서 공 반 개 정도 더 처졌다.

그것은 강찬이 잘못 던진 게 아니라 일부러 그렇게 던진 것이었다.

심리의 역이용.

강찬은 임관의 사인을 거부하고 방금 전의 공을 던지겠다고 고집을 부렸는데 최성일의 타격 자세에서 나오는 기운이 그런 결정을 하게 만들었다.

어떤 특별한 이유 때문이 아니라 순전히 감이었다.

패스트볼에 이은 슬라이더는 스트라이크존에 들어와도 때려내기 어려운데 공 반 개 정도 더 가라앉았으니 아무리 최성일 천재 타자라도 정확하게 맞추기는 불가능에 가까웠다.

그랬기에 그가 때려낸 공은 정성화가 지키고 있는 곳을 향해 포물선을 그리며 날아가다가 뚝 떨어졌다.

차라리 힘이 있었다면 병살 플레이는 생기지 않았을 텐데 공은 적당한 속도로 날아가다 정성화 앞에 떨어졌기 때문에 4-6-3 병살로 이어졌다.

유격수 백성춘의 송구가 정확하게 1루수 윤태균의 글러브에 들어가는 순간 3루 측 스탠드에서 무너질 듯한 함성이 터져 나왔다.

위기를 넘긴 이글스 팬들은 신이 났는지 한동안 자리에 앉지 않은 채 가요 '무조건'에 맞춰 이강찬의 이름을 넣은 응원가를 목이 터져라 불러댔다.

7회 들어서도 이글스는 1점을 더 보탰기 때문에 두 팀의 격

차는 4 : 0으로 벌어졌고, 8회 말 2아웃에서 강찬이 1번 타자 유종혁을 강력한 156㎞/h짜리 몸 쪽 꽉 찬 패스트볼로 삼진 처리하자 이글스의 팬들은 몸살을 앓았다.

강찬의 시즌 세 번째 완봉승이 눈앞으로 다가왔을 뿐 아니라 이번 경기를 이기면 선두 독주 체제를 갖출 수 있기 때문이다.

이글스의 9회 공격이 릴리프로 나선 트윈스의 엄갑령에게 막혀 무실점으로 끝난 후 트윈스의 마지막 공격을 막기 위해 강찬이 다시 마운드에 오르자 장춘진의 목소리가 격앙되어 흘러나왔다.

"아, 이강찬 선수, 이번에도 완투할 모양입니다. 트윈스와의 경기마저 잡아내면 현재 2, 3, 4위를 달리고 있는 강팀들을 상대로 전부 완봉승을 거두게 됩니다. 정말 대단한 기세가 아닐 수 없습니다."

"하지만 마지막 트윈스의 공격을 막아내야겠죠. 9회 말 트윈스의 공격은 최성일 선수부터 시작되는 클린업트리오입니다. 트윈스에게는 마지막 찬스이기 때문에 최선을 다할 것입니다. 만약 오늘 경기처럼 무기력하게 진다면 후유증이 남기 때문에 트윈스는 다음 경기를 위해서라도 반드시 뭔가 보여줘야 할 겁니다."

"맞는 말씀입니다. 잠실구장은 더군다나 트윈스의 홈 아니겠습니까. 팬들을 위해서라도 최선을 다해야겠죠. 말씀드리는 순간 이강찬 선수, 1구를 던졌습니다. 스트라이크, 스트라이큽니다. 정확하게 한복판에 꽂히는 강력한 패스트볼이군요. 굉장합니다. 전광판에 찍힌 속도가 158㎞/h를 가리키고 있습니다."

"정말 괴물이 따로 없군요. 9회 말에 저런 패스트볼이라니요. 더군다나 이전과는 다르게 코너워크를 하지 않고 한복판에 찔러 넣었습니다. 마치 칠 테면 쳐 보라는 배짱인 것 같습니다."

장춘진의 흥분에 김동호가 맞장구를 쳤다.

그는 정말 놀란 눈을 하고 있었는데 강찬이 다른 때와 다르게 최성일과의 승부를 정면승부로 가져가자 황당한 표정을 숨기지 못했다.

그는 강찬이 최성일을 상대하면서 철저하게 코너워크와 볼로 상대하는 걸 보며 어느 정도 두려움을 가지고 있다고 판단 내렸다.

최성일은 현재 프로야구 판을 완전 장악하고 있는 천재 타자였으니 강찬이 아무리 뛰어난 투수라 해도 정면승부를 피할 수밖에 없을 거라 생각했다.

그런데 9회 말에 들어서자 강찬은 초구부터 최성일을 옥박지르기 시작했다.

강찬의 2구는 몸 쪽 낮게 가라앉는 커브였다.

그 커브에 최성일의 몸이 움찔하는 것이 카메라에 잡혔기 때문에 김동호는 자신도 모르게 멘트를 날렸다.

"잘 참았지만 힘들었을 겁니다. 최성일 선수였기 때문에 참았지 다른 선수였다면 무조건 배트가 나갈 수밖에 없는 공이었습니다. 왜냐하면 이강찬 선수가 초구에 던진 공이 158㎞/h를 기록할 정도로 빠른 직구였기 때문입니다. 속도의 차이가 30㎞/h에 달하면 타자의 본능적인 반응이 속도의 차이를 따라가지 못합니다."

"커브를 기다리고 있었다면 어떨까요?"

"그랬다면 다르겠지요. 하지만 저런 위력적인 공을 던지는 투수를 상대로 변화구를 기다리는 건 자살 행위와 다를 바 없습니다."

김동호가 질문에 대답하는 순간 강찬의 3구가 최성일을 향해 날아갔다.

팡!

미트에 공이 들어가는 소리가 중계석까지 들렸다고 착각할 만큼 강력한 속구가 또다시 한복판에 박히자 장춘진의 입에서 비명에 가까운 멘트가 쏟아져 나왔다.

"스트라이큽니다! 이번엔 160㎞/h입니다! 중계를 시청하는 야구팬 여러분, 전광판에 찍힌 속도가 160㎞/h를 가리키고 있습니다! 굉장합니다! 정말 믿어지지 않는 일이 잠실구장에서 벌어지고 있습니다!"

최성일은 3구로 던진 강력한 패스트볼을 지켜만 볼 뿐 꼼짝하지 않았다.

기가 막혔는지 그는 심판이 스트라이크를 선언한 후에도 타석에서 물러나지 않고 한동안 강찬을 바라보고 있었다.

하지만 곧 고개를 좌우로 꺾은 후 타석에서 물러나 눈에 보일 정도로 천천히 빈 스윙을 한 후 다시 타석에 들어섰다.

강찬은 임관의 사인에 세 번이나 고개를 흔들다가 자신이 직접 마지막 공에 대한 사인을 날렸다.

임관이 놀란 눈으로 바라봤으나 강찬은 손을 옆으로 그어 기어코 자신의 뜻을 관철시켰다.

수많은 사람들 앞에서 보란 듯이 이기고 싶었다.

최성일이 미워서가 아니라 내가 최고라는 것을 증명하고 싶었기 때문이다.

그랬기에 그동안 몰래 준비한 슬로커브로 던졌다.

패스트볼은 어깨가 완벽하게 풀리면 최고의 속도가 나왔는데 그때 위력적으로 쓸 수 있는 것이 바로 지금 던지려고 하는 115㎞/h짜리 슬로커브였다.

단순하게 속도 차로 타자의 타이밍만 뺏는 것이 아니었다.

비록 느린 슬로커브지만 워낙 낙차가 커서 그 자체로도 준비하고 기다리지 않으면 쳐 내기 어려울 정도로 위력적이었다.

2스트라이크 1볼 상태에서 강찬의 손을 떠난 공이 궤적을 그리며 날아갔다.

보고도 믿지 못할 정도의 슬로커브.

공은 최성일의 어깨 높이까지 솟구쳤다가 마치 폭포가 떨어지는 것처럼 날카롭게 떨어져 임관이 정면을 향해 내민 미트 속으로 정확하게 틀어박혔다.

공이 포수의 미트에 들어갔으나 움직이는 사람은 아무도 없었다.

타자도, 포수도, 그리고 심판도.

긴장된 눈으로 천재 타자와의 승부를 지켜보던 관중들마저 결과를 기다리며 침묵에 빠졌다.

하지만 그것도 잠시,

"스트라이크! 삼진 아웃!"

심판이 펄쩍 뛰어오르며 트윈스의 더그아웃을 향해 손가락으로 총을 쏘는 듯한 포즈를 취하자 이글스 팬은 또 한 번 자지러졌고 트윈스의 팬들은 머리를 감싸며 자리에 주저앉았다.

이번에는 뭐라고 할 말도 없을 정도로 한복판에 틀어박히는 스트라이크였기 때문에 그들은 멍한 눈으로 이강찬을 바라볼 뿐이었다.

괴물이었다.

9회가 되었는데도 오히려 더 무시무시한 공을 뿌려대니 욕할 기운조차 나지 않았고, 이 경기를 이길 거란 기대조차 생기지 않았다.

최성일은 믿을 수 없다는 눈으로 한동안 타석에서 물러나지 않고 강찬을 바라보다가 심판의 콜을 들은 후에야 더그아웃으로 돌아갔다.

잠실구장을 꽉 채운 관중뿐만 아니라 선수들과 경기를 중계하는 아나운서까지 강찬이 마지막에 던진 공을 보며 할 말을 잃었다.

115㎞/h의 슬로커브.

무려 이전 패스트볼과 45㎞/h의 속도 차이가 났으니 천재 타자인 최성일도 미처 반응을 보이지 못했다.

장춘진의 오늘 야구 중계는 연신 비명 속에서 이루어졌다.

그는 최성일이 삼진을 당하고 물러나자 슬로우비디오를 확인하면서 흥분을 감추지 못했다.

"대단한 변화구가 들어왔습니다. 저것 보십시오. 거의 낙차가 최정점부터 계산하면 족히 1m는 되는 것처럼 보이는군요."

"환상적인 커브였습니다. 여기에서 보면 느린 커브에 불과한 것으로 착각할 수도 있을 테지만 타자인 최성일 선수에게는 거의 마구 수준이었을 겁니다. 160㎞/h을 찍은 강속구에 이어 115㎞/h의 슬로커브가 들어왔으니 저건 미리 알고 있지 않았다면 메이저리그 최고의 타자라는 폴 스미스도 치지 못했을 겁니다."

"그렇죠. 그렇습니다. 더군다나 낙차까지 대단했기 때문에 더욱 그랬을 것 같습니다."

장춘진은 김동호의 해설을 들으며 자신의 의견을 덧붙였다.

야구의 전문가는 김동호였지만 오랫동안 야구 중계를 해 왔기 때문에 장춘진도 구위에 대해서는 보는 눈이 뛰어났다.

그랬기에 해설자에게 물어보는 수준도 야구팬의 궁금증을 콕콕 집어냈다.

"김 위원님, 최성일 선수가 오늘 이강찬 선수에게 완패를 당했는데요, 어떻게 생각하십니까?"

"결과로는 그렇습니다. 확실하게 오늘 경기에서는 볼넷 하나만 골라냈으니 완패라고 볼 수 있겠네요. 하지만 오늘 경기는 최성일 선수에게 절대적으로 불리한 상태에서 치러진 것도 사실입니다. 철저하게 코너워크를 준비해 온 이강찬 선수를 공략하지 못한 것은 물론 잘못이지만 다음 경기에서는 분명 그런 것을 보완해서 나올 테니 정말 재밌는 승부가 펼쳐질 것으로 기대됩니다."

"네, 말씀드리는 순간 4번 타자 곤잘레스가 나오고 있습니다. 오늘 곤잘레스 선수는 안타가 한 개 있지요."

이글스의 팬이 몰려 있는 3루 쪽 스탠드는 난리가 나 있었다.

모든 관중이 일어나 치어리더의 응원에 맞춰 춤을 추고 있었는데 정말 원 없이 즐기는 모습이었다.

"이강찬! 이강찬! 이강찬!"

어느새 관중 속으로 파고든 곽선화와 이동렬은 사람들의 구호에 맞추어 연신 손을 흔들어댔다.

그들은 늘 응원석과 조금 떨어진 곳에 자리를 잡고 경기를 관람했는데 오늘만큼은 이글스의 응원석으로 들어와 두 손을 흔들고 있었다.

축제다.

요즘 들어 이글스가 선두를 달리고 있기 때문에 이글스의 팬들이 행복한 것은 사실이었으나 오늘처럼 경기장을 축제의 장으로 만든 것은 처음이다.

이유는 여러 가지가 있겠지만 이강찬이 만들어낸 드라마가 이글스 팬들을 더없이 행복하게 해준 것이 결정적이었다.

사람들은 응원단장의 지시에 따라 열심히 노래를 불러댔다.

　노래가 주는 힘은 기분을 상승시켰고, 이강찬의 호투에 곤잘레스와 정성일이 범타로 물러나며 경기가 끝나자 절정으로 치달았다.

　경기는 끝이 났으나 이글스 팬들의 노래는 끝이 없었다.

　즐거움과 기쁨, 사랑, 존경.

　이강찬을 비롯하여 관중석을 향해 인사하는 선수들에게 그들은 더없이 따뜻한 시선을 던지며 환호성을 던져 주었다.

　고마워요, 이글스. 고마워요, 이강찬.

　이 행복을 느끼게 해줘서.

제6장
무패 투수와의
대결

　강찬은 자신을 끝없이 연호하는 관중들을 바라보며 한동
안 움직이지 못했다.

　온몸을 관통하는 전율.

　누군가의 기대와 사랑을 받는 것이 이토록 소중하고 기쁘
다는 것이 새삼스럽게 가슴으로 다가왔다.

　이글스의 팬들은 점점 더 극성으로 변해가고 있었지만 자
신뿐만 아니라 모든 선수가 오히려 이전보다 더 팬들에게 최
선을 다했다.

　선수는 팬의 사랑을 먹고 산다고 했으니 어쩌면 당연한 행

동이지만 꼴찌로 전전할 때와 비교해 보면 정말 천양지차이
다.

임관이 먼저 뛰어와 징그럽게 끌어안았고, 뒤이어 이글스
의 상징 윤태균이 다가와 어깨를 두드려 주었다.

이문승과 정성화의 축하를 시작으로 모든 선수가 강찬을
둘러싸고 승리를 자축했다.

더그아웃에 있던 선수들마저 모두 나왔기 때문에 마운드
는 잠시 이글스 선수들로 가득 찼는데 그들은 이일화의 인솔
로 팬들이 응원하는 곳으로 가서 정중하게 인사를 했다.

그러자 관중석에서 난리가 났다.

맨 앞에 있던 여대생으로 보이는 아가씨는 비명처럼 소리
를 지르며 밥을 살 테니 시간을 내달라고 데이트 신청을 했
다.

많은 사람들의 함성 속에서도 그녀의 목소리는 남달랐기
때문에 선수들의 시선이 그녀를 향해 쏠렸다.

도대체 누구에게 데이트 신청을 한 건지 궁금했기 때문이
다.

물론 대충 예상은 했지만 그녀의 시선은 강찬에게 고정되
어 있었다.

선수들이 먼저 반응했고, 관중석에서 야유 소리가 터져 나
왔다.

이강찬은 그녀의 것이 아니라 이글스 전체 팬의 애인이기 때문인데 특히 여자들은 한목소리로 쌍심지를 돋우며 그녀의 행동을 극렬하게 반대했다.

팬들에게 인사를 끝내고 더그아웃으로 들어오자 김남구 감독이 가볍게 강찬의 어깨를 두들겨 준 후 다른 선수들을 맞아들였다.

확실히 이럴 때 보면 김남구는 감독은 포스가 흘러넘쳤다.

오늘의 히어로이자 이글스의 보물임에도 그는 강찬에게 어떤 특별한 액션도 취하지 않았다.

방송국과 기자들이 몰려들기 시작한 것은 선수들이 더그아웃으로 모두 들어와 장비를 챙기기 시작할 때였다.

경기가 끝나면 공식 인터뷰를 하게 되어 있는데 통상적으로 감독과 수훈 선수가 대상이다.

공식적인 인터뷰를 싫어하는 김남구였지만 이때만큼은 성실하게 기자들의 질문에 대답했는데 여러 번 해봤기 때문인지 다른 빌미를 마련해 주지 않을 정도로 짧고 간결했다.

강찬이 인터뷰에 불려 나간 것은 김 감독이 도망치듯 더그아웃 쪽으로 걸어간 후였다.

강찬이 인터뷰석에 서자 기자들의 반응이 뜨거워지기 시작했다.

물론 이전에도 경기가 끝난 후 두 번의 인터뷰를 한 적이 있으나 오늘은 분위기부터 달랐다.

경기 후 감독과 수훈 선수를 상대로 하는 인터뷰는 사실 기자들의 관심 밖에 있는 것이 사실이다.

다시 말해 일종의 방송용 행사이기 때문인데 하나의 영상으로 모든 방송사가 공유하는 인터뷰장에는 기자들이 많지 않았다.

그런데 오늘은 말도 안 되는 숫자의 기자들이 몰려들어 인터뷰장이 미어터지는 중이다.

그동안 이강찬이 인터뷰를 모두 사절하고 피한 것과 오늘의 경기가 너무나 극적이라 팬들의 관심이 폭발적인 게 원인이었다.

김혁은 조금 떨어진 곳에서 강찬을 바라보며 쓴웃음을 짓고 있었다.

강찬이 인터뷰를 거부하기 시작한 배경에는 자신이 있었기 때문이다.

특종에 대한 욕심으로 집요하게 최성일과의 관계를 묻고 늘어졌다.

그래도 강찬은 자신과의 인연 때문에 인터뷰에 응했을 텐데 자신은 그의 감정은 전혀 생각하지 않고 특종에만 욕심을 부렸다.

결국 강찬이 인터뷰 중간에 자리를 박차고 일어서는 바람에 그는 닭 쫓던 개 신세가 되고 말았다.

강찬은 무슨 일 때문인지 최성일에 대해서는 한 마디도 안 하고 버텼는데 계속 말해달라고 추궁한 것이 그를 화나게 만든 것 같았다.

미안하기도 했지만 괘씸하기도 했다.

스타는 말을 하고 싶지 않은 것도 팬들을 위해 해야 하는 법인데 놈은 전혀 그럴 생각이 없는 것 같았다.

그래서 동료 기자들에게 슬쩍 그런 내용을 흘렸고, 강찬이 계속 인터뷰를 거부하면서 일이 생각보다 훨씬 커져 버렸다.

그렇게까지 일이 커지리라고는 전혀 예상하지 못했다.

어제저녁 놈이 살아온 인생을 보면서 많은 후회를 했다.

기자로서 살다 보면 온갖 경우를 다 보지만 강찬의 인생 역경은 그를 숙연하게 만들 정도로 힘들었다.

생각 같아서는 사과하고 싶었지만 기회를 만들기는 쉽지 않았다.

그럼에도 반드시 미안하다는 말은 전하고 싶었다.

오늘 중계의 메인 방송국인 CBS 리포터가 미리 준비한 대본대로 강찬에게 질문했다.

축하 인사와 주로 경기에 관한 내용이 대부분이었기에 강찬은 또박또박 자신의 생각을 이야기했다.

문제가 생긴 것은 방송용 인터뷰가 끝나고 난 후였다.

기자들이 갑자기 강찬을 둘러싸며 최성일과의 관계에 대해서 집중적으로 질문하기 시작한 것이다.

김혁의 눈이 치켜 올라갔다.

강찬은 무슨 이유 때문인지 최성일에 대한 말을 극도로 피했다.

괴로움.

아마 그것은 최성일이란 존재가 그의 삶에서 겪어야 할 모든 괴로움의 시발점이기 때문일 거라는 판단이 들었다.

앞으로 나가 동료 기자들의 등쌀을 말려주고 싶었다.

어떡하든 그에 대한 미안함을 갚아주고 싶었기에 그는 기자들의 틈을 뚫고 나가면서 소리를 질러댔다.

"그만해! 그만하라고!"

워낙 극렬한 김혁의 반응에 기자들이 황당한 표정을 지으며 길을 터줬다.

김혁은 야구기자들 사이에서 꽤 좋은 평판을 받는 선배였기 때문에 그들은 동시에 입을 다물고 그를 바라봤다.

하지만 거칠게 다가오는 그를 바라본 것은 기자들만이 아니었다.

강찬은 그가 말하지 않아도 된다며 소리를 지르는 김혁을 확인한 후 잠시 동안 가만히 있다가 마이크를 잡고 기자들의 질문에 대답했다.

"최성일 선수는 최고의 타자입니다. 어릴 적 그의 타구로 인해 어깨를 다친 것은 우연에 불과한 일이었습니다. 모든 것은 운명적으로 생긴 일일 뿐 그의 잘못은 하나도 없습니다. 저는 최성일 선수와의 대결을 통해 오늘 또 한 번 성장했습니다. 그는 저를 압박하고도 남을 만큼 엄청난 포스를 보여줘서 공을 던지는 내내 긴장을 멈출 수 없었습니다. 그는 프로야구계를 이끌어 나갈 타자로서 인격적으로나 생활면에서 타의 모범이 되는 선수라고 생각합니다. 앞으로 최성일 선수와 좋은 승부를 펼칠 수 있도록 저 역시 최선을 다할 테니 기대를 가지고 지켜봐 주시면 고맙겠습니다."

강찬의 첫 패배는 오월의 마지막 홈경기 때 벌어졌다.

상대는 타이거즈.

프로야구 열 개 팀 중 6위를 달리고 있었는데 승률이 간신히 5할을 넘을 정도로, 강한 팀은 아니었다.

강찬은 5월에 3승을 보태어 8승 무패를 기록했고, 이글스 역시 29승 17패로 선두를 달리고 있기 때문에 대전구장은 경기가 벌어지는 날이면 주중 경기조차도 만원을 기록할 만큼 구름 관중이 몰려들었다.

그런 관중들 앞에서 이글스는 타이거즈에게 지면서 고개를 떨어뜨리고 말았다.

재수가 없어도 정말 지독하게 없는 날이었다.

빗맞은 타구는 여지없이 안타가 되었고, 야수들은 그날따라 중학교 야구 선수들처럼 에러를 남발했다.

안타 여섯 개에 볼넷 하나, 에러 다섯 개를 합쳐 강찬은 5실점을 하면서 패전투수가 되고 말았다.

정말 어이없는 경기였으나 강찬은 끝까지 공을 던졌다.

7회가 끝날 때쯤 장혁태 코치가 나와 오늘 경기는 포기하자고 하면서 그만 던지라고 했지만 강찬은 모자를 벗고 정중하게 인사하며 끝까지 던지게 해달라고 부탁했다.

언터처블 투수 이강찬을 상대로 승리를 거둔 타이거즈 선수들이 그라운드를 누비며 마음껏 승리의 기쁨을 누리는 걸 보면서 이글스의 팬들은 강찬을 향해 조용히 박수를 보내주었다.

그들 역시 오늘 경기가 얼마나 안 풀렸는지 눈으로 확인했기 때문이다.

그동안은 수비가 안 되면 공격이라도 되었고 그것도 아니라면 운이라도 따랐는데 그날은 아무것도 되지 않았다.

이글스 팬들은 강찬이 마음 아파할까 봐 한동안 경기장을 벗어나지 않고 이강찬을 연호했다.

이미 이강찬은 이글스의 상징이 되었기 때문에 팬들은 그가 이번 패배로 상처 입지 않기를 간절히 바랐다.

프로야구 선발투수는 정확하게 1주일에 한 번 출전한다고 보면 맞았다.

최근 들어 대부분의 팀이 5인 선발 체계를 갖추고 운용했기 때문인데 장기 레이스에서 투수를 보호하기 위함이었다.

모든 언론은 강찬의 패배를 대서특필했다.

언터처블 강찬의 패배는 모든 기자들에게 맛있는 먹잇감으로 요리되어 전 언론에 도배되었다.

모든 특종의 기본은 '충격적인' 이란 단어가 전제 조건으로 깔린다.

영원히 일어나지 않을 것만 같은 일이 벌어지는 게 바로 특종이란 뜻이다.

그랬기에 기자들은 사람들이 놀랄 기사를 찾아 발바닥이 땀이 나도록 돌아다니는 것이다.

그런 면에서 보면 강찬은 야구기자들에게 최고의 뉴스 메이커였다.

살아온 인생도 드라마처럼 극적이었지만 야구도 그에 못지않게 사람들의 시선을 끌어당겼다.

8승 1패, 전 경기 완투.

야구계에 종사하는 전문가는 물론이고 그저 야구를 좋아하는 팬조차도 강찬이 벌이고 있는 일이 얼마나 황당무계한 것인지 알고 있었다.

야구를 투수 놀음이라 하는 것은 그만큼 투수의 존재가 중요하다는 것을 의미했다.

투수가 한 게임에서 100개의 투구를 하면 승부와 상관없이 무조건 교체해 주는 것도 그런 이유 때문이었다.

투수의 어깨를 보호해 주지 않는다면 쉽게 고장이 나게 되고 성적은 곤두박질 칠 수밖에 없다.

눈앞의 성적에 연연하지 않고 철저하게 투수 로테이션과 투구 수를 제한하는 것은 장기 레이스로 가야 하는 감독의 입장에서는 당연한 일이었다.

그러나 더욱 커다란 이유는 바로 투수의 생명 때문이었다.

무리한 투구를 하는 순간 투수의 어깨는 기능이 점차 저하되기 시작하는데 인간의 신체는 미묘해서 다시 회복되는 게 불가능에 가까울 정도로 어려웠다.

작년 시즌 동안 프로야구에 기록된 완투 경기는 모두 서른세 차례에 불과했다.

그것도 완봉승은 다섯 번밖에 없었으니 강찬의 완투 능력은 경이적이라고 봐야 했다.

전문가뿐만 아니라 야구팬들이 강찬을 경이의 시선으로 바라보는 것은 그가 계속되는 완투를 하면서도 전혀 지친 기색을 보이지 않는다는 것 때문이었다.

물론 프로야구는 선발 5인 로테이션을 철저하게 지키기 때문에 충분한 휴식을 취할 수 있다는 것을 감안하더라도 강찬의 계속되는 완투는 정말 대단한 일이었다.

투수가 한 게임을 책임진다는 것은 승패와 상관없이 팀에게는 엄청난 플러스 요인이 될 수밖에 없었다.

장기 레이스를 하는 동안 가장 피로도가 높은 선수는 바로 중간 계투 요원이었다.

얼마나 중간 계투 요원이 튼튼하냐에 따라 팀의 성적이 좌우된다고 말할 정도이니 그들의 중요성은 말할 필요가 없었다.

그래서 현대의 프로야구는 릴리프의 존재 가치가 점점 중요성을 더해가고 있었다.

선발 요원들처럼 스타가 아니고 연봉도 형편없던 과거와는 달리 이제 훌륭한 계투 요원은 선발투수에 맞먹을 정도의 대접을 받게 되었다.

계투 요원은 언제 투입될지 모른다.

선발투수가 무너지면 상대에 따라, 또는 팀 상황에 따라 유기적으로 출전해야 하기 때문에 언제나 몸을 풀고 있어야 한다.

당연히 장기 레이스 동안 체력적인 저하가 커질 수밖에 없는데 이런 이유로 릴리프가 빨리 무너진 팀은 막판 우승 레이스에서 탈락하게 된다.

강찬이 김남구 감독을 환하게 웃도록 만들어주는 건 바로 그의 믿어지지 않는 완투 능력이 팀에 엄청난 도움을 주기 때문이었다.

더군다나 완투를 하면서 8승까지 따냈으니 감독의 체면만 아니라면 업고 다닐 정도로 사랑스러워 죽을 지경이다.

이글스가 창공으로 비상하며 선두를 차지하고 있는 것도 강찬의 완투 능력이 커다란 원인이었다.

강찬이 아홉 경기를 책임지는 동안 릴리프들은 휴식 모드로 들어가 체력을 비축할 수 있기 때문에 반드시 이겨야 하는 게임에서 김 감독을 총력전을 펼칠 수 있었다.

세인들의 모든 관심은 두 가지로 모아졌다.

하나는 강찬의 패배가 언제 일어날 것이냐는 것과 언제 완투가 끝날 것인가였다.

사람인 이상 언젠가는 기록이 깨어지게 되어 있다.

정말 어이없이 완투패를 당한 것처럼 언젠가는 게임 도중 강판당할 게 분명했지만 사람들은 앞으로도 강찬이 나서는 경기에 열광을 멈추지 않을 것이다.

강찬이 펼쳐 가는 완투 기록은 야구 역사에 영원히 깨지지 않는 대기록을 써나가는 중이었으니 그들은 조마조마한 심정으로 응원의 마음을 숨기지 않았다.

황주희에게서 연락이 온 것은 부산 원정 경기가 끝나고 강찬이 멍하니 침대에 누워 있을 때였다.

주중 2연전이었기 때문에 내일 시합이 끝나야 대전으로 돌아갈 수 있었다.

강찬은 편하게 누워 첫 패배를 기록한 시합을 되돌아봤다.

억울하고 분한 마음은 들지 않았지만 이렇게 혼자 있을 때면 자꾸 생각이 났다.

언젠가 질 것은 예상했으나 너무나 어이없게 져 버리자 황당하기도 하고 후련하기도 했다.

혼자 이렇게 침대에 누워 있는 것은 항상 잔소리를 해대는 임관이 애인을 만나러 나가고 없기 때문이다.

놈은 친구가 게임에 져서 죽상을 하고 있는데도 애인이 찾아오자 바람처럼 사라져 버렸다.

눈을 감고 있을 때 들려온 벨소리는 언제나 듣기 좋았다.

핸드폰에서 '나의 사랑'이란 노래가 흘러나오고 있다.

은서가 가장 좋아하는 노래라면서 핸드폰에 저장해 놨기 때문에 바꾸고 싶어도 절대 바꿀 수 없었다.

하지만 더 큰 이유는 자신도 모르게 강찬 역시 그 노래에 매료되었다는 것이다.

"여보세요?"

—강찬아, 나야.

"주희구나. 잘 지냈지?"

—나야 잘 지내지. 그런데 너 너무한 거 아니니?

"왜?"

—술 한잔하자고 약속한 게 언젠데 아직도 약속을 안 지켜?

"일부러 그랬겠냐. 프로야구 선수 일정 뻔히 알면서 왜 그래?"

—나와.

"지금?"

—그래. 첫 패배 기념으로 내가 술 살게.

"지금 부산이야?"

—그러니까 나오라고 하지.

"왜 왔는데? 오늘 방송 안 해?"

—너 정말 나한테 전혀 관심을 안 보이는구나? 우리 프로그램 더블 시스템으로 변한 지 벌써 보름이나 됐다.

"더블 시스템이라니, 그게 뭔데?"

—나 말고 여자 아나운서가 한 명 더 투입되었어. 위에서는 내가 과로할까 봐 그랬다는데 누군가 입김을 불어넣은 것 같아. 어쨌든 그 덕분에 나는 주 3일만 방송하게 돼서 바람피우고 다녀도 될 만큼 시간이 남아돌아.

"그랬구나."

—숙소가 해운대에 있지?

"응."

—너희 숙소에서 5분 거리에 페파민트란 카페가 있어. 그리로 지금 나와.

"거기에 있는 거니?"

—들어온 지 3분 지났다. 그러니까 옷만 대충 걸치고 총알같이 뛰어와. 오래 기다리게 하지 말고.

페파민트는 경치가 좋기로 소문이 난 달맞이고개 쪽에 있었는데 황주희의 말대로 5분밖에 걸리지 않았다.

하지만 저녁을 먹은 후 샤워를 하고 누웠기 때문에 대충 옷만 갈아입고 나왔는데도 카페에 도착했을 때는 벌써 15분이나 지나 있었다.

페파민트는 카페이자 칵테일 바였는데 문을 열고 들어서자 통유리를 통해 화려한 해운대의 밤거리와 바다의 야경이 한눈에 들어왔다.

그야말로 환상적인 뷰의 가게였다. 손님들의 프라이버시를 위해선지 밖에서는 안을 볼 수 없도록 차단 시설이 되어 있었다.

천천히 걸어 들어가 13번이 어디냐고 묻자 웨이터가 좌측 복도를 돌아 바다가 위치한 쪽으로 안내했다.

인사를 하고 돌아가는 웨이터를 보며 강찬은 잠시 멈칫했다.

이런 데는 팁을 잘 줘야 욕을 먹지 않는다고 얼핏 들은 적이 있기 때문인데 웨이터는 그가 팁을 꺼낼 새도 없이 돌아가

버렸다.

문을 열고 들어서자 화려한 야경을 향해 시선을 주고 있던 황주희가 환한 웃음으로 그를 맞이했다.

"어서 와. 찾기 어려웠던 건 아니지?"

"응, 금방 찾았어."

"너 불편할까 봐 내가 미리 맥주하고 안주 시켜놨어. 싫으면 다른 거 시켜도 돼."

황주희의 시선을 따라 강찬의 눈이 탁자로 향했다.

탁자에는 맥주 세 병과 과일 안주가 예쁘게 놓여 있었는데 기다리면서 미리 마셨는지 그녀의 잔에는 맥주가 반쯤 따라져 있었다.

"잘했다. 나도 내일 시합 있어서 맥주밖에 못 마셔."

"흐흥, 내가 센스는 있지."

강찬이 그녀의 말에 칭찬하자 황주희가 묘한 콧소리를 냈다.

그녀가 기분이 아주 좋을 때 내는 소리인데 그것은 고등학교 시절 강찬과 사귈 때도 있던 버릇이다.

그 시절도 예뻤지만 지금의 황주희는 정말 아름다워 해운대의 화려한 조명이 더해지자 정말 여신처럼 보였다.

"너 오늘따라 정말 예쁘다."

"정말?"

"잘 알잖아. 나 거짓말 못한다는 거."

"그건 그렇지. 그래서 네가 칭찬할 때마다 난 가감 없이 기뻐했어. 그러고 보면 넌 참 사람이 고지식한 것 같아. 거짓말을 할 줄 모른다니 그게 말이 돼?"

"하하, 그런가?"

"자, 받아!"

강찬이 계면쩍게 웃자 황주희가 맥주병을 들면서 고개를 까딱였다.

얼른 잔을 들어서 술을 받으라는 제스처다.

강찬이 잔을 들어 술을 받자 맥주병을 내려놓은 황주희가 자신의 잔을 들어 건배를 해왔다.

"강찬이의 첫 패배를 위하여!"

정말 말도 안 되는 건배사를 황주희는 아무 거리낌 없이 해 댔다.

게임에서 진 야구 선수에게 하는 건배사로는 절대 어울리지 않았으나 그녀가 웃으며 아무렇지 않게 말하자 정말 아무 일도 아닌 것처럼 여겨졌다.

그랬기에 강찬은 잠시 어이없는 표정을 지었다가 쓴웃음을 짓곤 시원하게 맥주를 마셨다.

그러자 지켜보고 있던 황주희가 불쑥 물었다.

"게임에 진 거 아파한 건 아니지?"

"언젠가는 일어날 일이었어. 늘 언젠가는 질 거라 생각하고 있었지. 그래서 그런가, 그렇게 아프진 않았다."

"그럴 거라고 생각했어. 여기서 꽤 많은 시간을 뒹굴다 보니까 선수들의 심리를 대충은 알겠더라."

"도사가 다 됐구나."

"도사라기보다는 서당 개가 맞겠지. 아무리 공부하고 노력해도 나는 전문가가 될 수 없다는 걸 최근에야 알았거든."

"무슨 일 있는 거니?"

"너한테 말하기 뭐하지만 그동안 나 정말 열심히 해왔는데 방송국에서는 그렇게 보지 않았나 봐. 나 정도는 언제든지 대체할 수 있다는 걸 보여줬으니 말이야."

"그 더블 시스템 말하는 거구나?"

"나한테 한마디 상의조차 하지 않았어. 그러더니 어느 날 불쑥 그렇게 개편되었다고 통보하고 끝이야. 그때 알았지. 내가 할 수 있는 게 아무것도 없다는 걸. 대중들에게 비춰진 내 모습은 단칼에 날아갈 수 있는 허상이었다는 걸 알게 되니까 무척 서글퍼지더라."

"날 위로하려고 한 게 아니라 네가 위로받고 싶어서 불러낸 거구나?"

"후훗, 맞아. 그러면 안 되니?"

강찬이 툴툴거리자 황주희가 이를 드러내고 하얗게 웃었다.

박속처럼 빛나는 치아는 마치 상아처럼 맑았고 그녀의 눈동자는 별처럼 영롱했다.

그때부터 그들은 술을 마시며 야구에 관해 이야기를 나눴다.

그들이 지닌 공통적인 주제가 야구였기 때문인데 술이 한 잔 두 잔 들어가면서 그 주제는 점점 다른 쪽으로 변하기 시작했다.

"그때 왜 아무 말 없이 떠났니?"

"그냥 그래야 할 것 같아서."

황주희의 질문에 강찬은 슬쩍 고개를 돌렸다.

사귀는 사이라고 보기에는 미묘한 관계.

아직 사랑이란 감정이 싹트기도 전인 고교 시절에 그들은 이별을 맞이했기에 슬픔보다는 아쉬움이 더 컸다.

하지만 황주희는 강찬을 그윽하게 바라보며 하던 말을 계속 이어나갔다.

"하긴 우린 어렸으니까. 그래도 네가 떠난 후 널 많이 생각했어."

"그랬구나."

"오늘따라 야경이 참 아름답네. 저기 바다에 떠 있는 요트를 봐. 정말 아름답다."

황주희의 시선을 따라 강찬의 시선이 바다 쪽으로 향했다.

그녀의 말처럼 해운대는 주변에 성처럼 솟아오른 건물들의 조명을 받아 마치 꿈속 나라처럼 환상적인 아름다움을 뽐내고 있었다.

황주희에게서는 그저 고개를 돌려 바다를 봤을 뿐인데 고혹적인 유혹의 냄새가 풍겨 나왔다.

하지만 강찬의 입에서 흘러나온 것은 그녀처럼 야경을 감탄하는 소리가 아니었다.

"시간이 꽤 됐다. 이제 들어가 봐야 할 것 같아."

강찬이 시계를 흘끗 바라보았다.

벌써 시계는 11시를 가리키고 있었다.

"넌 여전히 무드가 없구나. 이렇게 아름다운 밤에 나같이 예쁜 여자와 함께 있으면서 고작 한다는 소리가 돌아가자는 거야?"

"늦었으니까."

"늦긴 뭐가 늦어. 11시도 안 됐는데."

"내일 시합 있잖아."

"네가 등판하는 시합도 아니잖아. 그러지 말고 나랑 조금만 더 놀아줘."

"설마 맥주 두 병 가지고 취했다고 생떼 쓰는 건 아니지?"

강찬이 비어 있는 맥주병을 바라보며 어이없다는 표정으로 말하자 황주희의 표정이 미묘하게 변했다.

그러더니 불쑥 말도 안 되는 소리를 꺼냈다.

"너 오늘 내가 꼬시면 넘어올래?"

"푸핫!"

"왜 웃어?"

"예쁜 네가 사정없이 꼬시면 심장이 뛰어서 아마 죽을지도 몰라. 그러니까 꼬시지 마라."

"꼬시라는 소리로 들린다?"

"너는 재벌 2세와 사귀는 걸로 들었는데 도대체 나한테 왜 그러는 거냐?"

"그냥."

"그냥?"

"그래, 그냥. 오늘 문득 너와 자고 싶어졌어."

"싸웠냐?"

"아니. 넌 너를 모르는 모양인데, 넌 가끔가다 너무 섹시해서 여자를 미치게 만드는 향기를 뿜어내. 그리고 그날이 바로 오늘이야."

황주희가 촉촉한 눈으로 도발하듯 강찬을 바라보았다.

애인이 있는 여자가 다른 남자에게 같이 잠자리를 하자는 이야기를 태연하게 하고 있으니 조금 황당하다는 생각이 들었다.

그러나 강찬은 쉽게 입을 열지 않고 관찰하듯 자신을 바라보는 황주희의 눈을 마주 바라보았다.

재벌 2세와의 만남.

어쩌면 그녀에게는 재벌 2세와의 만남이 축복이 아닐지도 모른다.

속 내용도 모르는 상태에서 그녀를 매도하고 싶은 생각은 조금도 없었다.

그랬기에 그는 조용히 시선을 내리고 작은 음성으로 그녀의 제안을 거절했다.

"안 돼. 나에게는 사랑하는 사람이 있거든. 오늘 너를 보러 온 것은 일과 친구라는 자격이 있기 때문이야. 그러니까 그 선을 넘지 않았으면 좋겠다."

"사랑하는 사람이 있단 말이지? 누군데?"

"왜, 터뜨리려고?"

"나 그렇게 치사한 사람 아니야."

"비밀이라서 말 못 해. 그 사람이 조금이라도 상처 입는 걸 원치 않으니까 더 이상 알려고 하지 마."

"고아원에서 자랐다는 동생 맞지?"

"네가 어떻게? 혹시 날……."

강찬이 눈을 둥그렇게 떴다.

사랑하는 사람이 있다는 이야기를 꺼내자마자 황주희가 불쑥 은서를 거론했기 때문에 놀라서 말을 끝내지 못했다.

하지만 황주희는 천연덕스럽게 말했다.

"오버하기는. 아무리 특종이 중요해도 우리는 미행 같은 건 안 한다."

"그럼 어떻게 은서를 알지?"

"옛날 나와 사귈 때, 생각 안 나는 모양이네. 내가 그렇게 가지 말라고 했는데도 넌 동생 생일이라면서 매정하게 뿌리치고 갔어. 그땐 혹시나 했는데 시간이 지날수록 이상하다는 생각을 지우지 못했지. 세상을 살다 보니까 어떤 남자도 여자보다는 여동생을 우선하지 않더라."

"그걸로 추측했다는 뜻이냐?"

"응."

"무섭다, 여자 직감."

"여자의 한도 무서워. 오뉴월 서리도 내리게 한다잖아."

"한을 품게 하면 안 되겠네."

"다시 한 번 제안할게. 서로 임자 있는 몸이니까 손해 보는 장사는 아니잖아? 그러니까 오늘만 우리 같이 자자."

"도대체 난 짐작조차 되지 않는다. 이유가 뭐냐?"

"네가 미치도록 섹시해서. 다른 이유는 없어."

"환장하겠군."

"환장은 나중에 하고 대답이나 해."

"난 그럴 생각이 전혀 없다."

"바보구나, 넌."

"은서에게 부끄러운 짓 하고 싶지 않다."

"내가 강제로 선을 넘으면 어쩔 건데?"

"그럼 다신 못 보겠지. 그러니까 우리 그렇게까지는 하지 말자."

"농담이야, 이강찬. 설마 내가 너를 잡아먹기야 하겠니?"

황주희는 그 이후 강찬의 원정 경기가 있을 때마다 같이 밥을 먹거나 간단하게 맥주를 마셨다.

이성 간의 감정은 깨끗이 배제하고 옛날부터 알던 친구로 만나다 보니 가끔가다 만나는 것이 그리 부담스럽지는 않았다.

황주희가 아침부터 전화를 해온 것은 강찬이 오늘 와이번스와 중요한 시합을 앞두고 있기 때문이었다.

—오늘 컨디션 어때?

"좋아."

—이길 수 있겠어?

"이겨야지. 내가 지면 우리 팀이 곤란해지거든."

오늘의 상대는 와이번스였다.

최근 무서운 상승세로 치고 올라와 현재 3위에 랭크되어 있는데 라이온즈에게 1위를 뺏긴 이글스와 불과 2게임 차였다.

이글스가 라이온즈에게 1위 자리를 내준 것은 불과 일주일

전이다.

한국시리즈를 연속 3연패한 라이온즈의 저력은 무서울 정
도여서 전반기가 거의 끝나가는 7월로 들어서자 이글스의 목
덜미를 낚아챘다.

강찬은 그동안 3승 1패를 더해서 11승 2패를 기록하고 있
었는데 김 감독을 비롯해서 코치진의 적극적인 만류로 인해
점수 차가 나는 경기는 완투를 포기해야 했다.

7월에 들어와 던진 다섯 경기에서 완투한 것은 두 번이지
만 모든 경기를 7회까지 던져서 퀄리티 스타트의 숫자를 열
네 번으로 이어갔다.

계속되는 분전이었다.

하지만 강찬의 분전과는 다르게 이글스의 성적은 겨우 5할
을 유지하며 결국 라이온즈에게 추월을 허용하고 말았다.

이태진, 송우진 등의 선발투수진이 종종 무너졌고, 공수의
핵을 이루던 정성화가 발목 인대 부상으로 전력에서 이탈하
면서 이글스의 성적은 완연한 하락세를 맞이하고 말았다.

오늘의 경기가 중요한 것은 와이번스의 투수가 10승 무패를
기록하고 있는 쿠바의 특급 용병 에르난데스였기 때문이다.

그는 최고 구속 155㎞/h를 자랑하는데 기가 막힌 포크볼을
장착하고 있어 지금까지 한 번도 패하지 않은 최정상급 투수
였다.

이번 경기를 강찬이 지게 되면 강찬뿐만 아니라 이글스도 위기를 맞이하게 된다.

그걸 너무나 잘 알기에 수화기 너머로 들려오는 황주희의 목소리에는 웃음기가 들어 있지 않았다.

—그러니까 무조건 이겨. 오늘 이기면 내가 회 한 사라 쏜다. 너는 내가 독점으로 맡고 있는 히어로니까 날 위해서라도 반드시 이겨야 해.

인천 문학구장의 관중석은 2만 6천 석이었으나 표는 경기 시작 하루 전에 벌써 동이 난 상태였다.

일요일이기 때문이기도 했지만 오늘 벌어지는 경기가 절대 놓칠 수 없는 빅 이벤트였기 때문이다.

인천 팬들은 이글스가 그라운드로 들어올 때는 시큰둥하더니 와이번스가 나타나자 함성을 지르며 자신이 좋아하는 선수들을 연호하기 시작했다.

확실히 원정 경기는 이런 차이가 있었다.

인천 하면 짠물야구로 통하는데 올해 역시 투수진이 좋았고 수비진도 거의 완벽해서 열 개 구단 중 에러율이 낮기로는 단연 톱이다.

말 그대로 짠물야구의 전형을 보여주는 성적을 기록하고 있었다.

버스에서 내린 강찬이 더그아웃으로 들어와 양말을 갈아 신는 걸 지켜보던 이일화가 슬금슬금 다가왔다.

그는 전반기가 거의 지나가자 체력이 급하게 떨어지며 선발진에서 탈락하고 말았는데 최근 들어 연속 3연패를 당했다.

"강찬아."

"예, 선배님."

"오늘 경기 중요한 거 알지?"

"그럼요."

"우리 팀이 2등으로 밀려난 게 모두 내 책임 같아서 마음이 안 좋아. 네가 내 대신 저놈들에게 복수 좀 해줘."

이일화가 반대쪽에서 몸을 풀고 있는 와이번스 선수들을 바라보며 입맛을 다셨다.

이전 경기에서 그는 와이번스전에 나와 무려 7점이나 얻어맞고 강판당했는데 그로 인해 라이온즈와 선두가 바뀌었다.

강찬이 자신 있게 머리를 끄덕인 것은 이일화의 마음을 읽었기 때문이다.

지금은 체력이 떨어져 얻어맞고 있지만 이일화는 한때 대한민국 프로야구를 대표하는 언터처블 투수였으니 느끼는 감정이 남다를 것이다.

"선배님, 제가 기어코 복수해 드리겠습니다."

"고맙다. 네가 오늘 저놈들을 박살 내 주기만 한다면 내가 소개팅 자리 마련하마."

"소개팅이요?"

"그래, 무지하게 예쁜 아가씨로."

"저 사귀는 사람 있다고 했잖아요."

"인마, 여자는 다다익선이야. 그러니까 소개팅 좀 해도 괜찮아."

"선배님, 저 팔아먹으려고 그러시는 거죠? 또 누군가에게 부탁받은 거 맞죠?"

"에, 또… 그게……."

"정말 이러시면 저 아무렇게나 던질 겁니다."

"아따, 그놈 성질머리하고는. 하여간 일단 이겨. 소개팅은 나중에 생각해 보는 걸로 하고."

이일화는 능글거리며 강찬에게 벗어나 야수들이 있는 쪽으로 멀어져 갔다.

올해 선수 생활을 은퇴하고 코치로 자리를 옮긴다더니 이일화는 벌써부터 선수들을 상대로 코치가 해야 할 일을 하고 있었다.

강찬이 막 신발을 신고 글러브를 왼손에 끼었을 때 이일화가 나타난 것은 아마도 기다리고 있었기 때문일 것이다.

그는 강찬이 긴장하고 있을까 봐 걱정한 모양이었다.

현 프로야구를 대표하는 최고의 투수들이 맞붙기 때문에 이번 경기는 긴장의 연속이었다.

선수들도 마찬가지였고 코치들도 경기를 시작하면서 얼굴이 저절로 굳어졌는데 선발투수인 강찬은 말할 나위가 없었다.

자신이 지는 건 용납할 수 있으나 만약 이번 경기를 지게 된다면 팀은 3위로 밀려나게 될 수도 있기 때문에 강찬은 시합이 다가오자 이를 악물며 전의를 다지고 있었다.

이일화가 다가온 것은 분명 강찬의 긴장을 풀어주기 위함이다.

복수 어쩌고 하면서 소개팅 이야기를 꺼낸 것은 긴장을 완화시켜 시합에 집중할 수 있도록 배려한 행동이다.

강찬은 스트레칭으로 몸을 푼 후 약 서른 개 정도의 연습투구를 마쳤다.

이제 시합까지는 불과 10분밖에 남지 않았기 때문에 뿔뿔이 흩어져 있던 선수들이 더그아웃으로 몰려들었다.

오늘따라 시합 전 미팅 자리를 만든 김남구 감독의 표정이 밝지 않았다.

그는 선두에서 밀려난 이후 내색하지 않으려 무던히 노력했지만 시합 때만 되면 자신도 모르게 얼굴이 굳어지는 것 같았다.

감독이 선수들을 독려하고 다그치는 것은 고교야구에서나

통하는 것이지 프로야구에서 그런 짓을 하면 바보 소리를 듣는다.

그만큼 프로야구는 수준이나 정신적인 부분에서 최정상급 선수들만 모여 있기 때문에 굳이 말을 하지 않아도 스스로 분위기를 추스른다.

원정 경기였기에 선공을 하게 된 이글스는 선두 타자인 이문승부터 정성화 대신 3번 타자로 들어온 석정호까지 배트를 들고 연습 투구를 하고 있는 에르난데스의 공에 맞춰 스윙을 했다.

당연히 연습 투구는 실전에서 던지는 구질과 천양지차이겠지만 타격 타이밍을 잡으려는 타자들의 노력은 지푸라기라도 잡고 싶은 심정일 것이다.

드디어 경기가 시작되고 이문승이 타석으로 들어섰다.

에스난데스는 심판이 플레이볼을 선언하자 즉시 와인드업 자세로 들어갔는데 왼발의 킥킹 높이가 무려 1m에 달했다.

197㎝의 키에 93㎏의 거구에서 내리꽂히는 슬라이더가 몸 쪽으로 바짝 들어오자 이문승이 기겁하며 뒤로 물러났다.

구속 131㎞/h의 슬라이더는 마치 이문승을 맞힐 것처럼 날아오다가 교묘하게 휘어지며 포수의 왼팔 어깨 높이로 날아와 스트라이크존을 통과했다.

잠시 멈칫한 심판의 손이 올라가자 이문승의 얼굴이 흑색으로 변했다.

에르난데스의 주 무기는 패스트볼과 포크볼이었는데 초구부터 이렇게 예리한 슬라이더가 들어오니 정신이 멍해질 수밖에 없었다.

"저 자식이 저런 공도 던졌나?"

"가끔가다 던지기는 했지요. 하지만 분명히 주 무기는 아닙니다."

"간 보는 거야, 뭐야?"

주 무기가 아닌 슬라이더를 초구로 던지는 걸 보며 김남구 감독의 입술이 씰룩거렸다.

배짱이 좋은 건지 이문성이 슬라이더에 약하다고 생각한 건지 알 수가 없는 행동이다.

김남구 감독이 팔짱을 낀 채 마운드를 노려볼 때 에르난데스의 손을 떠난 공이 외곽을 꽉 채우며 스트라이크존을 통과했다.

강력한 패스트볼.

장혁태 코치는 눈을 부릅뜨고 이문승을 쳐다봤다.

이문승은 고개를 끄덕거리며 뒤로 물러서고 있었는데 미처 예상하지 못했다는 얼굴이다.

"역시 직구가 좋군요."

"칭찬하지 마라. 심기 불편하니까."

"그래도 강찬이한테는 안됩니다. 저놈 공이 아무리 좋아도 강찬이하고는 비교할 수 없습니다."

"그거야 당연하지."

장 코치의 말에 김남구 감독이 고개를 끄덕였다.

에르난데스가 비록 10승 무패의 전적을 가지고 있지만 두 경기는 타자들이 뒤집는 바람에 패배를 면했고, 최근 경기에 들어와서는 타자들이 그의 공에 적응하면서 꽤 많은 안타를 얻어맞고 있었다.

그럼에도 김남구 감독의 인상이 좋지 못한 것은 놈이 가진 경기 운영 능력 때문이었다.

에르난데스는 메이저리그에서 10년이나 선수 생활을 했기 때문에 산전수전 다 겪은 베테랑이다.

지닌 공도 좋을 뿐만 아니라 요소요소에서 타자들의 심리를 절묘하게 이용하는 투구로 경기의 맥을 끊어버려 안타를 맞고도 실점하지 않는 능력이 좋았다.

김 감독의 우려대로 에르난데스는 2스트라이크 상태에서 이문승의 심리를 완벽하게 읽어낸 몸 쪽 높은 공으로 헛스윙을 이끌어냈다.

삼진 위기에 몰린 타자가 가장 유혹당하기 쉬운 공이 바로 지금 에르난데스가 3구로 뿌린 몸 쪽 높은 공이다.

그는 이문승을 삼진으로 잡은 후 요즘 한창 타격감이 살아난 백성춘을 유격수 앞 땅볼로 잡아내고 석정호마저 우익수 플라이로 요리했다.

가볍게 1회를 끝내고 들어가는 그의 얼굴은 무척 밝았는데 더그아웃을 빠져나오는 강찬을 보면서 총을 쏘는 듯 도발을 해왔다.

강찬 못지않게 에르난데스도 오늘 경기를 무척 의식하고 있는 모양이었다.

강찬은 마운드에 올라서서 세 개의 연습 투구를 마친 후 관중을 향해 시선을 던졌다.

야구장을 꽉 채운 관중은 자신들이 좋아하는 팀을 응원하느라 열을 올리고 있었는데 그들이 부르는 노랫소리로 야구장이 떠나갈 것처럼 느껴졌다.

7월로 들어서면서 조금씩 결리던 근육마저 완전히 풀려 그를 괴롭히던 어깨의 제동은 완벽하게 사라진 상태이다.

시간이 지날수록 자신감은 커져 갔고, 그에 따라 구위도 점점 더 좋아졌다.

두 번의 패배 중에 한 번은 지독하게 운이 없는 경우였으나 최근의 패배는 정말 어이없게도 커브가 손에서 빠지면서 끝내기 홈런을 맞았기 때문에 기록한 것이다.

첫 번째 패배보다 두 번째 패배가 훨씬 아팠다.

투수는 경기를 하다 보면 분명히 지는 경우가 생긴다.

그러나 그 패배가 단 한 번의 실투로 이어진 경우라면 한동안 충격에서 헤어 나오지 못할 정도로 상처가 크다.

이글스의 팬들은 홈런을 맞고 마운드에서 내려오지 못하는 강찬을 여전히 응원해 줬고, 장혁태를 비롯한 코치진과 선수들이 그의 패배를 안타까워해 줬지만 강찬은 다음 날까지 얼굴을 들고 다니지 못했다.

혼자서 하는 경기도 아니고 단 한 방의 홈런으로 승부가 났으니 오롯이 강찬의 잘못만은 아니다.

그럼에도 강찬이 아파한 것은 자신의 실투로 인해 경기에서 졌다는 자책감 때문이었다.

와이번스의 1번 타자를 맞이하는 강찬의 투지는 다른 때와는 확실히 달랐다.

오늘의 상대가 다승왕 경쟁을 벌이고 있는 에르난데스이고 팀 역시 2위를 노리고 있는 와이번스이기 때문에 이번 경기는 반드시 잡아야 했다.

그러나 오늘은 와이번스의 타자들도 승부욕을 불태우고 있었다.

와이번스가 이 경기를 잡게 되면 2위는 물론이고 1위인 라이온즈까지 가시권으로 들어오기 때문이다.

이글스와는 두 게임 차이고 라이온즈와의 간격은 네 게임 차였으니 이번 경기를 이기면 세 경기 차로 줄어들게 된다.

장기 레이스에서도 유독 팀 성적을 좌우하는 중요한 경기가 있는데 와이번스 측으로 봤을 때는 이 경기가 그랬다.

선두 타자 이경석의 눈이 매섭게 다가왔다.

그는 현재 3할 2푼을 때려내고 있으며 도루도 19개를 기록하고 있다.

선구안도 좋고 배팅 능력과 빠른 발까지 골고루 갖췄다는 뜻이다.

강찬은 말없이 그의 눈빛을 받아내고 천천히 로진백을 던졌다.

임관이 슬쩍 바깥으로 앉는 걸 보며 와인드업에 이은 강력한 패스트볼이 움직인 쪽에서 내민 미트로 정확하게 파고들었다.

강찬이 수없이 연습했고 1군에 들어와서 가장 많이 쓰고 있는 21번 코스였다.

타자의 바깥쪽이지만 볼의 위치보다 공 한 개가 안쪽에 위치했고 높이도 마찬가지다.

한복판보다 공 두 개가 빠진 위치.

스트라이크를 반드시 잡아내야 할 때 던지는데 타자의 입장에서 보면 이 공은 거의 볼처럼 판단되기 때문에 배트가 따라 나오기 쉽지 않다.

강찬의 공은 낮게 오다가 끝 쪽에서 공 한 개 정도 떠오르며 포수의 미트에 박히기 때문에 이 공을 기다리고 있었다면 모를까 대부분의 타자들은 그냥 보내는 경우가 많았다.

이경석은 미트에 박힌 공을 잠시 바라보다 고개를 끄덕이고는 뒤로 물러섰다.

초구부터 152㎞/h의 패스트볼을 뿌려대는 강찬의 투구에 그는 잠시 감탄의 표정을 지었다.

하지만 그뿐, 그의 눈은 다시 매섭게 빛났다.

강찬이 루키로서 1군에 들어와 이렇게 좋은 성적을 내고 있는 것은 강력한 패스트볼과 날카로운 변화구뿐만 아니라 면도날 같은 제구력이 있기 때문이다.

강찬의 유인구는 터무니없는 공이 하나도 없었다.

많이 빠져 봐야 공 한 개 정도가 한계였고, 거의 대부분이 경계선에서 반 개 정도 왔다 갔다 했다.

심판에 따라서는 유인구마저 스트라이크로 잡아줄 만큼 그의 제구력은 완벽에 가까웠다.

다른 구단의 코치들과 선수들은 강찬의 무서운 초반 기세를 보고도 대수롭게 여기지 않았는데 어느 정도 구질과 투구 패턴을 알게 되면 언제든 공략이 가능하다고 판단했기 때문이다.

실제적으로 많은 루키들이 그런 공략에 나가떨어져 처음에 좋던 성적을 뒤로하고 2군으로 돌아간 경우가 많았다.

하지만 강찬은 그들의 예상을 완전히 엎어버리고 언터처블의 투수로 거듭났다.

직구의 구속이 점점 증가했고 다른 루키들과 다르게 완벽한 제구력을 장착해서 타자들을 압도했기에 다른 구단의 코치진까지 강찬을 보고 서슴없이 괴물이라고 불렀다.

이경석이 강찬의 슬라이더에 이은 체인지업에 삼진으로 물러난 것도 그런 제구력이 있기 때문이다.

날카로운 선구안이 있는 선수일수록 강찬의 공에 손이 더 잘 나갔다.

스트라이크존으로 들어오다가 교묘하게 걸치거나 빠져나가는 공이기에 타격 선상에서 확연하게 벗어나지 않으면서 발생되는 현상이다.

강찬 역시 가볍게 세 타자를 잡아내고 1회를 끝냈다.

두 투수의 물러설 수 없는 대결이 시작된 것은 그때부터였다.

에르난데스는 7회까지 여섯 개의 안타와 두 개의 볼넷을 허용했으나 연속 안타를 허용하지 않으면서 실점을 하지 않았고, 강찬은 네 개의 안타를 허용했으나 7회 말까지 무실점으로 막아냈다.

팽팽한 투수전.

올해의 프로야구는 작년에 이어 타고투저 현상이 두드러져 홈런이 양산되었고, 한 게임에 양 팀의 안타 수가 20개를 넘는 경기를 쉽게 볼 수 있었다.

그런 와중에 벌어지는 강찬과 에르난데스의 투수전은 관중들에게 신선한 충격으로 다가와 한시도 눈을 떼지 못하도록 만들었다.

다승 경쟁을 벌이고 있는 두 투수의 일 구 일 구에 팬들은 아쉬움에 겨운 탄성과 환호성을 지르며 경기를 지켜봤다.

"저놈이 미쳤구만."

"저번에 봤을 때보다 훨씬 좋군요. 와이번스 애들도 경기 집중력이 좋은데요."

"장 코치, 쟤들 칭찬하지 말라니까. 말이 씨가 되는 수가 있어!"

석정호의 빗맞은 타구를 와이번스의 3루수 이경석이 멋지게 슬라이딩으로 잡아내며 아웃 처리하자 김 감독의 인상이 우그러들었다.

그는 장혁태의 분석과 상대방에 대한 칭찬을 계속 경계했는데 오늘 경기를 그만큼 이기고 싶었기 때문이다.

에르난데스는 8회에 들어와서도 구위가 여전했다.

다른 경기에서는 빌빌대는 경우도 있었고 100구만 넘으면 총알같이 더그아웃으로 들어갔는데 오늘은 뭔 일인지 120구가 넘었지만 여전히 위력적인 공을 던지고 있었다.

이닝이 지나면서 포커페이스를 보이던 김 감독이 조금씩 초조한 기색을 나타내기 시작했다.

강찬도 잘 던지고 있었으나 에르난데스가 역투를 거듭하면서 불안감이 커졌다.

이러다가 지기라도 하면 정말 큰일이었다.

하지만 그는 여전히 선수들에게 자신의 초조함을 보이지 않기 위해 최대한 목소리를 낮추고 장혁태를 향해 입을 열었다.

"장 코치, 태균이 어때?"

"뭘요?"

"태균이가 오늘 안타가 없어. 더군다나 삼진을 두 개나 먹었잖아. 바꾸는 게 어때?"

"대타를 내자고요?"

"그래."

"그래도 4번 타잔데요."

"에르난데스한테는 허노원이가 강해. 노원이가 저놈한테 3타수 2안타이니까 해볼 만하다고. 노원이가 나가면 가르시아가 해줄 가능성이 커. 가르시아가 오늘 안타도 있으니까 충분히 모험 걸 만해. 이번에 못 잡으면 저놈 끝까지 간다. 그렇게 되면 안 돼."

"음, 이런 걸 승부수라고 하지요. 감독님 촉이 그러시다면 그렇게 해야죠. 제가 나갈까요?"

"아무리 그래도 4번 타잔데 내가 나가야지."

장혁태 코치가 엉덩이를 들자 김남구 감독이 그의 어깨를 잡은 후 더그아웃을 빠져나갔다.

그의 액션에 시합이 잠시 중단되고 막 타석에 들어서던 윤태균이 고개를 돌려 이쪽을 바라보다가 얼굴을 굳혔다.

팀의 4번 타자란 핵심 중의 핵심 역할을 하는 선수이고 윤태균은 무려 5년 동안이나 이글스의 4번 타자를 해왔다.

하지만 지금처럼 자신의 타석에서 대타가 기용된 것은 지금까지 단 두 차례밖에 없었다.

아파서라든가 몸이 최악인 상태라면 모를까, 코치들은 자신의 타석을 웬만하면 그냥 넘겼다.

오늘 게임에서 안타가 없었어도 그동안 그의 성적은 3할 1푼에 홈런은 22개를 기록하고 있었으니 교체할 거란 생각은 꿈에도 하지 않았는데 김 감독은 승부의 타이밍이 오자 일말의 주저함도 보이지 않았다.

윤태균은 잠시 어이없어하는 표정을 짓다가 지체 없이 배트를 꺾어 들고 더그아웃으로 뛰어들어 갔다.

수많은 관중과 팬들이 지켜보는 앞에서 선수가 감독의 결정에 불만의 표정이나 행동을 짓는다는 건 자살 행위나 다름 없다는 걸 그는 풍부한 경험을 통해 너무나도 잘 알고 있었다.

그와 교체되어 타석으로 들어선 허노원은 프로야구 5년 차로 정교한 타력을 가지고 있지만 윤태균과 포지션이 겹치면서 백업으로만 게임에 출장했다.

그러다 보니 출장하는 경기 수가 적을 수밖에 없었는데 우연인지 아니면 그가 기회를 잘 잡은 것인지 에르난데스에게는 강한 면모를 보였다.

그리고 그건 오늘도 여지없이 통했다.

김남구 감독의 모험을 증명이라도 하듯 그는 에르난데스의 154㎞/h 직구를 받아쳐서 우익수 키를 넘어가는 3루타를 때려냈다.

그동안 팽팽한 투수전에 지쳐 가던 관중석이 허노원의 한 방으로 난리가 났다.

특히 3루 쪽 스탠드의 이글스 팬들은 자리에서 모두 일어나 펄쩍펄쩍 뛰었는데 마치 경기가 끝난 분위기였다.

하기야 1아웃에 3루라면 점수를 낼 가능성이 무척 높았다.

더군다나 다음 타자는 오늘 안타가 있는 가르시아였기 때문에 이글스 팬들은 모두 일어나 가르시아를 연호했다.

"아이고, 살 떨려라."

"야, 인마. 자꾸 부대끼지 마라. 네가 호들갑 떠니까 나까지 흥분되잖아."

"흐흐, 네 성감대가 옆구리냐?"

"미친놈."

임관이 또다시 옆구리를 긁어오자 강찬이 펄쩍 떠올랐다.

허노원의 3루타.

경기 출장이 적은 허노원은 경기가 끝나고 나면 언제나 남아서 묵묵히 타격 연습을 하곤 했는데 오늘 기어코 일을 내고야 말았다.

누구도 그가 윤태균 대신 대타로 나설 거란 생각은 하지 않았다.

윤태균은 이글스의 심장과 같은 선수였기 때문에 그가 차지하는 비중은 의외로 상당히 컸다.

그런데 김남구 감독은 가차 없이 대타로 허노원을 내보냈고, 이런 결과를 만들어냈다.

많은 부분에서 평소에도 존경해 오던 김남구 감독이지만 결단을 내려 풀리지 않는 경기에서 찬스를 잡아내자 저절로 감탄이 터져 나왔다.

강찬이 옆구리에 다가온 손을 치워내고 왼쪽으로 도망가자 임관이 그만큼 따라왔다.

다른 선수들은 이미 더그아웃 밖으로 튀어나갔기 때문에

대기석 안에는 그들을 비롯해 김남구 감독과 기록원 몇 명만 남아 있는 상태였다.

"가르시아가 한 방 때려줘야 하는데 말이지. 내가 오늘 저 놈이 한 방 때리면 술 사줄 생각이다."

"얼씨구. 짠돌이가 별소릴 다 하네."

"내가 인마, 쓸 때는 쓰는 사람이야."

"미영 씨가 알면 좋아하겠다."

"어허, 거기서 왜……. 야, 가르시아 타석에 들어섰다."

강찬의 말에 대꾸하려던 임관이 반쯤 일어나며 펜스에 몸을 기댔다.

긴장 때문인지 임관은 연신 혀로 입술을 빨아대고 있었는데 가르시아의 일거수일투족에서 시선을 떼지 못했다.

에르난데스가 던진 초구를 가르시아는 그냥 보냈다.

에르난데스도 이번이 승부 타이밍이란 걸 느꼈는지 초구부터 예리하게 빠져나가는 유인구를 던졌다.

안타나 희생플라이를 맞으면 무조건 점수를 주게 되어 있다.

강찬의 구위로 봤을 때 남은 2회에서 점수를 얻는다는 게 어렵다고 본다면 이번 이닝에서 점수를 주는 순간 이 경기는 질 가능성이 무척이나 높았다.

그도 반드시 이기고 싶었다.

이번 경기를 잡게 되면 다승 선두에 오르게 되고 구단과 입단하면서 계약한 조항에 따라 십만 불의 보너스를 받게 된다.

가르시아가 바깥으로 빠지는 공에 손을 대지 않고 참아내자 이글스 선수들의 입에서 잘했다는 칭찬이 쏟아져 나왔다.

분위기가 좋았다.

서두르다가 좋지 않은 공에 손을 대게 되면 자칫 원하지 않은 결과를 가져올 수도 있었다.

가르시아가 에르난데스의 몸 쪽 높은 공마저 골라내자 선수들은 물론이고 이글스 팬들까지 술렁거렸다.

2볼 노 스트라이크.

희생플라이를 쳐 내기에는 더없이 좋은 볼카운트였기 때문이다.

여기서 에르난데스가 또 볼을 던지면 위기는 걷잡을 수 없을 정도로 커진다.

물론 볼넷으로 내보내고 병살타를 유도할 수도 있지만 그것은 최악의 경우이지 지금 선택할 방법은 아니었다.

가르시아는 기다렸고, 에르난데스는 어쩔 수 없이 바깥쪽으로 꽉 차는 패스트볼을 구사했다.

딱!

경쾌한 타구 음이 울려 퍼지며 가르시아가 쳐 낸 공이 외야를 향해 까마득히 날아갔다.

임관은 강찬을 내팽개치고 더그아웃 바깥으로 튀어나갔으

나 선수들은 벌써 그라운드 쪽으로 반쯤 달려 나간 상태였다.

외야 플라이만 쳐 줘도 황송할 판에 가르시아는 뜻하지 않는 홈런을 때려내서 이글스 팬들을 열광 속으로 빠뜨렸다.

허노원이 먼저 홈으로 들어왔고, 가르시아가 그라운드를 돌아 홈으로 들어온 순간 이글스의 선수들은 사정없이 가르시아의 몸뚱어리에 난타를 가했다.

거대한 덩치의 가르시아는 두 팔로 머리를 가린 채 더없이 순박한 웃음을 지으며 선수들의 구타에서 도망 다녔다.

강찬도 더그아웃에서 빠져나와 가르시아의 홈런을 축하해 줬다.

가르시아도 한국말을 못하지만 강찬 역시 영어가 안되기 때문에 제대로 된 의사를 교환할 수는 없었으나 눈빛과 행동만으로도 충분히 알 수 있는 게 축하 인사라 가르시아는 활짝 웃으며 강찬의 하이파이브에 격렬히 답을 보내왔다.

에르난데스로 버티던 와이번스는 결국 그가 홈런을 맞자 기다렸다는 듯 계투 요원으로 교체했다.

다른 때보다 오래 던졌고 홈런을 맞은 투수는 정상적인 투구가 어렵다는 것이 그가 강판당한 원인이었다.

9회 말 마지막 와이번스의 공격.

이미 8회에 클린업트리오의 공격을 삼자범퇴로 막아냈기

때문에 강찬은 심호흡을 길게 몰아쉬고 마운드에 섰다.

그라운드로 나오기 전 장혁태 코치가 교체하는 것이 어떻겠냐는 의사를 타진해 왔으나 강찬은 강하게 고개를 저었다.

다른 때라면 몰라도 이번 경기는 반드시 자신의 손으로 끝내고 싶었다.

벌써 130구가 넘고 있었으나 아직 팔은 아무런 신호도 보내오지 않았고 구위도 전혀 떨어지지 않았다.

강찬은 선두 타자로 나온 와이번스의 7번 타자가 타석에 서자 면도날 같은 제구력으로 외곽 깊숙이 떨어지는 슬라이더를 구사했다.

몸 쪽으로 붙어 들어오다가 바깥으로 흘러나가는 강찬의 전매특허.

스트라이크와 볼의 차이가 불과 공 한 개 차로 왔다 갔다 하기 때문에 지극히 쳐 내기 힘든 구질이다.

이런 슬라이더가 무서운 것은 커브와 날아오는 것이 비슷하기 때문인데 구질은 홈 플레이트 근처에 도착했을 때에야 구분이 된다.

와이번스의 7번 타자 장위수는 타격보다 수비의 귀재였다.

그가 버티는 유격수 자리로는 공이 가는 족족 거미줄 같은 그의 수비에 걸려드는데 작년 시즌 에러가 세 개에 불과할 정도로 완벽한 수비를 펼치는 선수였다.

프로 선수는 기본적으로 모두 타격에 대한 센스를 가지고 있다.

그 말은 그가 수비력 면에서 월등한 기량을 가지고 있다는 것이지 타격을 전혀 못 한다는 뜻이 아니었다.

그걸 증명이라도 하듯 그는 슬라이더가 마지막 변화되는 순간을 기다렸다가 정확하게 배트를 돌렸다.

하지만 그의 배트 속도는 강찬이 던진 공의 변화 속도를 이겨내지 못하고 내야 땅볼을 만들고 말았다.

2루 수비의 귀재 정성화가 빠졌으나 석정호는 자신의 앞으로 날아온 공을 정확하게 1루로 송구해서 아웃 카운트를 잡아냈다.

"휴우."

재수가 없으면 이런 공도 빠져나간다.

저번처럼 재수가 없는 날에는 야수가 알을 까는 경우도 생기는데 그럴 때는 영락없이 다음 타자에게 빗맞은 안타를 얻어맞았다.

8번 타자는 3구의 승부 끝에 내야 뜬공으로 잡아냈기 때문에 이글스를 응원하는 모든 사람은 자리에서 일어나 강찬의 마지막 승부를 지켜보기 시작했다.

드디어 마지막 타자인 와이번스의 9번 타자가 타석에 섰다.

하지만 그의 눈은 어딘지 모르게 체념이 들어 있는 것 같왔다.

할 수 없을 일을 해내야 되는 사람에게서 나타나는 좌절감이라고나 할까.

그는 배트를 빙빙 돌리다가 심판의 손이 올라가자 그때서야 정지하고 강찬의 공을 기다렸다.

싸움은 끝났다.

교만한 마음을 갖는 순간 경기가 잘못될 수도 있으나 강찬은 9번 타자의 표정을 보면서 한숨을 내쉬었다.

자신이 뿜어낸 기세가 타자를 압도하고 있었기 때문이다.

그랬기에 강찬은 초구를 한복판 직구로 가져갔다.

아니다. 한복판이라고 하기에는 조금 높았다.

강찬의 패스트볼은 150km/h를 넘으면 조금씩 떠오르는데 지금처럼 158km/h를 구사하면 공 하나 정도가 마지막에 떠서 들어온다.

강력한 스핀으로 인한 현상.

타자의 배트가 돌아갔지만 자신이 없었다.

타이밍도 맞지 않았고 속도에도 차이가 있었다.

나름대로 직구에 대비하고 있던 모양이지만 강찬의 패스트볼은 그의 배트와 공 반 개 이상은 차이가 나서 포수의 미트에 박혔다.

타자의 반응을 확인하고 강찬이 선택한 두 번째 공은 체인지업이었다.

체인지업은 직구처럼 날아오다 마지막 순간 툭 떨어지기 때문에 타자를 혼란시켜 헛스윙을 유도하는 구질이다.

워낙 초구에서 강력한 직구를 던졌기 때문에 타자의 배트는 따라 나올 수밖에 없다.

그리고 그 예상은 정확히 맞았다.

타자의 허리가 빠지며 배트만 돌았기 때문에 공은 데굴데굴 굴러 강찬의 앞으로 힘없이 굴러왔다.

마지막 타자가 친 공이 강찬 앞으로 굴러가 1루로 송구되는 순간 장춘진의 입에서 비명처럼 커다란 함성이 터져 나왔다.

그의 얼굴은 흥분으로 인해 붉어져 있었다.

"게임 끝! 경기 끝났습니다! 리그 최고의 투수들이 맞붙은 인천 경기가 이강찬 선수의 승리로 끝이 났습니다! 김 위원님, 이강찬 선수가 또다시 완봉승을 기록했습니다."

"벌써 다섯 번째입니다. 역대 프로야구 완봉승 최고 기록이 한 시즌 8회니까 이제 네 번만 더 기록한다면 새로운 역사가 쓰일 것 같습니다."

"이런 페이스라면 가능하겠죠?"

"당연한 말씀입니다. 이강찬 선수의 예상 등판 횟수는 아직 14회가 더 남아 있으니 가능성은 충분합니다."

"정말 이강찬 선수 대단하군요. 완투도 벌써 12회를 기록했는데 이 기록은 어떻습니까?"

장춘진이 문자 자료를 뒤척거리던 김동호가 종이를 한 장 빼더니 입을 열었다.

그는 이럴 때를 대비해서 자료를 준비해 온 모양이다.

"우리나라 프로야구의 완투 최고 기록은 26회입니다. 아무래도 그 기록은 깨기가 어려울 것 같습니다."

"26회요? 어떻게 그런 일이 있을 수 있지요. 그런 대기록을 가진 선수가 누굽니까?"

"프로야구 초창기에 일본에서 넘어온 장영수 선수가 그 주인공입니다. 그때 장영수 선수는 한 시즌 30승을 거뒀는데 그 중 26회가 완투승이었습니다."

"그게 가능한 일인가요? 그때는 지금보다 게임 수도 훨씬 적지 않았습니까?"

"네, 그렇죠. 그 당시 한 시즌 게임 수는 100게임이었으니까 지금보다 44게임이 적었습니다. 하지만 그런 대기록을 세울 수 있던 것은 그 당시는 지금처럼 투수 로테이션 제도가 정착되지 않았기 때문입니다. 승리가 필요할 때마다 에이스 투수가 출전했는데 어떨 때는 오늘 던지고 내일 던진 적도 비일비재했지요."

"그야말로 무지막지한 혹사였겠군요."

"장영수 선수가 그다음 해부터 무차별적으로 얻어맞은 것도 캐스터께서 말씀하신 그 이유 때문입니다. 장영수 선수는 그다음에 25패를 기록하며 15연패란 불명예스런 기록도 가지게 됩니다. 무리한 출장으로 어깨를 혹사해서 참혹한 결과를 빚게 된 것입니다."

"참으로 안타까운 일이군요."

"이강찬 선수가 초반에 계속해서 완투승을 거둘 때 저는 그런 면을 무척이나 걱정했습니다. 무리한 등판이 얼마나 안타까운 결과를 가져오는지 알고 있기 때문입니다. 다행스럽게 이글스 코치진에서는 점수가 벌어지면 이강찬 선수를 교체시켜 주더군요. 참으로 현명한 판단이라고 생각합니다."

"혹시 이강찬 선수가 현재 가능한 기록에는 어떤 게 있습니까?"

"시즌 초반 8연속 완투승도 프로야구 최고 기록과 같은 것이지요. 그것도 장영수 선수가 30승을 거둘 때 기록한 것입니다. 지금 이강찬 선수의 방어율은 1.23입니다. 이런 추세로 하반기에 역투를 계속한다면 꿈의 0점대 방어율 기록을 세울수도 있을지 모릅니다. 승률도 마찬가집니다. 이강찬 선수의 기록은 그가 하반기에 어떤 활약을 벌이느냐에 따라 새로운 역사가 탄생될 겁니다."

"하여간 이강찬 선수, 대단한 기록들에 도전하고 있군요.

최근 완투하는 투수를 보기 드문 현실에서 이강찬 선수의 등장은 가히 충격적이라고 말할 수 있겠습니다. 오늘 이글스가 와이번스에게 승리를 거두면서 1위 싸움이 더욱 치열해질 것 같은데 어떻습니까?"

"방금 들어온 소식에 따르면 라이온즈가 자이언츠에게 5 : 3으로 졌다고 합니다. 그러면 이제 이글스와 라이온즈는 한 게임 차에 불과하죠. 다음 주에 벌어지는 두 팀 간의 주중 2연전에서 전반기 승자가 가려질 것 같습니다."

"3년 내리 꼴찌를 기록하던 이글스의 약진이 대단합니다. 이글스의 성적은 그야말로 꼴찌의 반란이라고 할 정도로 대단한 센세이션을 불러일으키고 있습니다. 전국의 팬 여러분, CBS에서는 다음 주에 벌어지는 라이온즈와 이글스의 2연전을 독점 생중계할 예정입니다. 선두를 다투는 두 팀 간의 피 말리는 전쟁, CBS의 프로야구에서는 그 뜨거운 전쟁 속으로 여러분을 초대하겠습니다."

제7장
스캔들

　강찬이 황주희의 벤츠를 얻어 타고 월미도에 도착한 것은 8시가 넘어서였다.

　임관이 한잔하자고 유혹했지만 미리 황주희와 약속을 해 놓았기 때문에 단칼에 거절했다.

　같이 갈 수도 있었으나 이놈은 저번에도 그랬듯이 자꾸 황주희와 이상한 관계로 엮으려 시도해서 그다음부터는 가급적 데려가지 않았다.

　다른 선수들에게는 황주희와의 관계를 아예 말하지 않았다.

　임관에게는 입단속을 시켰고 그저 원정 경기 때 가끔가다

가볍게 밥을 먹거나 맥주를 마시는 정도였기 때문에 굳이 밝힐 이유도 없었다.

원정 경기였지만 팀의 분위기는 자유로웠다.

시즌이 시작되는 순간 모든 책임은 스스로가 지기 때문에 구단에서는 사생활에 대해서는 간섭하지 않는다는 불문율을 철저하게 지켰다.

황주희와의 대화는 언제나 즐거웠다.

비록 사랑하는 여자는 아니었으나 아름다운 여자와 함께 밥을 먹는다는 것은 즐거운 일이기 때문이다.

하지만 더욱 강찬을 편하게 만드는 것은 그녀의 야구에 대한 지식 때문이었다.

그녀는 이글스뿐만 아니라 전 구단에서 취재한 이야깃거리로 대화를 주도해서 시합에 지친 강찬을 잠시도 지루하게 만들지 않았다.

월미도에 있는 '선창횟집'은 고급 음식점이 아니었다.

바닷가에 있는 평범한 횟집이었는데 회가 신선해서 황주희는 카메라맨 소개로 가끔 왔다고 한다.

8시가 훌쩍 넘었고 저녁 식사 시간이 지났기 때문인지 횟집에는 세 테이블에만 손님이 남아 있는 상태였다.

회가 나오고 소주를 따르며 두 사람은 예전처럼 유쾌하게 대화를 시작했다.

"더블 시스템 말이야. 아무리 생각해도 너한테는 좋은 거 같아. 월급은 똑같고 일은 반만 하니까 얼마나 좋아."

"한 대 맞을래?"

"또, 또 주먹! 여자가 그렇게 폭력적이면 남자들이 안 좋아해."

강찬이 주먹을 피해 도망가며 반항하자 황주희의 얼굴에 미소가 피어올랐다.

"얼씨구."

"솔직히 말해봐. 이렇게 하루씩 땡땡이치는데 얼마나 좋냐. 일은 쉬어가면서 해야 효율이 높아."

"하긴 그렇기도 하더라."

"어쩐 일이냐. 맞장구도 치고."

"더블 시스템 때문에 너하고 이렇게 밥도 먹고 술도 마시잖아. 요즘 대한민국을 떠들썩하게 만드는 이강찬하고 단독으로 술 마시는 년 있으면 나와보라고 해."

"목소리 좀 죽여."

강찬이 그녀의 손을 슬쩍 쳤다.

언제부턴가 야구장을 떠나도 그를 알아보는 사람들이 생겼다.

황주희와 가진 인터뷰 전까지는 열혈 야구팬이나 알아볼 정도였는데 이제는 거리를 걷다 보면 자신을 알아보고 사인을 해달라는 사람이 많았다.

루키로서 워낙 좋은 성적을 내고 있기 때문이기도 했지만 CBS와 각종 언론이 무지막지하게 띄워놓은 영향이 컸다.

그래서 이렇게 밥을 먹기 위해 사람들 속으로 들어갈 때에는 모자를 깊숙이 눌러쓸 수밖에 없었다.

그것은 황주희도 마찬가지였다.

방송 때에는 야구여신답게 화려한 복장으로 나서지만 강찬과 만날 때는 청바지 차림에 모자를 눌러써서 자세히 보지 않는다면 그녀가 누군지 모를 정도로 변장했다.

인기가 있다는 것은 즐거운 일이기도 했지만 무척 번거로운 일이기도 했다.

밥조차 마음대로 먹지 못한다는 것은 정상적인 삶을 살지 못한다는 것을 의미한다.

누군가의 시선에 시달리는 스타들이 반대로 지독한 외로움으로 인해 우울증에 걸리는 것은 그러한 압박을 이겨내지 못하면서 발생하는 것이었다.

황주희는 강찬의 행동에 여우 같은 웃음을 흘려냈다.

가끔가다 그녀는 돌발적인 행동을 해서 강찬을 긴장시켰는데 그걸 즐기는 것 같았다.

"강찬아, 아무래도 심상치 않아."

"뭐가?"

"너 말이야. 지금 네 인기가 급격하게 올라가고 있어."

"성적이 좋아서 그런가 보지."

"바보야, 성적만 좋다고 인기가 좋은 건 아니야."

"그럼?"

"이거, 네 얼굴."

황주희가 갑자기 척 하니 손을 내밀어 강찬의 턱을 치켜세웠다.

워낙 순식간에 벌어진 일이라 그저 눈만 껌뻑거리고 있는데 황주희는 손으로 턱을 치켜세운 후 요리조리 감상하듯 강찬의 얼굴을 뜯어보았다.

평소 같았다면 즉각 얼굴을 돌렸을 텐데 황주희의 눈이 너무나 촉촉해서 그렇게 하지 못했다.

냉정하게 얼굴을 돌린다면 친구가 무척 민망해할 것 같다는 생각이 들었다.

"손 내려라. 사람들 본다."

"너 어쩜 이렇게 잘생겼니. 내가 봐도 이렇게 매력적인데 다른 사람들은 어떻겠어."

"야구 선수가 야구만 잘하면 되지 잘생긴 게 무슨 상관이냐."

"마케팅의 문제지. 아무리 성적이 좋아도 마스크가 안 되면 상품성이 떨어져. 김연우가 왜 엄청난 돈을 버는지 알아?"

"피겨 선수?"

"그래, 걔가 일 년에 버는 돈이 백억이 넘어."

"어이구, 많네."

"피겨가 인기 종목도 아닌데 그 정도로 큰돈을 벌 수 있던 것은 얼굴과 몸매가 됐기 때문이야. 반대로 박인화를 봐. 박인화는 여자 골프 세계 랭킹 1위를 56주나 했는데도 번 돈이 우승 상금밖에 없어. 무슨 뜻인지 알지?"

"그래서?"

"내가 봤을 때 너는 김연우를 뛰어넘는 상품성이 있어."

"크크, 그 정도냐?"

"내가 장담하지."

"고맙다."

"친구로서 충고하는데, 지금부터는 네 전담 에이전트를 생각해 놔야 해. 너 정도의 성적이면 곧 일본이나 미국에서 군침을 흘리며 접근할 거야. 그러니까 그쪽 분야의 최고 전문가를 대리인으로 선임해 놔."

"우리나라에는 에이전트가 없다며?"

"없지. 하지만 네 계약 내용을 보니까 특별하더라. 그런 쪽에 전문가가 아니라면 할 수 없는 내용들이 담겨 있었어. 혹시 도움받은 사람이 있는 거니?"

"응."

"누군데?"

"고등학교 때 스승님. 아버지 같은 분이셔."

"그렇구나. 그럼 앞으로도 그분한테 맡길 거야?"

"뭘?"

"네 이적 문제. 일본이든 미국이든 컨택이 되면 에이전트의 역할이 엄청나게 중요해지거든. 혹시 그분 영어가 돼?"

"안될걸. 영어 하는 거 못 봤어."

"법률 쪽도 전혀 모르겠지?"

"야구만 하셨으니까 그런 쪽은 문외한이실 거야."

"지금은 뭐하셔?"

"분식집."

"뭐라고? 분식집을 하신다고?"

"하신 지 몇 년 된 것 같아. 그런데 가보니까 장사가 잘 안 되더라. 아무래도 다른 일을 하셔야 될 것 같아."

"그분은 안 되겠다. 너 정도의 상품성이라면 워낙 큰 액수가 조정되기 때문에 유능한 에이전트는 필수야. 메이저리그의 특급 선수들이 에이전트를 두는 이유는 자신의 몸값을 최대한 받아내 주고 법률적인 측면에서 전혀 하자가 없도록 만들어주기 때문이거든. 물론 꽤 큰돈을 지불해야 되지만 유능한 에이전트는 그만한 일을 하기 때문에 전혀 아까워할 일이 아니야. 그러니까 너도 그런 에이전트를 두는 게 맞아."

"아니, 그래도 난 우리 스승님을 에이전트로 할 거야."

"수없이 많은 부분에 대한 검토가 필요해. 그러니까 그분으로는 한계가 있어."

"괜찮아. 난 우리 스승님을 믿어. 내가 조금 손해 보는 일이 있어도 그분한테 맡기고 싶어. 스승님은 내 일이라면 발 벗고 나서니까 잘하실 거다."

"너도 참 큰일이다."

"큰일은 무슨, 사람 사는 게 다 그렇지. 소주나 마셔."

황주희가 혀를 차자 강찬이 소주잔을 건넸다.

그들은 회를 먹으면서 소주 한 병을 나눠 마시고 두 병째로 들어갔는데 황주희는 술을 마실 때마다 숙소까지 대리운전을 했기 때문에 잔을 거침없이 받았다.

강찬이 한 잔 마시면 그녀는 두 잔 마셨다.

비록 며칠 동안 시합은 없지만 강찬은 무슨 일이 있어도 반 병 이상 마시지 않으려 노력했다.

이제 시간은 10시 반이 가까워지고 있었다.

선수들에 대한 통금 시간은 정해져 있지 않았으나 원정 경기 때에는 암묵적으로 12시 이전에 숙소로 돌아가는 것이 선수들 간의 룰로 정해져 있었다.

이글스의 고참들은 다른 것에 대해서는 터치하지 않았지만 선수들끼리 암묵적으로 정해놓은 몇 가지 룰을 어기게 되면 불같이 화를 냈다.

3년 동안 내리 꼴찌를 하면서 만들어진 이글스만의 독특한 문화였다.

야구 선수로서, 한 인간으로서 경쟁에 져서 마지막 나락까지 떨어졌을 때 느껴야 했던 비참함을 더 이상 겪지 말자며 다짐한 것이 그런 문화를 만들어낸 것이다.

슬쩍 시계를 본 강찬이 마지막 잔에 반쯤 남아 있던 술을 마시며 입을 열었다.

황주희 역시 그가 따라준 술을 단숨에 털어 넣고 있었는데 여전히 말짱한 얼굴이다.

이전에 주량을 물어보니 대충 혼자서 세 병 정도는 마신다고 했다.

여자치고는 엄청난 주량이라고 봐야 했다.

"주희야, 대리운전 불러라."

"벌써 시간이 꽤 됐네. 잠깐만 기다려."

주사도 없고 일어설 때는 칼같이 일어선다.

이런 면 때문에 그녀를 만나는 데 부담이 없었다.

첫날 같이 자자고 떼를 쓴 이후부터 황주희는 정확하게 선을 긋고 친구관계를 유지했기 때문에 헤어질 때도 마음이 가벼웠다.

문제가 생긴 것은 그녀가 대리기사에게 전화를 걸고 수화기를 식탁에 내려놓을 때였다.

갑작스럽게 들이닥친 사내가 강찬의 멱살을 붙잡았는데 사내의 눈은 붉게 충혈된 게 이성을 잃은 것처럼 보였다.

"당신 뭐요?"

"내가 누구냐고, 이 개새끼야!?"

멱살을 풀기 위해 강찬이 목을 쥔 손을 잡아갈 때 사내의 오른팔이 들리며 주먹이 날아왔다.

급하게 얼굴을 돌려 피했으나 이미 늦었다.

오히려 제대로 맞는 것이 나을 뻔했다.

피한다고 고개를 돌린 것이 비켜 맞으면서 사내가 낀 반지에 얼굴이 찢겼다.

피가 흐르면서 식탁으로 뚝뚝 떨어졌고, 황주희의 입에서는 비명이 흘러나왔다.

식당에 남아 있던 두 탁자의 손님들과 식당 주인이 놀라 일어설 때 어느샌가 들어와 있던 사내 둘이 연신 카메라 셔터를 눌러대는 것이 보였다.

사내는 강찬이 얼굴에서 피를 흘리는 모습을 보면서도 이를 악물고 분노를 숨기지 못했다.

"이 개새끼야, 남의 여자랑 놀아나니까 좋냐?"

"당신 누구야?"

"주희 애인이다, 이 씨발놈아!"

사내의 악에 받친 음성에 강찬이 한숨을 흘려냈다.

눈앞에 있는 놈이 바로 이명철인 모양이다.

재벌 2세이고 잘생겼다더니 곱상한 얼굴에 운동을 열심히 해서 그런지 주먹도 꽤나 써본 것 같았다.

사색이 되어 옆에서 벌벌 떨고 있는 황주희를 잠깐 바라본 강찬은 냅킨을 빼내서 흐르는 피를 닦았다.

그런 후 사내를 향해 천천히 입을 열었다.

"오해를 한 모양인데 주희와 나는 그런 관계가 아닙니다."

"오해라고? 가소로운 놈. 사내놈이 이제 와서 발뺌을 해? 쪽팔리지도 않냐?"

"말이 심하군요."

"심하기 뭐가 심해, 이 새끼야! 남의 여자 먹으니까 맛있더냐?"

그는 막무가내였다.

강찬의 말은 전혀 통하지 않았고, 오히려 이명철의 분노는 걷잡을 수 없이 커졌다.

황주희가 뒤늦게 그를 막아섰지만 이명철은 오히려 그녀를 밀쳐 바닥에 쓰러뜨리며 사진을 집어 던졌다.

머리가 빙빙 돈다.

오해임은 분명한데 뭔가 음모의 냄새가 났다.

그가 황주희를 향해 내던진 사진에는 이전에 그들이 만나서 즐겁게 웃고 있는 장면이 찍혀 있었다.

당황스러웠으나 바닥에 쓰러져 있는 황주희를 그냥 내버려 둘 수는 없었다.

그랬기에 그녀를 일으켜 세우고 곧장 이명철을 향해 몸을 돌렸다.

"이봐요, 뭐 때문에 그렇게 거품을 무는지 모르겠지만 이쯤에서 그만하는 게 어떻겠습니까?"

"그만 못 하겠다면?"

"당신이 가져온 사진은 그저 밥 먹으면서 웃고 있는 게 다요. 우리가 마치 침대에서 뒹군 것처럼 말하는데 도대체 그런 말도 안 되는 상상은 어디에서 나온 겁니까?"

"…상상이라고?"

"내가 누군지는 미리 알고 왔겠지요. 하나만 물읍시다. 저 사진, 당신이 찍은 거요?"

"그건……."

"내 생각에는 당신이 찍은 거 같지 않군. 당신이 찍었다면 주희와 내가 진짜 친구 사이에 불과하고 오랜만에 한 번씩 만나 밥이나 먹는 사이란 걸 충분히 알 수 있었을 테니까 이런 짓은 하지 않았겠지."

"정말 당신들, 친구 사이란 말이오?"

"나에게는 사랑하는 사람이 있습니다. 주희는 같은 고향 친구이자 일로 만났을 뿐 다른 감정은 전혀 없어요."

"으……."

"당신 눈에는 주희가 울고 있는 게 안 보입니까? 당신 정말 주희를 사랑하는 사람이 맞는 거요?"

강찬의 얼굴 상처는 다행스럽게 크지 않았다.

병원으로 가서 급히 치료를 받았는데 상처가 크지 않아 수술하지 않아도 될 정도라고 했다.

약을 처방받고 병원을 나서 숙소로 들어왔을 때는 2시가 넘어 있었다.

황주희의 상태가 궁금했으나 더 이상 오해받기 싫어서 이명철에게 맡기고 횟집을 나섰다.

이명철은 시간이 지나자 이성을 찾았는데 병원으로 가는 강찬을 따라나서는 것을 억지로 말려 황주희를 데려다주게 했다.

오해로 벌어진 해프닝이다.

얼굴 상처도 크지 않았고 오해도 풀렸으니 모든 게 잘되었으면 좋겠다고 생각했다.

하지만 계속해서 찜찜한 생각에 마음이 불편했다.

마치 계획한 것처럼 이명철을 따라 들어온 자들은 순식간에 여러 장의 사진을 찍은 후 바람처럼 사라져 버렸다.

사진을 뺏어야 한다는 생각이 들었지만 이명철이 가로막

는 바람에 그렇게 하지 못한 것이 아쉬웠다.

우려는 다음 날이 되자 벼락처럼 터져 나왔다.

신생 스포츠 신문인 '굿데이스포츠' 1면 톱으로 강찬의 얼굴이 대문짝만하게 나왔다.

얼굴은 찢어져 피가 흐르는 모습이고 식당은 난장판으로 엉망이 되어 있었는데 그 사이로 황주희가 주저앉아 있는 사진이었다.

사진도 충격적이었지만 타이틀도 그에 못지않았다.

'프로야구의 떠오르는 히어로, 야구여신과 바람피우다!'

정말 삼류 막장 소설 같은 제목이었다.

강찬은 기사 내용을 대충 훑어보고는 신문을 집어 던졌다.

직감적으로 이명철에게 사진을 넘겨주고 이런 더러운 상황을 만든 것이 이 기사를 쓴 신문기자란 생각이 들었다.

놈은 분명 자신을 따라다니다가 황주희와 만나는 것을 알게 되었고, 이런 극적인 장면을 만든 것이 분명했다.

이명철에게 말했듯이 자신을 따라다녔다면 황주희와는 아주 가끔 밥이나 같이 먹는 친구 사이라는 것을 단박에 알았을 것이다.

기자의 머리는 정말 기가 막히게 나쁜 쪽으로 잘 돌아가는 모양이다.

그 정도 관계로는 특종이 되지 않는다는 판단을 내리고 황주희의 애인을 동원해서 난리 블루스를 추게 만들었으니 놈의 계략은 악랄하다 못해 잔인했다.

강찬은 신문을 집어 던지고 지그시 눈을 감았다.

사람들은 기사가 터진 이상 사실과 관계없이 황주희와의 관계를 그런 쪽으로 몰아갈 것이다.

아무리 변명을 해도 소용없다.

워낙 사진이 충격적이고 사람들의 흥미를 끌 만한 요소를 두루 갖추었으니 이강찬과 황주희를 그렇고 그런 사이로 믿을 게 분명했다.

야구여신인 황주희는 모든 남자의 로망이었고 이강찬은 여자 팬들에게 절대적인 지지를 받고 있었기 때문에 두 사람의 스캔들은 순식간에 일파만파로 퍼져 나갔다.

사실이 아니었으니 팬들에게 부끄럽거나 미안해할 일은 아니다.

양심을 속인 적이 없고 법도 위반한 적이 없다.

기사에서는 마치 자신이 유부녀와 바람피운 것처럼 호도하고 있었으나 황주희는 분명 처녀였고 이명철과 어떠한 법적 관계도 없었으니 법적인 부분에서 문제 될 것은 하나도 없었다.

하지만 문제는 그런 것이 아니었다.

애인이 있는 여자를 만났고 이명철에게 폭행당했다는 그

자체가 국민들에게 극도로 나쁜 인상을 심어주었다는 것이다.

피해자는 분명 강찬이었는데 언론과 사람들은 오히려 이명철을 두둔했고 황주희와 그를 싸잡아 욕했다.

김남구 감독이 직접 와서 사실 여부를 물었고, 구단에서도 사람이 나와 사건의 전말에 대해서 꼬치꼬치 캐물었다.

숨길 것이 없기 때문에 있는 그대로 말했지만 그들은 고개를 끄덕이면서도 얼굴이 밝지 못했다.

이미 터져 버린 기사를 수습하기 위해서는 정말 말도 안 되는 노력을 기울여야 하기 때문이다.

기사는 기사를 낳고 또 다른 사실을 들춰내어 강찬과 황주희를 초토화시킬 것이 분명했다.

스포츠에서 특종을 잡아낸다는 것은 정말 드문 일이었으니 기자들은 콩고물이라도 얻어내기 위해 미친 듯이 달려들 것이다.

구단 홍보를 맡고 있는 최민영이 기사를 수습하기 위해 백방으로 뛰어다녔지만 강찬과 구단의 우려대로 사건은 일파만파로 퍼져 나갔다.

기자들은 하이에나이다.

강찬이 가는 곳이라면 어디든지 따라다녔고, 어떡하든 인터뷰를 하기 위해 갖은 방법을 동원했다.

                    *   *   *

　강찬의 기사를 보고 제일 먼저 뛰어온 김유정은 아무것도
모르는 은서에게 신문을 내밀었다.

　말로 하는 것보다는 먼저 눈으로 확인하는 것이 더 나을 거
란 생각 때문이다.

　엄청난 충격을 받을 것이라고 생각했다.

　천신만고 끝에 얻은 사랑이 한순간에 날아가게 생겼으니
은서에게는 죽음과도 같은 고통이 밀려들 게 분명했다.

　그럼에도 많은 고민 끝에 신문을 가져다준 것은 자신이 있
을 때 견뎌내기를 바랐기 때문이다.

　만약 자신조차 옆에 없다면 은서는 무슨 짓을 할지 모르기
때문에 옆에서 위로하며 지켜주는 게 맞다고 생각했다.

　하지만 은서의 반응은 그녀의 예상과 전혀 다르게 나타났다.

　은서는 꼼꼼히 기사를 끝까지 읽은 후 또박또박 접어서 옆
에 내려놓았는데 아무렇지도 않은 표정이었다.

　그 모습을 보면서 김유정이 물었다.

　"괜찮아? 안 놀랐어?"

　"응."

　"이 기사, 먼저 알고 있었던 거야?"

"아니. 네가 가져다줘서 지금 봤어."

"그런데 아무렇지도 않아? 여기에 대해서 혹시 아는 것 있어?"

"이 기사는 거짓말이야."

"그걸 네가 어떻게 알아?"

"어제저녁에 오빠가 이 언니 만나러 간다고 나한테 전화했거든. 황주희 씨는 오빠의 오래된 친구야."

"여자와 남자가 친구가 어디 있니? 너 너무 오빠를 믿는 거 아냐?"

"그러게 말이다. 그런데 이건 아니야. 벌써 몇 달 전부터 이 언니 얘기를 나한테 했어. 그리고 만날 때마다 먼저 이야기해주더라. 너 같으면 바람피우면서 그렇게 매일 보고하겠니?"

"휴우, 그렇다면 다행인데……."

"유정아, 걱정하지 마. 오빠는 절대 그런 사람 아니야."

"나도 그렇게 믿고 싶은데, 오빠가 요즘 너무 인기가 많잖아. 그래서 걱정이야. 혹시나 무슨 일이 생길까 봐."

"하여간 고맙다. 걱정해 줘서."

오히려 은서가 유정의 어깨를 두들겨 줬다.

위로하러 왔다가 오히려 위로를 받는 상황이 돼버렸기에 김유정은 한숨을 길게 내쉬곤 신문 속의 강찬을 힐끔 바라보았다.

신문 속의 강찬은 얼굴에 피가 묻어 있었는데 그럼에도 그 모습이 낯설지가 않았다.

*　　　　*　　　　*

김혁은 강찬의 기사를 확인한 후 긴 신음을 흘렸다.

'삼각관계라…….'

기사는 마치 유부녀와 간통이라도 한 것처럼 설레발을 치고 있었지만 그것은 독자들의 흥미를 유발하기 위해 그런 것일 뿐 기사 내용이 사실이라고 해도 기껏 청춘 남녀의 삼각관계에 지나지 않았다.

그럼에도 이강찬은 그야말로 더러운 똥통에 빠진 꼴이 되어버렸다.

대한민국 사회는 아직도 누군가의 여자와 사귀는 것을 도둑질한 것처럼 경원시하는 경향이 강했다.

그런 측면에서 봤을 때 이강찬은 잘생긴 외모와 한창 떠오르는 인기를 배경으로 애인이 있는 야구여신을 꼬신 걸로 오해받기 충분했다.

사실이 어쨌든 말이다.

대중은 자기가 원하는 대로 상상하고 그 상상을 현실화해서 떠드는데 그 여론으로 스타들은 죽기도 하고 살기도 한다.

김혁은 강찬이 강력하게 사실을 부인하자 믿었다.

그가 아는 강찬은 정말로 황주희를 사귀었다면 순순히 그렇다고 시인할 사람이었다.

치사하게 변명하고 피하지 않는 성격을 가졌다는 뜻이다.

물론 다른 기자들은 강찬의 말을 믿지 않고 숙소에까지 진을 치며 또 다른 특종을 만들기 위해 하이에나처럼 물어뜯을 만반의 준비를 하고 있었다.

이틀 동안 사라졌던 황주희가 언론 앞에 나타나 강찬과 자신은 단순한 친구 사이에 불과하다고 공표했지만 기자들은 아예 그녀의 말을 거짓말로 치부했다.

미치고 펄쩍 뛸 노릇이었으나 언론은 두 사람의 관계를 단순한 친구 사이로 간과하지 않으려 했다.

기자는 뉴스를 팔아야 생명을 유지하는 사람들이었기에 온 국민의 관심을 집중시킨 이 사건은 그들에겐 하느님이 주신 선물이나 다름없었다.

김혁은 울면서 결백을 주장하는 황주희의 기자회견장을 조용히 빠져나왔다.

이번 사건은 어떤 결정적인 계기가 없는 한 두 사람이 아무리 발버둥 쳐도 빠져나올 수 없기 때문이다.

이강찬에게 마음의 빚을 진 김혁은 곧장 이명철을 찾아갔다.

그는 회사가 어려움에 처해 있다는 핑계를 대며 결사적으로 만나려 하지 않았지만 김혁의 노련하고도 핵심을 짚는 직설적인 협박에 결국 굴복하고 커피숍으로 나왔다.

이강찬이 이 위기를 극복하지 못한다면 결국 당신을 폭행 혐의로 고소할 수밖에 없다는 것이 그의 협박 내용이었다.

다른 기자들과의 인터뷰를 완강히 차단한 이명철이 커피숍에 나타난 것은 전화를 끊은 후 30분 만이었다.

나름대로 고민 끝에 나온 것이 분명했다.

불과 며칠 만에 그의 모습은 완전히 초췌하게 변해 있었다.

기사가 나간 이후 그 역시 기자들에게 어지간히 시달린 모양이었다.

그는 협박을 당해서 나온 것이 분했는지 김혁을 보자마자 거친 숨소리를 뿜어냈다.

"나에게 듣고 싶은 것이 뭐요?"

"증언을 해주면 됩니다."

"어떤 증언 말입니까?"

"당신이 오해를 해서 이런 해프닝이 벌어졌다는 사실 말입니다."

"싫다면?"

"아까 말한 그대로 진행될 겁니다. 이강찬 선수도 억울하게 당할 수는 없으니 결국 당신을 고소하게 될 겁니다. 그것이 인지상정 아니겠습니까. 당신으로 인해 발생된 일인데 당신이 침묵을 지킴으로써 언론에 뭇매를 맞게 된다면 강찬 선수가 가만있을까요?"

"음."

이명철이 무거운 한숨을 내쉬었다.

아마 지금의 강찬이라면 그럴 가능성이 컸다.

기사가 터지고 난 후 그는 언론으로부터 철저히 숨었고 사건에 대해서 입도 벙긋하지 않았다.

이강찬과 황주희가 극구 변명했지만 언론과 SNS가 믿어주지 않는다는 걸 알면서도 나서지 않은 건 더 이상 이 일에 개입하고 싶지 않았기 때문이다.

분노로 인해 인천의 월미도까지 날아갔으나 사실 황주희는 이미 그의 손에서 벗어난 여자였다.

오랫동안 사랑해 왔지만 회사가 부도나면서 이미 이별의 절차를 밟아왔고, 그 일이 벌어지기 일주일 전 이미 황주희에게 이별 통보를 받은 바 있었다.

이명철의 표정이 변하자 김혁이 가라앉은 음성으로 조용히 말했다.

"당신의 입장을 이해하지 못하는 건 아닙니다. 하지만 엉뚱한 사람이 당신으로 인해 온 국민에게 욕을 먹고 있어요. 혹시 그 사람이 어떤 사람인지 아시오?"

"야구 선수라고 들었습니다."

"그는 그냥 야구 선수가 아니오. 부모가 버렸기 때문에 고아원에서 불우한 삶을 살아왔고, 어깨가 부서져 선수 생명이 끝났는데도 불굴의 의지로 모진 고통과 괴로움을 이겨내어 지금의 위치까지 온 사람이오. 그런 사람이 당신의 행동으로 인해 죽어가고 있단 말이오."

"그에게는 미안한 마음을 가지고 있습니다."

"좋습니다. 당신이 정말 그런 마음이라면 나에게 사실을 말해주시오. 그러면 내가 이강찬 선수와 황주희 씨에게 벌어지고 있는 이 일련의 사태를 책임지고 막겠소."

"나는……"

김혁의 열정적인 설득에 이명철이 결국 그동안 벌어진 일에 대해 말했다.

강찬의 예측대로 그의 손에 들려 있던 사진은 굿데이스포츠의 왕명호 기자에 의해서 전해진 것이었다.

부도난 회사를 살리기 위해 안간힘을 쓰던 때에 전해진 이강찬과 황주희의 다정한 모습은 분노를 일으키기에 충분했다.

황주희의 이별 통보가 이강찬 때문이라고 생각했다.

그랬기에 두 사람이 만나고 있다는 왕 기자의 제보를 받고 무작정 쳐들어가 난장판을 만든 것이다.

이성을 잃고 지랄을 떨고 났더니 이강찬은 얼굴에서 피를 흘리고 있고, 황주희는 바닥에 쓰러져 그릇의 파편 속에 엎드려 있었다.

이강찬의 더없이 침착한 행동에 뭔가 잘못되었다는 것을 깨달았지만 이미 늦은 후였다.

도망치듯 현장을 빠져나와 칩거에 들어갔다.

예상대로 왕 기자는 자신의 행동을 그대로 보란 듯이 신문에 실었다.

이강찬에게는 미안했지만 끼어들고 싶지 않은 것은 황주희 때문이었다.

그녀는 그날 자신을 보면서 슬픈 눈과 어울리지 않는 냉소로 자신을 떠나보내며 이렇게 말했다.

"당신 참으로 초라하게 변했군요. 다시는… 내 앞에 나타나지 말아요."

*　　*　　*

은서는 커피를 마시며 숲 속 의자에 앉아 지나가는 학생들을 바라봤다.

7월도 막바지에 다다랐고, 강찬은 그 일이 있은 후 전화만 했을 뿐 만나지 못했다.

얼굴의 상처 때문인지 시합에도 출전하지 않았기 때문에 강찬의 얼굴은 화면에서도 볼 수가 없었다.

보고 싶었다.

뜻하지 않은 스캔들에 휘말려 시합에까지 나오지 못했으
니 그 고통이 생각보다 훨씬 큰 모양이다.

한동안 책이 눈에 들어오지 않았다.

사랑하는 사람이 고통을 받고 있다는 생각이 들자 책에 담
겨 있는 내용은 그저 검은 글씨가 되어 눈으로 들어왔다가 귀
로 빠져나갔다.

오늘만 해도 한 시간을 진득이 앉아 있지 못했다.

갖은 상념이 떠올라 공부에 집중할 수가 없었다.

믹스커피의 달콤함을 느끼지 못할 만큼 멍하니 정신을 팔
고 있을 때 주머니에 들어 있던 핸드폰이 진동했다.

급히 핸드폰을 켜고 화면을 확인하자 강찬의 이름이 떠 있
다.

"여보세요?"

—은서야, 어디 있어?

"나 학교에 있지."

—학교 어디?

"도서관 밑에 있는 숲 속 벤치에 있어."

—그럼 거기서 나와 계단 밑을 봐. 그러면 내가 보일 거야.

강찬의 말에 은서는 손에 들고 있던 커피 잔을 내려놓고 벌
떡 일어섰다.

그런 후 숲 속 길을 벗어나 도서관으로 올라오는 계단을 확인했다.

한눈에 알아볼 수 있었다.

강찬은 수많은 사람에게 둘러싸여 계단을 오르고 있었는데 이글스의 운동복을 그대로 입은 채였다.

너무나 놀라고 당황스러워 멍하니 서 있을 수밖에 없었다.

오빠가 인기를 얻으며 스타가 된 후에는 제대로 데이트를 할 수 없었다.

워낙 많은 사람들이 알아봤기 때문에 강찬은 사람들 있는 곳에 그녀를 데려가지 않으려 했다.

그녀를 보호해 주고 싶다는 게 이유였다.

열심히 공부해야 하는 은서가 언론에 노출되어 사람들의 입에 오르내리는 것을 강찬은 매우 싫어했다.

어쩌다 그녀와 함께 길을 걸을 때면 모자를 깊게 눌러써서 얼굴을 감추던 강산이다.

그런 오빠가 마치 광고라도 하듯 운동복까지 입고 다가오는 모습은 생소해도 너무나 생소했다.

다른 곳이라면 몰라도 강찬은 대전에서는 누구나 알아보는 스타 중의 스타였다.

3년을 내리 꼴찌를 면하지 못하던 이글스가 선두 싸움을 벌일 수 있던 것은 막강한 구위와 완투 능력으로 무려 전반기에만 12승을 기록한 강찬의 공이 절대적이었다.

그랬기에 이글스의 홈인 대전 시민들은 강찬이 스캔들에 시달릴 때도 다른 지역과는 다르게 관대한 여론이 형성되었다.

남자가 여자를 사귈 수도 있는 것 아니냐며 그들은 강찬을 적극적으로 옹호하며 오히려 난리를 치는 언론을 성토했다.

은서의 학교는 국립대였기 때문에 학생들이 다소 보수적인 성향을 띠었지만 이글스의 영웅을 모르는 사람은 없었다.

더군다나 강찬은 나를 봐달라는 듯이 버젓이 이글스의 운동복을 입고 있었기 때문에 수많은 학생들이 그의 곁으로 다가와 사인 공세를 벌였다.

하지만 그의 뒤를 따르는 것은 학생뿐만이 아니었다.

꽤 많은 수의 기자가 강찬의 예상치 못한 행동에 의아해하며 따르고 있었는데 그들의 얼굴에는 긴장감이 가득했다.

오늘은 대전 홈경기였고, 야간경기이기 때문에 2시가 넘은 시간에 숙소를 이탈해서 어딘가로 향하는 강찬을 향해 기자들은 벌떼같이 달려들었다.

뭔가가 있다는 직감.

거의 일주일이 넘도록 각종 언론의 포화를 얻어맞으며 칩거하던 강찬이 운동복을 입은 채 거리를 나섰으니 기자들은 바짝 긴장할 수밖에 없었다.

그리고 그들은 곧 강찬이 왜 대학교에 왔는지 알 수 있었다.

사람들에게 둘러싸인 채 움직이던 강찬은 계단 위쪽에 서 있는 여학생을 확인한 후 잠시 걸음을 멈췄다가 빠르게 그녀를 향해 다가갔다.

학생들과 그를 따르던 기자들의 행동이 멈췄다.

단순한 강찬의 행동 하나만으로도 그가 무슨 일을 벌일 것 같다고 예상했기 때문이다.

그리고 그 예상은 정확히 맞았다.

강찬은 은서에게 다가가 지체 없이 그녀를 안았다.

그런 후 부드러운 음성으로 그녀의 귀에 대고 말했다.

"오빠 믿고 있었지?"

"응."

"오빠 보고 싶었어?"

"응."

"오늘 내가 갑자기 찾아와서 놀랐어?"

"조금. 그래도 좋아. 오빠를 보게 돼서."

"공부는 잘되니?"

"아니. 잘 안 돼. 오빠 때문에."

"그렇게 말하면 오빠가 미안해지잖아."

"미안해하지 마. 오빠 탓은 아니니까."

"나 너한테 줄 게 있어 왔어."

그녀를 안고 대화를 계속하던 강찬이 은서를 가슴에서 밀어내었다.

그런 후 주머니에서 뭔가를 꺼내더니 의아한 눈으로 바라보는 은서를 향해 불쑥 내밀었다.

놀란 은서가 얼떨결에 물건을 받아 들며 강찬을 바라보았다.

"이게 뭐야?"

"열어봐."

부드러운 눈매와 따스한 미소.

오빠의 이런 모습은 그녀가 자라오면서 늘 보던 것이지만 문득 수많은 사람들에게 둘러싸인 채 보게 되자 전율이 일었다.

천천히 강찬이 준 상자를 열었다.

상자에는 반지가 아름답게 빛나며 그녀를 향해 웃고 있었다.

반지는 약속을 의미하는 것이다.

영원한 사랑을 약속하는 남자만이 반지를 건넨다.

"갑자기 반지를 왜……."

"은서야, 어제 뉴욕 메츠의 스카우터가 찾아왔더라. 나 어쩌면 금년 시즌 끝나면 미국으로 갈지도 몰라."

"그거와 반지가 무슨 상관 있어?"

"나 혼자 미국 가기 싫거든."

"오빠, 설마……!"

"맞아. 이건 청혼 반지야. 네가 결혼할 형편이 아니라는 건 알지만 미리 해놓으려고. 너를 사람들로부터 꽁꽁 숨기고 싶었어. 남들이 알면 소중한 네가 상처받거나 힘들 것 같았거든. 하지만 지금부터는 그렇게 하지 않을 생각이야. 만인 앞에 네가 내 사람이라는 것을 알려야겠다는 생각이 들었어. 아직 어리지만 너를 행복하게 해줄게. 그러니까 은서야, 나랑 결혼해 줘."

강찬의 말을 들은 은서의 얼굴이 하얗게 질려갔다.

수많은 사람 앞에서 해온 청혼에 그녀는 당황해 한동안 정신을 차리지 못하는 것 같았다.

그러나 시간이 지나자 하얗게 질려 있던 얼굴은 점점 붉어졌고, 이내 눈가에 습기가 차오르기 시작했다.

"좋아, 결혼해. 하지만 내년 1월이 지나야 해. 오빠가 돈 많이 벌어도 나는 약사가 되고 싶어. 그러니까 약사 고시는 합격하고 결혼해."

은서는 말을 마치고 반지를 꺼내 강찬에게 내밀었다.

청을 받아줬으니 자신의 손에 끼워달라는 행동이다.

강찬은 반지를 건네받아 조심스럽게 그녀의 손가락에 끼워주었다.

그런 후 천천히 다가가 그녀의 입술에 진한 키스를 했다.

강찬을 따라온 수많은 학생이 환호성을 질렀고, 기자들의 손에 들린 카메라가 정신없이 플래시를 터뜨렸다.

뜻밖의 특종에 기자들은 만세를 불렀다.

많은 기자들이 강찬의 침묵을 이겨내지 못하고 떨어져 나갔는데 참고 견뎌낸 사람들에게 강찬은 영원히 잊지 못할 선물을 해주었다.

*　　　*　　　*

강찬의 스캔들이 완전하게 가라앉은 것은 김혁의 공로가 가장 컸다.

다른 언론은 캠퍼스에서 벌어진 강찬의 청혼을 특종으로 다루면서 스캔들을 가라앉히기 위한 고육지책이 아니냐는 의문을 나타냈지만 김혁은 이명철과의 인터뷰를 상세히 실으며 굿데이스포츠가 벌인 추잡한 계략을 가감 없이 폭로한 것이다.

김혁의 기사가 나간 후 강찬을 미워하며 소문에 소문을 보태던 SNS가 순식간에 가라앉았다.

신생 스포츠 신문이 특종을 터뜨려 판매 부수를 늘리려던 음모가 생생히 드러나자 야구팬들은 굿데이스포츠를 맹렬히 비판하며 구독 거부 서명운동까지 벌였다.

반면 고아원에서 같이 자란 두 사람의 결혼은 온 국민의 관심을 끌어모았다.

스캔들을 가라앉히려는 액션에 불과한 것 아니냐는 의심은 순식간에 사라졌고, 모든 언론과 여론은 두 사람이 행복하기를 진심으로 바랐다.

불행한 과거를 가진 두 사람의 삶이 새롭게 부각되면서 강찬은 믿음의 아이콘으로 새롭게 떠올랐다.

야구계의 신성으로 데뷔한 후 야구계의 역사를 새로 써나가는 강찬이 고아원에서 같이 자란 은서에게 청혼한 사실이 알려지자 국민들은 그의 사랑에 열렬한 환호를 보냈다.

은서의 이름은 각종 포털 사이트에 등재되며 실시간 1위를 기록하기도 했으나 언론과의 인터뷰를 통해 강찬이 그녀가 평범한 삶을 살아갈 수 있도록 도와달라는 기사가 나간 후부터는 천천히 자취를 감추기 시작했다.

그렇게 이강찬과 황주희의 스캔들은 약 보름 동안 7월의 여름을 뜨겁게 달구며 끓어올랐다가 언제 그랬냐는 듯 허망하게 사라져 갔다.

제8장
노히트 노런

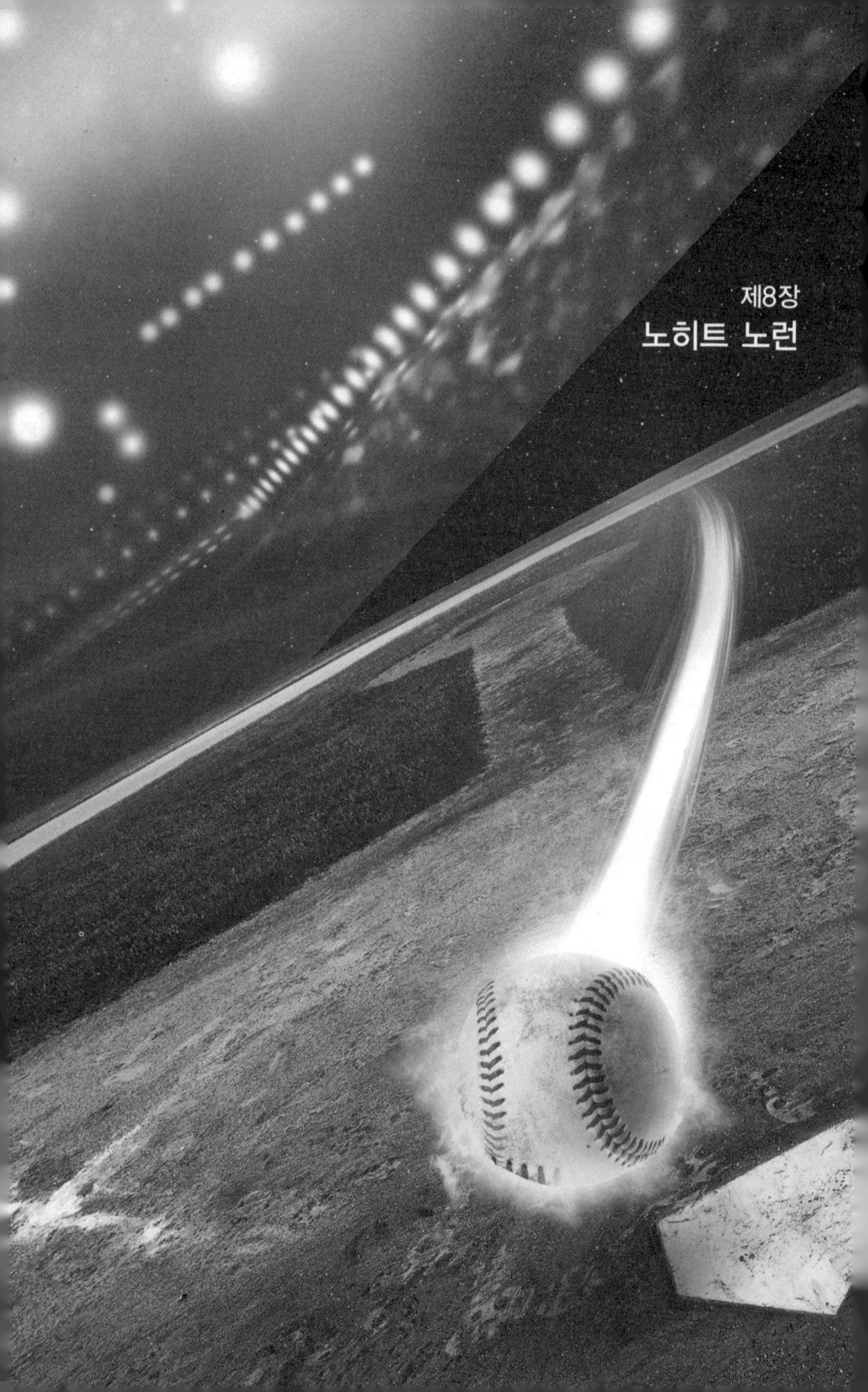

　전반기 72경기가 끝났을 때 이글스의 성적은 45승 27패로 2위였다.

　1위를 달리고 있는 라이온즈와는 또다시 세 게임 차로 벌어졌는데 마지막 자이언츠와의 경기에서 9회 말에 윤태균의 역전 홈런이 터지지 않았다면 네 게임 차까지 벌어질 뻔했다.

　올스타전이 벌어진 것은 7월 18일이었다.

　강찬은 팬 투표를 통해 투수 부문 1위에 당당히 이름을 올려 올스타전에 출전하게 되었는데 서군으로 출전해서 2이닝 동안 4타자 연속 스트라이크 아웃을 처리하며 무실점으로 틀어막아 대회 MVP에 오르는 영예를 안았다.

강찬의 구위는 스캔들이 사라지자 더욱 위력적으로 변해 대한민국을 대표하는 타자들을 완벽하게 틀어막는 괴력을 발휘하며 팬들을 놀라게 했다.

올스타전으로 잠시 쉰 프로야구는 브레이크타임을 끝내고 또다시 전장 속으로 돌입했다.

프로야구의 열기는 식을 줄을 몰랐다.

상위 세 팀의 승부도 점입가경이었지만 하위 7팀의 순위 다툼도 치열했다.

상위 세 팀을 제외하면 나머지 일곱 개 구단의 성적은 전부 고만고만해서 매 경기의 승패에 따라 4위가 바뀌었다.

프로야구가 9월로 접어들자 야구팬들이 상위권의 다툼보다 플레이오프에 진출할 수 있는 마지노선 4위 싸움에 열광하는 기현상이 벌어졌다.

시간이 지나면서 4위 싸움은 트윈스와 자이언츠, 타이거즈의 대결로 압축되었다.

이 세 팀은 모두 두 게임 차 내였기 때문에 각 경기는 초미의 관심사가 될 수밖에 없었다.

운명의 그날.

갈 길 먼 트윈스와 강찬이 만난 것은 9월 20일에 벌어진 서울 경기 때였다.

강찬의 성적은 6승 1패를 더해서 무려 18승 3패였다.

많은 점수 차가 벌어질 때만 마운드에서 내려왔기 때문에 역전당한 경기조차 없어 강찬의 성적은 출전과 그대로 연결되었다.

스물한 번 출전에서 무려 열여섯 번을 완투했기 때문에 언론에서는 그를 집중 조명하며 투구 패턴을 분석하는 다큐멘터리까지 제작될 정도였다.

그야말로 무쇠팔이었고 지치지 않는 체력으로 적을 무너뜨리는 괴물이었다.

다른 팀에서 강찬을 피하기 시작한 것은 전반기에서부터였다.

어차피 에이스를 내밀어도 질 가능성이 컸기 때문에 강찬이 나오면 다른 팀의 감독들은 로테이션을 변경해 2진급 투수를 출전시켰다.

작년 시즌 라이온즈의 에이스 백강현이 출전했을 때 벌어진 현상이 그대로 재현되고 있었던 것이다.

하지만 치열하게 4위 싸움을 벌이고 있던 트윈스는 에이스인 허재용을 그대로 출전시켰다.

허재용은 현재 12승 7패로 트윈스의 마운드를 이끌고 있는 에이스였다.

트윈스의 감독 생각은 단순했다.

죽이 되든 밥이 되든 지금은 피하고 자시고 할 정신이 없었으니 맞불을 놓는 것이 최선의 방법이었다.

그러자 난데없는 팽팽한 긴장감이 피어나기 시작했다.

이글스의 입장에서도 이번 경기는 반드시 잡아야 라이온즈를 추격할 수 있기 때문이었다.

라이온즈와의 경기는 두 게임 차로 좁혀든 상태였다.

전반기 동안 부진을 면치 못한 송우진과 고동식이 살아나면서 릴리프들의 체력 안배가 가능해졌고 잠잠하던 타선이 하반기 들어 폭발하면서 다섯 게임까지 벌어졌던 격차를 두 경기까지 줄였다.

이제 시즌 경기는 모두 25게임만 남았을 뿐이다.

강찬이 출전하는 경기에서 만약 패배한다면 선두를 따라잡는 건 요원한 일이 될 수도 있었다.

팀의 성적도 중요했지만 강찬으로서도 절대 놓치면 안 되는 경기였다.

시즌 20승을 달성하기 위해서는 반드시 잡아야 했다.

최근 20년 동안 20승을 달성한 투수는 단 세 명에 불과했기 때문에 언론에서는 강찬의 기록에 초미의 관심을 보이는 중이다.

더군다나 트윈스에는 현재 타격 선두를 달리고 있는 최성일이 버티고 있었다.

아쉽게 그의 성적은 초반의 무서운 기세를 이어나가지 못하고 3할 7푼에 머물렀으나 그것만으로도 그는 독보적으로 타격 선두를 지키고 있었다.

묘하게 인연이 닿지 않던 두 사람의 대결이 다시 성사되자 언론은 대대적으로 토요일의 서울 결전을 홍보하기 시작했다.

"전국의 프로야구팬 여러분, 안녕하십니까. 지금부터 이글스와 트윈스, 트윈스와 이글스의 14차전 경기를 생방송으로 중계해 드리겠습니다. 김 위원님, 두 팀 간의 대결에서 지금까지 8승 6패로 이글스가 앞서고 있는데 오늘 경기 어떻게 보십니까?"

"오늘은 이글스의 에이스 이강찬 선수와 트윈스의 에이스 허재용 선수가 정면으로 맞붙는 경기입니다. 기록상으로는 이강찬 선수가 훨씬 성적이 좋지만 허재용 선수도 만만치 않기 때문에 쉽게 속단할 수는 없습니다. 더군다나 양 팀의 타격도 한참 물이 올라 있는 상태이기 때문에 어떤 결과가 나타날지 예측하기가 어렵군요."

"말씀하신 것처럼 이강찬 선수와 허재용 선수의 맞대결도 흥미진진하지만 현재 타격 선두인 최성일 선수와의 대결에 팬들은 지대한 관심을 보이고 있습니다. 저번 대결에서는 최성일 선수가 이강찬 투수에게 일방적으로 당했는데 이번에도 그런 결과가 나타날까요?"

"아마 이번에는 다를 것 같습니다. 최성일 선수가 이강찬 선수를 만난 것은 시즌 초반이었고 그때는 구질과 구위가 전혀 파악되지 않은 상태에서의 승부였으니까 당연히 투수 측이 유리했지만 지금은 다르죠. 이강찬 선수의 장단점이 여러모로 분석되고 있기 때문에 최성일 선수는 저번 승부처럼 맥없이 물러서지 않을 것입니다."

"트윈스는 반드시 이 경기를 잡아야 가을 야구에 근접할 수 있습니다. 그야말로 사활이 걸린 중요한 경깁니다. 반면에 이글스도 선두 라이온즈를 추격하기 위해서는 반드시 잡아야 되는 경기죠?"

"그렇습니다. 트윈스는 자이언츠와 현재 승차 없이 승률에서 앞서 간신히 4위를 유지하고 있습니다. 시즌이 얼마 남지 않았기 때문에 이제부터는 한 게임 한 게임이 정말 중요할 수밖에 없습니다. 더군다나 타이거즈까지 한 게임 차로 추격해 왔기 때문에 이번 경기를 반드시 잡아야 4위를 수성할 수 있습니다. 반면에 내리 3년을 최하위를 한 이글스도 한국시리즈 직행을 위해 최선을 다할 것으로 보입니다. 저 개인적으로는 꼴찌의 반란이 현실로 일어나는 장면을 보고 싶군요. 이건 단순히 제 개인적인 감정을 말씀드린 것이지만 수많은 팬들도 아마 저와 같은 마음일 것 같습니다."

"아마도 김 위원님만 그런 생각을 가지고 있지는 않을 것 같습니다. 누에고치가 탈을 벗고 나비가 되어 비상하는 것처럼 최약체의 설움에서 벗어나 선두 싸움을 벌이고 있는 이글스의 약진을 야구팬이라면 모두 바라고 있을 것입니다."

장춘진이 자신의 개인적인 감정을 말해놓고 머쓱한 표정으로 앉아 있는 김동호를 옹호하며 추가 설명을 했다.

공인으로서 누군가를 응원한다는 것은 절대 해서는 안 될 일이지만 워낙 특이한 상황이다 보니 장춘진의 도움은 별 탈 없이 자연스럽게 넘어갔다.

김동호가 손을 들어 고맙다는 시늉을 하자 장춘진이 슬쩍 웃어준 후 그라운드로 고개를 돌렸다.

"아, 말씀드리는 순간 시구자가 나오는군요. 요즘 한창 인기를 끌고 있는 걸 그룹의 멤버 민아 양이 시구를 하기 위해 마운드로 올라오고 있습니다. 김 위원님, 피어나는 꽃처럼 아름다운 아가씨가 야구 유니폼을 입으니까 정말 멋진데요."

"그렇죠. 제가 알기로 민아 양은 모든 스포츠를 좋아할 정도로 운동신경이 뛰어난 것으로 알고 있습니다. 분명 좋은 시구를 할 것으로 보입니다."

"그런가요. 그런 정보는 어디서 얻으셨죠? 김 위원님은 걸 그룹에 대해서도 자료 수집을 하시는 모양입니다."

"하하, 그럴 리가 있겠습니까. 오늘 시구자로 민아 양이 나온다고 해서 특별히 조사해 봤을 뿐입니다. 특히 민아 양은 야구를 좋아해서 이강찬 선수의 광팬이라고 방송에서 여러 번 이야기하더군요."

걸 그룹 SAS의 리드 보컬 민아는 스물세 살로 뛰어난 가창력을 지녔고 산뜻한 무대 매너로 요즘 한창 주가를 올리는 중이다.

프로야구 시구자는 최근 들어 다방면의 스타들을 초청해서 이뤄지고 있었는데 민아를 섭외한 것은 이글스의 홍보팀장 최민영의 작품이었다.

김동호가 말한 것처럼 민아는 예능 프로그램에 출연할 때마다 공공연하게 이글스의 팬이라고 떠들었기 때문에 최민영의 입장에서는 상이라도 주고 싶은 심정이었다.

그랬기에 트윈스의 협조를 받아 민아를 캐스팅했다.

다행스럽게 이번 시합에 스케줄이 비어 있어 민아의 섭외에 성공했는데 그녀는 시구를 해달라는 이글스의 요청에 반색하며 쌍수를 들고 환영했다고 한다.

민아는 이글스의 홍보팀에서 준비한 야구복을 입고 마운드로 올라갔다.

미리 사이즈에 맞춰 제작한 운동복은 그녀의 미끈하게 빠진 몸매를 그대로 드러나게 만들어 야구장을 찾은 젊은 남자들의 입에서 환호성이 터져 나왔다.

먼저 수비를 하게 된 트윈스의 주전 포수 조민혁이 자리에 앉자 이문승이 천천히 타석으로 들어섰다.

시구에 맞춰 헛스윙을 해주기 위해서이다.

이문승은 나이가 서른둘이지만 아직 총각이기 때문에 민아가 마운드에 서서 요염하게 자신을 바라보자 웃음을 그칠 줄 몰랐다.

운동신경이 뛰어나다고 하더니 민아는 제법 그럴듯한 와인드업 자세를 취한 후 공을 힘차게 던졌다.

물론 여자이기 때문에 마운드에서 한참 앞으로 나와 던졌지만 그럼에도 불구하고 그녀가 던진 공은 제법 날카롭게 스트라이크존으로 들어왔다.

국가대표 주전 우익수이자 부동의 1번 타자인 이문승은 쇼맨십도 강해서 민아가 던진 공이 스트라이크존을 통과하자 뒤늦게 헛스윙을 한 후 분하다는 듯이 타석에 주저앉아 활짝 웃고 있는 민아를 바라봤다.

효과는 있었다.

익살스러운 그 모습에 민아는 폭소를 터뜨렸는데 공을 던지고 모자를 벗어 든 채 관중들에게 인사를 한 그녀가 앞으로 다가와 그를 향해 손을 내밀었기 때문이다.

급하게 장갑을 벗고 민아의 손을 잡은 이문승이 황홀한 표정을 짓자 옆에 있던 조민혁이 부러움을 온몸으로 나타냈다.

푼수처럼 나서서 자신도 악수를 해보겠다고 덤볐다가는 무슨 창피를 당할지 알 수 없으니 그는 그저 닭 쫓던 개 지붕 쳐다보듯 멀어져 가는 민아를 바라볼 수밖에 없었다.

이문승은 총각이었지만 그는 엄연한 유부남이었다.

"문승아, 어떠냐?"

"죽여준다. 사람 손이 아닌 것 같아."

"지랄. 어땠는데?"

"쩝, 마치 아주 부드러운 뭔가를 잡은 느낌이야. 새털 같은 느낌?"

"그놈 참 사람 염장 지르는군."

조민혁이 입맛을 다시며 포수석으로 돌아가자 이문승이 승리의 미소를 지었다.

둘은 같은 대학 동기였기 때문에 지금도 가끔 만나 술을 마시는 사이다.

타석 밖에서 어깨를 푼 이문승이 빈 스윙을 하면서 민아의 뒷모습을 바라보았다.

무슨 일인지 그녀는 출구가 아니라 이글스의 더그아웃으로 가고 있었기 때문에 의아해 고개를 갸우뚱거렸다.

하지만 그는 곧 정신을 차리고 시선을 돌려 마운드에 올라온 허재용을 바라봤다.

민아에 대한 환상은 그가 마운드에 올라온 순간 우주 저 넘어로 순식간에 날아갔고, 슬금슬금 긴장감이 피어오르기 시작했다.

이번 경기는 팀의 한국시리즈 직행을 가늠할 수 있는 중요한 시합이니 최선을 다해야 했다.

허재용의 특기는 예리하게 변하는 파워커브였다.

다른 투수들과 다르게 그는 135㎞/h에 달하는 파워커브를 구사해서 몇 년 전부터 톡톡히 재미를 보고 있었다.

그의 연습 투구에 맞춰 히팅 타이밍을 잡아가며 이문승은 한숨을 길게 뿜어냈다.

오늘의 경기는 그가 어떤 활약을 하느냐에 따라 승부가 갈릴 가능성이 컸기 때문이다.

민아는 시구를 끝내고 잠시 멈칫하더니 출구 쪽이 아니라 더그아웃 쪽으로 걸어왔기 때문에 이글스의 선수들은 모두 시선을 집중했다.

타석에서 더그아웃까지는 20m밖에 떨어져 있지 않았지만 이글스의 선수들은 전부 침을 삼키며 자신들 쪽으로 다가오는 민아의 잘빠진 몸매를 보느라 정신 줄을 놓고 있었다.

"강찬아, 쟤 정말 예쁘다. 그렇지 않냐?"

"예쁘네."

"반응이 그게 뭐냐, 인마. 우리가 저런 가수를 어디 가서 봐. 어딜 다른 데로 눈을 돌려 똑바로 보라니까!"

임관이 공을 줍기 위해 잠시 눈을 돌린 강찬의 옆구리를 쿡쿡 찔렀다.

정말 민아는 더그아웃에 볼일이 있는지 점점 다가오며 이글스 선수들에게 인사를 하고 있었다.

"야, 쟤 왜 온 거지?"

"인마, 궁금하면 가서 물어봐라."

"어라, 이쪽으로 들어온다."

민아가 주춤거리다가 더그아웃으로 들어오자 임관이 놀란 눈으로 벌떡 일어섰다.

하지만 놀란 것은 임관만이 아니었다.

한쪽 구석에 놓인 안락의자에 앉아 장혁태 코치와 대화를 나누던 김남구 감독마저 차트를 내려놓고 들어오는 민아를 바라보며 입을 떠억 벌렸다.

기가 막힌 몸매에 엄청난 미인이었다.

사내들은 나이가 많으나 적으나 미인을 보면 정신이 반쯤 나가게 되고 어떻게든 말을 붙여보려는 경향이 있다.

그걸 증명하듯 임관은 벌떡 일어선 채 민아를 향해 자동적으로 입을 열었다.

"반갑습니다, 민아 씨. 혹시 누굴 찾아오셨나요?"

"예, 이강찬 선수를 보러 왔어요."

민아의 대답에 앉아서 둘이 하는 짓을 지켜보던 강찬이 의

아한 표정을 지었다.

전혀 모르는 여자이다.

임관을 통해서 꽤나 유명한 걸 그룹 멤버라고 들었지만 강찬은 민아를 오늘 처음 봤다.

하지만 찾아온 것은 분명했으니 어정쩡한 자세로 몸을 일으켰다.

민아가 임관을 스쳐 지나서 그에게 다가온 것은 더그아웃 밖에 있던 선수들까지 모두 민아를 보기 위해 아수라장을 만들며 안으로 들어올 때였다.

"안녕하세요, 강찬 씨."

"아, 네."

"실례가 안 된다면 사인을 받고 싶어요. 제가 강찬 씨 왕팬이거든요."

"감사합니다."

"사인 해주실 거죠?"

"그럼요. 어디에 해드릴까요?"

"여기요."

민아가 몸을 돌려 자신의 등을 내밀었다.

시구를 하기 위해 유니폼을 입은 그녀의 등에는 백넘버가 달려 있지 않은 채 하얗게 비어 있었는데 민아는 등을 내밀어 거기에 사인을 해달라고 했다.

이글스의 총각들이 그녀의 행동에 휘파람을 불어댔다.

요즘 상종가를 치고 있는 민아의 도발적인 행동에 그들은 연신 흥분을 감추지 못했다.

하얀 등판.

민아의 돌아선 등은 하얀 유니폼과 어울려 엄청나게 섹시한 모습으로 다가왔지만 강찬은 그녀가 내민 검정색 유성 펜으로 서슴없이 사인을 휘갈겼다.

민아가 꿈틀거리는 것이 느껴졌다.

등을 간질이는 느낌에 자신도 모르게 한 짓일 테지만 사인을 하는 강찬이나 옆에서 지켜보는 임관과 선수들은 모두 침을 삼키며 눈을 떼지 못했다.

마치 순간이 영원처럼 느껴지는 장면이다.

손이 등에서 떨어지자 민아가 기다렸다는 듯 강찬을 향해 돌아섰다.

"고마워요, 강찬 씨."

"고맙긴요. 오히려 제가 고맙죠."

"강찬 씨 결혼 발표 소식에 제가 얼마나 슬퍼했는지 모르죠?"

"예?"

"제가 강찬 씨 엄청 좋아했거든요. 스케줄이 바쁘지 않았다면 아마 강찬 씨한테 데이트 신청을 했을지도 몰라요. 강찬 씨는 제 이상형하고 정말 닮았어요."

도발적인 눈.

섹시미로 똘똘 뭉쳐 요즘 상종가를 친다더니 애인이 있는 야구 선수에게 아주 엄청난 속도의 패스트볼을 던진 후 칠 테면 쳐 보라는 듯 똑바로 시선을 부딪쳐 왔다.

이런 경우는 무조건 하나밖에 없다.

정말 마음에 드니까 언제든지 원한다면 같이 있어줄 의향이 있다는 뜻이다.

그랬기에 강찬은 쓴웃음을 지었다.

총각들은 휘파람을 불면서 민아의 도발을 즐거워했지만 이것 역시 기자들이 보거나 들었다면 특종이 되고도 남을 일이다.

"고맙습니다, 민아 씨. 언제 시간이 난다면 제가 사랑하는 사람과 함께 꼭 공연 보러 갈게요. 이제 시합이 시작되려고 하네요. 저기 보이시죠, 우리 감독님 도끼눈 뜨고 계시는 거. 오늘 경기 꼭 이겨야 되는데 우리 팀 총각들이 민아 씨 때문에 정신 못 차려서 큰일이네요. 이번 시합, 우리 팀한테 무척 중요하니까 민아 씨 마지막으로 파이팅이나 한번 외쳐 주세요."

"호호, 강찬 씨 분부라면 해야죠. 이글스 파이팅!"

"파이팅!"

"꼭 이기세요. 저도 응원석에서 응원할게요."

민아가 돌아서서 더그아웃을 나서자 그녀의 선창에 소리를 질렀던 이글스의 선수들이 아쉬운 눈으로 그녀를 배웅했다.

하지만 그것도 잠시, 이문승이 타석에 들어서며 심판의 시합 개시 사인이 들어오자 어느새 그들은 투지가 펄펄 끓어오르는 전사로 돌아갔다.

"문승아, 저기 너희 팀 더그아웃 무슨 일이냐?"

"그걸 내가 어떻게 알아?"

"민아가 너희 더그아웃으로 간 다음에 저 난리가 났는데 모른단 말이야?"

아직도 민아에 대한 관심을 끄지 못한 조민혁이 반대쪽 더그아웃에서 웅성거리는 소리와 함께 파이팅을 외치자 눈을 휘둥그레 떴다.

이제 막 시합을 시작하려는 찰나에 저런 해괴한 짓을 하다니 이글스 더그아웃이 뭘 잘못 먹어도 한참 잘못 먹은 게 분명했다.

하지만 궁금증은 이문승이 더한 것 같았다.

1번 타자라는 행운으로 민아와 악수까지 했는데 더그아웃에서 이상한 소란이 펼쳐지자 궁금해서 환장할 지경이다.

분명 저 난리가 난 걸 보면 자신이 모르는 빅 이벤트가 더그아웃에서 벌어진 게 확실한데 그게 뭔지 모르니 무척 답답했다.

그래도 그는 배트를 휘휘 휘두른 후 자신보다 더 애를 태우

며 더그아웃을 바라보는 조민혁을 향해 웃음을 짓는 여유를
보였다.

"너 제수씨한테 꼰지른다."

"내가 뭘 어쨌다고?"

"예쁜 아가씨가 나오니까 침 질질 흘리더라고 얘기하면 믿
을까, 안 믿을까?"

"지랄한다."

"정신 차려, 인마. 너희 팀 여기서 지면 완전히 골로 가는
데 포수가 여자한테 정신 놓고 있으면 되겠어?"

"너나 잘해."

"크크크."

조민혁이 째려보며 투덜대자 이문승의 입에서 기괴한 웃
음소리가 흘러나왔다.

심판이 그런 두 사람의 대화를 제지한 것은 민아가 이글스
의 더그아웃을 빠져나와 출구 쪽으로 걸어갈 때였다.

"야, 이제 조용히 해. 시합 시작할 거야."

이번 경기를 맡고 있는 심판은 최용연으로 5년 전에 현역
에서 은퇴한 후 심판으로 전직한 사람이다.

그도 이문승과 같은 학교를 나왔으니 까마득한 직속 선배
였다.

둘은 입을 꾸욱 다물고 심판의 플레이볼 선언을 기다렸다.

이윽고 이문승은 바깥쪽으로 흘러나가는 슬라이더를 그대로 보낸 후 눈을 지그시 오므렸다.

허재용은 초구를 유인구로 시작했는데 날카롭게 떨어져서 하마터면 배트가 나갈 뻔했다.

역시 트윈스의 에이스답다.

단순한 유인구가 마치 폭포처럼 변화를 보였으니 말이다.

이문승은 입술에 침을 바르고 배트를 쥔 손에 힘을 가했다.

그가 노리는 공은 허재용의 주 무기인 파워커브였다.

비록 그의 파워커브가 대단한 위력을 가졌으나 작심하고 노린다면 못 쳐 낼 공도 아니었다.

몸 쪽 직구를 그냥 보냈더니 마침내 3구째 기다리던 파워커브가 날아왔다.

주 무기를 구사해서 볼카운트를 유리하게 가져가려는 생각인 것 같았다.

파워커브는 일반적인 커브보다 속도가 약 10㎞/h 정도 빠르고 포구 지점의 변화가 훨씬 더 복잡하기 때문에 마지막 변화 순간의 히팅 타이밍을 정확하게 잡지 못하면 내야 땅볼로 그칠 가능성이 큰 구질이다.

이문승은 오른쪽 어깨를 바짝 붙인 상태에서 끝까지 기다렸다가 순간적으로 배트를 휘둘렀다.

따악!

맞는 순간 안타라는 생각이 들었기 때문에 이문승은 미친 듯이 1루로 돌진해 나갔다.

눈을 들어 바라보니 공은 3루를 통과해서 펜스 쪽으로 데굴데굴 굴러가고 있었다.

이문승이 정말 무서운 것이 그는 타격에 대한 능력도 뛰어나지만 베이스 러닝 능력이 타의 추종을 불허할 정도로 탁월했다.

노아웃 상태였기 때문에 2루에서 멈출 만도 하건만 트윈스의 우익수가 잠깐 공을 놓치자 그는 득달같이 3루로 파고들었다.

시작하자마자 터진 이문승의 3루타에 이글스의 더그아웃은 난리가 났다. 요즘 들어 이문승은 펄펄 날고 있었는데 그가 출루했을 때의 득점율은 5할에 육박했다.

트윈스의 팬으로 가득 찬 잠실구장은 경기가 시작되자마자 자신들의 에이스가 3루타를 얻어맞자 여기저기서 탄식이 흘러나왔다.

1회부터 점수를 주게 되면 이 경기는 고전을 면치 못하게 된다.

가뜩이나 공략하기 어려운 강찬이 선제 득점까지 지원을 받는다면 그의 공을 공략하기는 점점 어려워질 게 분명했다.

2번 타자인 백성춘이 타석에 들어와 발로 땅바닥을 슥슥

문질렀다. 그런 후 배트를 어깨에 멘 상태로 허재용을 향해 시선을 던졌다.

그의 타격 폼은 독특해서 투수가 와인드업에 들어갈 때까지 어깨에 배트를 올려놓고 기다리는데 정말 신기한 것은 그러면서도 수준급의 타격을 자랑한다는 것이다.

하지만 독특한 타격 자세는 분명 약점을 가지고 있다.

바로 몸 쪽 낮은 직구에 취약하다는 것이다.

투수가 와인드업 자세를 취하고 나서야 스윙을 하기 위해 배트를 내리면서 발생하는 그 미묘한 타이밍은 몸 쪽 낮은 공에 약점을 만들어냈다.

현대 야구는 데이터를 중시했고, 선수의 약점은 그 데이터에 고스란히 나타나기 때문에 단점을 극복하지 못하면 살아남기 어려웠다.

백성춘 역시 스스로의 단점을 캐치하고 극복하기 위해 수없이 많은 노력을 했고, 그 결과 그만의 비법을 개발했다.

몸 쪽 낮은 공을 던지지 못하게 만드는 비법은 바로 오픈 스탠스를 취하는 것이다.

왼발을 열어놓은 채 기다리다가 바깥 공은 체중을 앞으로 이동시키며 타격하고 몸 쪽으로 들어오면 그 자세 그대로 스윙한다.

그렇게 하면 투수 입장에서는 갑갑해질 수밖에 없었다.

아무리 몸 쪽 공에 약점이 있다 하더라도 마치 기다리는 것처럼 오픈 스탠스로 서 있으면 투수는 심리적인 부담감 때문에 자연스럽게 바깥쪽으로 공을 빼게 된다.

웃기는 건 몸 쪽에 약한 타자들은 바깥쪽 공에는 무척 강하다는 것이다. 심리적 부담감을 이기지 못하고 바깥쪽으로 던진다면 얻어맞을 가능성이 컸다.

그런 이유로 허재용은 끝끝내 몸 쪽 공으로 승부했다.

백성춘이 강점을 지닌 바깥쪽 공보다는 몸 쪽 승부가 훨씬 유리했고, 그는 그런 공을 던질 수 있을 정도로 컨트롤이 뛰어난 투수였다.

1스트라이크 2볼.

바깥쪽을 기다리던 백성춘은 더그아웃을 힐끔 바라본 후 침을 꿀꺽 삼켰다.

잘못 봤나 다시 확인했지만 방금 나온 사인은 스퀴즈가 분명했다.

처음에는 아무런 지시가 없더니 중간에 사인이 들어오자 긴장감이 확 몰려왔다.

타자들이 가장 어려워하는 것이 바로 번트였다.

일견 쉬워 보이는 번트를 실패하는 경우를 종종 보게 되는데 그것은 그만큼 번트가 생각보다 훨씬 어렵기 때문이다.

허재용은 지독하게 인코너로만 승부했기에 백성춘은 타격

자세를 변환시켜 무릎 높이로 낮게 들어오는 직구에 배트를 가져다 댔다.

툭.

몸 쪽 공이니 3루 쪽으로 번트를 댔다.

트윈스의 3루수는 백성춘이 정상적인 타격을 했지만 평소 수비 위치보다 세 발자국 정도 앞으로 나와 스퀴즈에도 대비하고 있었다.

그러나 워낙 이문승의 스타트가 좋았다.

번트 댄 공을 3루수가 뛰어 들어와 잡았을 때 이미 이문승은 홈 플레이트로 몸을 던지고 있었다.

"와아!"

백성춘은 아웃되었지만 이문승이 무사히 홈에 안착해서 선취점을 뽑아내자 이글스의 팬들은 일제히 일어나 환호성을 질렀고, 선수들도 서로를 향해 하이파이브를 하며 전의를 북돋웠다.

"오늘 일진이 좋네."

"그렇죠?"

"이런 패턴으로 한 5점 정도만 뽑아놓고 갔으면 좋겠다."

"하하하, 욕심이 과하십니다."

"그나저나 저놈이 잘해줘야 할 텐데 걱정이다. 쟤 몸은 확실히 좋아진 거지?"

"연습할 때는 날아다녔습니다. 몇 게임 뛰어보면 금방 예전 실력이 나올 겁니다."

"물론 그렇겠지. 저놈을 데려오기 위해 프런트가 일 년 동안 얼마나 공을 들였는지 몰라. 남은 경기를 생각한다면 성화가 빨리 회복되어야 해. 우리도 우승 한번 해보자고."

김남구 감독은 다른 때와 다르게 더그아웃으로 직접 나가 선취점을 올리고 들어온 이문승의 어깨를 두들겨 격려를 해준 후 타석으로 나가는 정성화를 바라보며 걱정스러운 표정을 지었다.

정성화는 거의 석 달간의 재활 훈련을 마치고 오늘 원래의 타순에 복귀했다.

하지만 정성화는 그들의 기대와는 다르게 삼진으로 물러나고 말았다.

워낙 오랫동안 쉬었기 때문인지 그는 나쁜 공에 손을 대서 불과 4구 만에 삼진을 당했다.

붙박이 국가대표 2루수를 맡을 정도로 수비의 귀재이고 타격에도 일가견이 있는 정성화였지만 부상 전 원래의 자리로 돌아오기까지는 시간이 필요한 것 같았다.

김남구 감독은 삼진을 당하고 들어오는 정성화를 바라보지 않았다.

행여 눈을 돌렸다가 시선이 마주친다면 선수는 물론이고

자신 역시 난감했기 때문이다.

"조금 더 기다려야겠습니다."

"첫술에 배부르겠어. 몇 게임 뛰어야 감각이 돌아오겠지."

"그러고 보면 감독님하고 저하고는 궁합이 정말 잘 맞는 것 같습니다."

장혁태 코치가 아무렇지 않게 대답하는 김 감독을 보며 빙그레 웃음 지었다.

방금 전까지만 해도 잔뜩 기대에 부풀어 있던 두 사람은 약속이나 한 듯 금방 말을 바꾸며 다음을 기약했다.

모른 체하던 김 감독이 반응을 보인 것은 윤태균이 타석에 들어서서 윙윙거리며 배트를 돌릴 때였다.

"잘한다, 태균이. 그렇게 협박을 팍팍 해야 돼. 그놈 기 좀 죽여놔라."

마치 옆에 있는 것처럼 김남구 감독이 중얼거리자 이번에는 장혁태 코치가 모른 체하며 마운드로 시선을 돌렸다.

방금 정성화를 삼진으로 처리한 허재용은 선취점을 뺏긴 충격에서 벗어나기 위해 안간힘을 쓰는 것 같았다.

초구는 강력한 패스트볼이었다.

한복판에서 조금 안쪽으로 파고든 직구는 151㎞/h였는데 윤태균은 그대로 서서 움직이지 않았다.

풍선껌을 질겅거리며 타석에서 비켜선 윤태균이 고개를

좌우로 꺾은 후 헬멧을 고쳐 쓰고 허재용을 바라봤다.

그의 시선은 서늘했는데 무슨 생각을 하는지 알 수 없게 만드는 표정이었다.

홈런 타자들은 다른 타자들과 다르게 투수를 압박하는 기세가 대단했다.

조금만 공이 몰려도 홈런을 얻어맞을 가능성이 있기 때문에 투수들은 4번 타자와 승부할 때는 온 정신을 집중시켰다.

허재용의 3구가 날아오자 꼼짝하지 않을 것 같던 윤태균의 배트가 폭발적으로 튕겨나갔다.

정말 무서운 힘이 담긴 스윙이었다.

따악!

김남구 감독을 비롯해서 전 코치와 선수들이 두 손을 번쩍 치켜든 것은 허재용의 커브를 윤태균이 정확하게 받아쳐서 우중월 홈런을 만들었기 때문이다.

윤태균은 실투로 커브가 한복판으로 몰려오자 맹수가 먹이를 노리듯 단칼에 목을 베어버렸다.

홈런을 친 윤태균은 대전 경기와는 다르게 그라운드를 돌면서 기쁨을 표현하지 않았다.

가슴 아파하는 트윈스 팬들을 배려하는 행동이었다.

묵직한 걸음으로 윤태균이 그라운드를 돌 때 허재용은 한참 동안 고개를 숙인 채 움직이지 않았다.

팀을 위해서 반드시 이겨야 하는 시합이다.

그런 시합에 팀의 에이스로 출전했는데 시작하자마자 2점이나 내줬으니 그의 마음은 더없이 착잡해져 갔다.

그랬기에 가르시아를 2루수 땅볼로 잡아내고 더그아웃으로 들어오는 그의 표정은 너무 어두워 마치 아픈 사람처럼 보일 지경이었다.

오늘따라 어깨 상태가 좋았다.

더군다나 타선이 선공에서 2점이나 뽑아줬기 때문에 마운드로 올라가는 발걸음이 무척 가벼웠다.

수비를 위해 더그아웃을 빠져나가는 그를 향해 김 감독을 비롯해서 모든 선수들이 승리의 브이 자를 그렸다.

10승을 통과하면서 강찬이 출전할 때마다 이글스의 코치진과 선수들은 그에게 똑같은 모션을 취하며 승리를 기원해 주었다.

"강찬아, 파이팅!"

"마누라, 알 까면 죽는다."

"지랄. 그 얘기 하지 말라니까."

임관이 강찬을 향해 눈을 흘겼다.

저번 시합에서 투수가 던진 공을 빠뜨리는 바람에 점수를 준 적이 있는데 강찬이 그걸 상기시켰기 때문이다.

하지만 악의는 없다.

누구보다 강찬의 마음을 잘 알기 때문에 그것이 서로의 긴장을 풀기 위해 던진 농담이란 걸 눈빛만으로도 안다.

마운드에 서자 관중석에서 환호성이 터지며 강찬의 이름을 끝없이 연호했다.

물론 이글스 팬들에게서 나온 것인데 그것만으로도 잠실구장이 떠나갈 것 같았다.

강찬은 그들의 연호에 모자를 벗어 인사했다.

이글스 팬들이 있는 3루 쪽 스탠드뿐만 아니라 트윈스 팬들을 향해서도 정중하게 허리를 숙였다.

현재 대한민국의 스포츠 스타 중에서 이미지가 가장 좋은 선수를 뽑으라면 강찬은 당당히 다섯 손가락 안에 든다.

조작된 스캔들에 희생양이 되었다는 사실과 인기를 얻은 스타가 되었음에도 고아원에서 같이 자란 은서에게 청혼했다는 사실이 알려지면서 팬들은 그에게 엄청난 호감을 보여주었다.

더군다나 빼어난 실력으로 3년 내리 꼴찌 팀이던 이글스를 선두 경쟁까지 할 수 있도록 만들었기 때문에 강찬은 야구팬들 사이에서 영웅으로 통했다.

트윈스의 팬들은 강찬의 인사에 박수로 화답했다.

오늘 경기를 반드시 잡아야 했음에도 그들은 강찬에게 아낌없는 성원을 보내주었다.

그것은 고난과 고통을 이겨내고 불굴의 의지로 마운드에 선 그에게 야구팬들이 보내주는 아름다운 선물이었다.

트윈스가 초반의 기세를 이어나가지 못하고 와이번스에게 밀리며 4위 싸움을 하게 된 것은 약한 투수력이 결정적인 이유였다.

허재용이 12승을 거두며 그나마 에이스 역할을 해주고 있었지만 나머지 투수들은 모두 한 자리 승 수에 머물고 있었다.

그럼에도 하위권으로 밀려나지 않고 버틸 수 있던 것은 최성일을 포함한 타선이 리그 3위를 기록하며 투수들을 도와줬기 때문이다.

지금 타석에 나선 1번 타자 유종혁도 트윈스의 타격을 이끄는 핵심 멤버 중의 한 명이었다.

유종혁은 뛰어난 배팅 스피드를 갖췄고 선구안도 뛰어나서 현재까지의 타율이 3할 2푼이나 되었다.

심판의 수신호가 떨어지자 강찬은 심호흡을 길게 한 후 임관의 사인을 확인했다.

뛰어난 배터리의 기본은 상대 팀 타자들의 장단점을 철저히 분석하고 가장 약한 곳을 공략하는 것이다.

유종혁의 단점은 여전히 몸 쪽 조금 높은 공에 쉽게 배트가 나간다는 것이고 장점은 변화구에 강하다는 것이었다.

변화구가 강하다는 것은 패스트볼에 최적화가 되어 있지 않다는 것을 의미했다.

그랬기에 강찬은 초구부터 패스트볼로 유종혁을 윽박질렀다.

산에서 훈련했고 이글스에 입단한 이후로 한 번도 거르지 않던 29개의 코스는 손에서 공이 빠지는 경우가 아니라면 거의 완벽하게 구사할 수 있었다.

더군다나 그를 제약하던 어깨의 제동도 사라졌기 때문에 그의 패스트볼은 초구부터 비상을 시작했다.

파앙!

불같은 강속구가 미트에 꽂혔다.

마운드에 올라올 때부터 컨디션이 좋더니 초구부터 구속이 153km/h를 찍었다.

유종혁은 변화구를 기다린 모양이지만 강찬은 그의 생각을 꿰뚫어 본 것처럼 연속으로 패스트볼을 구사했다.

유종혁은 커트할 생각조차 못하고 고목처럼 서 있다가 고스란히 얻어맞았다.

강찬이 구사한 나머지 공은 전부 155km/h를 나타냈고, 코스도 아웃코스와 인코스를 꽉 채운 채 날아왔기 때문에 심판은 잠시도 망설이지 않고 공중으로 뛰어오르며 삼진을 외쳤다.

2번 타자 김중근은 반대로 철저하게 변화구에 당했다.

상, 하, 좌, 우를 가리지 않고 폭포처럼 떨어지는 강찬의 커브와 슬라이더는 그의 배트를 무용지물로 만들며 헛스윙을 유도했는데 거의 공 한 개 차이가 날 정도였다.

연속 삼진.

이글스의 응원석이 떠들썩해졌고 반대로 트윈스의 팬들은 황당한 표정으로 더그아웃을 향하는 김중근을 바라보았다.

두 타자가 당한 공이 너무나 극명하게 달랐는데 그럼에도 공통점이 있었으니 전부 제대로 된 스윙조차 하지 못했다는 것이다.

오늘따라 강찬의 공은 무시무시한 위력을 보이고 있었기 때문에 트윈스 팬들의 입에서는 저절로 탄식이 새어 나왔다.

반드시 이겨야 하는 경기에서 1회부터 맥없이 물러나는 타자들을 보자 오늘 경기가 어려울 것 같다는 생각이 들었기 때문이다.

그러나 그들은 최성일이 타석에 들어서는 걸 확인하고는 금방 기운을 차렸다.

프로야구의 리딩 히터 최성일.

약한 마운드를 무서운 타격력으로 보강하며 트윈스의 프랜차이즈 스타가 된 히어로다.

트윈스의 팬들은 그가 타석에 들어서서 강찬의 공을 기다리자 긴장된 시선으로 연신 침을 삼켜댔다.

비록 첫 대결에서는 강찬에게 밀렸지만 언론에서 분석한 것처럼 구질이 파악되었으니 충분히 공략할 수 있을 거라는 게 그들의 생각이었다.

최성일이 강찬만 공략해 준다면 이 경기는 해볼 만해진다.

아무리 무서운 공을 던지는 투수라도 천적을 만나게 된다면 페이스가 떨어져서 난타를 당하는 경우가 종종 있기 때문이다.

강찬은 공을 넘겨받은 후 최성일을 바라보았다.

최성일은 마치 검객처럼 배트를 치켜세운 채 자신을 노려보고 있었다.

악연으로 치부하지 않으려 했지만 최성일은 어딘지 모르게 자신과 맞지 않는 사람이었다.

리그 최고의 타자이기 때문이 아니라 인간적인 측면에서 정이 가지 않았다.

언론에서 그에게 최성일과의 관계를 집요하게 물었을 때 아무렇지 않은 듯 그를 추켜세워 줬지만 그 후로도 그와는 한 번도 대화를 나눈 적이 없었다.

고의는 아니라 해도 자신으로 인해 죽음과도 같은 고통을 당한 사람에게 그는 너무도 냉정한 모습을 보여주었다.

용서를 비는 것은 가해자가 하는 것이고 용서를 하는 것은 피해자 몫이었으나 그는 자신이 가해자였다는 사실조차 까마득히 잊은 것 같았다.

불같은 투지를 지녔기 때문일까?

자신을 바라보는 최성일의 눈은 적의에 차 있는 것으로 보였다.

강찬은 그의 눈을 피하지 않았다.

왜 자신에게 저런 시선을 던지는지 이해할 수 없었으나 두려움에 고개를 숙이거나 승부를 피하는 일은 절대 없을 것이다.

임관의 사인을 확인하고 강찬은 잠시 눈을 감았다가 와인드업 자세를 취한 후 왼발을 가슴까지 들어 올리는 킥킹에 이어 폭발적으로 상체를 튕겨냈다.

쒜액, 팡!

포수에 공이 박히는 소리가 마치 총소리처럼 울려 퍼졌다.

인코스로 타자 무릎을 파고든 속구는 156㎞/h이란 숫자를 전광판에 찍고 있었다.

최성일은 천천히 타석에서 빠져나갔다가 다시 들어온 후 배트로 땅바닥을 툭툭 친 후 타격 자세를 취했다.

표정의 변화는 없었고 눈에 들어 있는 적의는 그대로였다.

데이터상의 기록은 여전히 그가 완벽한 스트라이크존에 들어온 공을 공략해서 안타로 만들었다는 것을 보여주었다.

어쩌면 그가 수위 타자에 오를 수 있던 것은 그런 원인일 것이다.

나쁜 공은 그대로 흘려보내고 좋은 공만 두들겨 팰 수 있는 능력은 아무나 가질 수 있는 것이 아니었다.

강찬은 언론에서 떠든 이야기를 전혀 귀담아듣지 않았다.

첫 승부에서 그가 최성일을 이길 수 있던 것은 구질의 문제가 아니라 코스의 문제였다는 것을 언론은 전혀 눈치채지 못했다.

임관이 2구로 선택한 것은 바깥쪽 높은 직구였다.

속으면 좋고 아니라도 괜찮다는 생각인 것 같았다.

하지만 최성일은 그 정도에 배트가 나올 만큼 선구안이 나쁜 선수가 아니었다.

임관의 요청에 공 한 개 빠질 정도로 하이볼을 던졌는데 최성일은 눈도 꿈쩍하지 않고 배트를 뒤로 물렸다.

3구로 선택한 것은 몸 쪽 꽉 찬 낙차 큰 커브였다.

이 공은 제대로 구사하면 타자가 히팅을 해도 파울볼이 될 정도로 쳐 내기 어려운 코스였다.

이번에도 손을 대지 않은 최성일이 처음으로 반응을 보였다.

그는 뒤로 물러나면서 강찬 쪽을 바라보며 뭐라고 중얼거렸는데 입안에서 목소리가 흘러나오지 않았기 때문에 무슨 말을 했는지는 알 수 없었다.

하지만 강찬은 그가 무슨 생각을 하는지 대충 짐작이 갔다.

분명 그는 좋은 공으로 승부하지 않는 강찬을 향해 비겁하다는 생각을 가진 것으로 보였다.

하지만 그건 놈의 생각일 뿐이지 결과는 판이하게 다르다.

한복판에 찔러 넣어야 제대로 된 승부라고 생각한다면 배트를 거꾸로 들고 보따리를 싸는 게 현명했다.

2스트라이크 1볼.

볼카운트가 극도로 불리해졌기 때문에 이제 최성일은 스트라이크 비슷한 공만 들어와도 커팅을 시작할 게 분명했다.

그랬기에 강찬은 임관과 사인을 주고받은 후 최성일의 몸쪽을 향해 157㎞/h의 패스트볼을 바짝 붙였다.

놀란 최성일이 몸을 뒤로 물리며 펄쩍 달아났으나 강찬은 아무 일 없다는 듯 발로 마운드를 골랐다.

놈은 워낙 빠른 공이 들어갔기 때문에 놀란 모양인데 임관이 포구한 위치만 봐도 위협구가 아니었다는 것을 충분히 알 수 있었다.

타자가 그대로 서 있으면 맞을 정도로 공을 던져야 위협구가 되는 것이지 그렇지 않을 경우에는 유인구에 불과했다.

심판이 아무런 액션을 취하지 않은 것도, 눈을 부릅뜨고 강찬을 바라보는 최성일을 다시 타석에 들어서게 만든 것도 그런 이유가 있었기 때문이다.

강찬은 이미 흥분 상태에 들어간 최성일을 향해 슬쩍 미소를 흘렸다. 워낙 절묘한 컨트롤이었기 때문에 위협구 판정은 받지 않았지만 속뜻에는 분명 최성일에게 부담감을 주려는 의도가 담겨 있었다.

빠른 패스트볼이 몸 쪽에 붙으면 어떤 타자라도 겁을 집어먹을 수밖에 없다.

강찬이 그런 공을 던진 것은 승부구를 던지기 위한 전초 작업이었다.

드디어 마지막 승부구가 강찬의 손을 떠났다.

직구와 변화구는 구질에 명백한 차이가 있는데 날아오는 각도가 다르고 릴리스 포인트의 위치가 각각 다르다.

타자가 투수의 손을 떠난 공이 변화구인지 직구인지 쉽게 알아볼 수 있는 것은 바로 그런 차이가 있기 때문인데 두 구질은 속도에도 차이가 났지만 공이 홈 플레이트에서 변하는 각도가 비교조차 되지 않는다.

최성일이 강찬의 승부구에 꼼짝없이 당한 것은 바로 그런 이유 때문이었다.

타자는 투수의 손에서 공이 떠나는 순간 직구인지 변화구인지 순식간에 판단을 마치고 대응해야 하는데 그런 능력을 이용해서 타자를 꼼짝 못하게 개발된 구질이 바로 체인지업이었다.

직구처럼 날아오지만 속도가 느리고 끝에서 공 끝이 가라앉는 구질.

그 자체로는 언제든지 때려낼 수 있을 정도로 별것 아닌 구질이었으나 그것이 강력한 패스트볼과 조합되면 대단한 위력을 나타낸다.

거기에 강찬처럼 강력한 라이징 패스트볼을 구사하게 된다면 체인지업은 그야말로 무서운 무기로 전환되어 타자를 꼼짝하지 못하게 만든다.

최성일은 직구 타이밍에 맞추어 배트를 끌어내리다가 스윙을 포기하고 멍하니 공을 바라봤다.

그는 이미 자신의 배팅 타이밍을 완벽하게 뺏겼기 때문에 포기하는 마음으로 공만 바라보았다.

볼이 되기를 바랐지만 강찬의 체인지업은 그를 비웃기라도 하듯 한복판에서 살짝 바깥쪽을 채우며 포수의 미트에 박혔다.

눈으로 보고도 억울했다.

제대로 된 스윙조차 하지 못하고 스탠딩 삼진을 당했으니 억울해서 그는 타석을 벗어나지 못한 채 한동안 강찬을 바라봤다.

잠실구장이 1회 말에 강찬이 보여준 삼진 행진에 침묵 속으로 빠져들었다.

천여 명에 가까운 이글스 팬들이 처음에는 환호성을 보내며 응원을 했으나 만 명이 훌쩍 넘는 트윈스 팬들이 침묵을 지키자 점점 그 환호성이 적어졌다.

그러나 그 침묵은 이닝이 진행될수록 점점 진해졌고, 무섭게 가라앉았다가 4회에 들어서면서는 최고조에 달했다.

9연속 탈삼진.

강찬은 3회까지 아홉 타자를 상대하면서 하나의 히팅도 허락하지 않고 완벽한 삼진 행진을 거듭했다.

국내 프로야구의 연속 최다 탈삼진 기록은 열 개였으니 강찬이 두 개만 더 잡아내면 역사에 길이 남을 대기록을 작성할 수 있다.

강찬의 패스트볼은 점점 구속이 빨라져 3회에 8번 타자를 상대하면서 던진 공이 159km/h를 기록했는데 4회 들어와 1번 타자 유종혁을 상대하면서 기어코 160km/h를 찍었다.

"전국의 야구팬 여러분, 이곳 잠실구장에서 대단한 일이 벌어지고 있습니다. 이글스의 에이스 이강찬 선수가 연속 탈삼진 기록과 타이를 이루었습니다. 1회부터 시작된 탈삼진 행진이 열 개를 기록하면서 96년 이종일 선수가 세운 연속 탈삼진 기록과 타이를 이루게 되었습니다. 정말 대기록의 순간이 아닐 수 없습니다. 흥분을 가라앉힐 수 없는 것은 이 기록이 멈춘 게 아니라 진행형이라는 것입니다. 이제 한 타자만 더 잡아내면 이강찬 선수는 프로야구 역사의 신기록을 달성되게 됩니다. 김 위원님, 이강찬 선수가 정말 대단한 역투를 거듭하고 있는데 신기록 달성이 가능할까요?"

"예, 이런 페이스라면 충분히 가능하리라 생각됩니다. 이종일 선수의 기록은 20년 동안 깨지지 않던 대기록이었습니다. 그 당시 이종일 선수가 기록을 세울 때 누구도 다시는 저런 대기록을 기록할 수 없을 거라고 생각했습니다. 저는 투수 출신이기 때문에 10연속 탈삼진이 얼마나 어려운 일인지 너무나 잘 알고 있습니다. 이런 결과가 다시 일어날 거라고는 꿈에도 생각하지 못했는데 이강찬 선수가 큰일을 벌이고 있군요. 정말 전율이 일어나는 순간입니다."

장춘진의 질문에 대답하는 김동호의 입에서 흥분 때문인지 말이 떨려 나왔다.

그는 반소매를 입고 있었는데 강찬이 4회 들어와 트윈스의 1번 타자 유종혁을 삼진으로 처리하며 연속 탈삼진 타이기록을 작성하는 순간 팔뚝에 소름이 새파랗게 돋아나 아직 가라앉지 않은 상태였다.

『퍼펙트게임』 5권에 계속…

독고진 장편 소설
FUSION FANTASTIC STORY
100마일
100MILE
160.9344km.
투수라면 누구나 던지고 싶은 공.
『100마일』
"넌 야구가 왜 좋아?"
야구가 왜 좋냐고?
나에게 있어 야구는 그냥 나 자신이었다.
가혹할 정도의 연습도,
빛나는 청춘도 바쳤다.
그리고 소년은 마운드에 섰다.
이건 역사상 최고의 투수를 꿈꾸는
어떤 남자의 이야기이다.
Book Publishing CHUNGEORAM
유행이 아닌 자유추구 -
WWW.chungeoram.com

FUSION FANTASTIC STORY

미더라 장편 소설

ODD LAWYER

Devil's Balance

괴짜 변호사
악마의 저울

『즐거운 인생』 미더라 작가의
2015년 대작!

현직 변호사, 형사, 프로파일러, 범죄심리학 전문가 자문으로
현장의 생생함을 그대로 담아낸 현대 판타지!

『괴짜 변호사 : 악마의 저울』

"제가 왜 한 번도 패소한 적이 없는 줄 아십니까?"

"……"

"저는 법으로만 싸우지 않거든요."

법의 칼날 위에서 춤추는 자들과의
치열한 공방이 펼쳐진다!

Book Publishing CHUNGEORAM

월
야
환
담

• 채월야
• 홍정훈 장편 소설

FUSION FANTASTIC STORY

미더라 장편 소설

ODD LAWYER

Devil's
Balance

괴짜 변호사
악마의 저울

『즐거운 인생』 미더라 작가의
2015년 대작!

현직 변호사, 형사, 프로파일러, 범죄심리학 전문가 자문으로
현장의 생생함을 그대로 담아낸 현대 판타지!

『괴짜 변호사 : 악마의 저울』

"제가 왜 한 번도 패소한 적이 없는 줄 아십니까?"

"……."

"저는 법으로만 싸우지 않거든요."

법의 칼날 위에서 춤추는 자들과의
치열한 공방이 펼쳐진다!

Book Publishing CHUNGEORAM

유행이 아닌 자유추구-
WWW.chungeoram.com

북검전기

우각 新무협 판타지 소설

2014년의 대미를 장식할,
작가 우각의 신작!

『십전제』, 『환영무인』, 『파멸왕』···
그리고,

『북검전기』

무협, 그 극한의 재미를 돌파했다.

북천문의 마지막 후예, 진무원.
무너진 하늘 아래 홀로 서고, 거친 바람 아래 몸을 숙였다.

살기 위해! 철저히 자신을 숨기고
약하기에! 잃을 수밖에 없었다.

심장이 두근거리는 강렬한 무(武)!
그 검잡을 수 없는 마력이,
북검의 손 아래 펼쳐진다!

Book Publishing CHUNGEORAM